함성

BLOOD KIN
by Ceridwen Dovey

Copyright ⓒ Ceridwen Dovey, 2007
Korean Translation Copyright ⓒ MUNHAKDONGNE Publishing Corp., 2009

This Korean edition is published by arrangement
with Atlantic Books through SHIN WON Agency.
All Rights Reserved.

이 책의 한국어판 저작권은 신원 에이전시를 통해
Atlantic Books사와 독점계약한 (주)문학동네에 있습니다.
저작권법에 의해 한국 내에서 보호를 받는 저작물이므로
무단 전재 및 무단 복제를 금합니다.

이 도서의 국립중앙도서관 출판시도서목록(CIP)은
e-CIP 홈페이지(http://www.nl.go.kr/cip.php)에서 이용하실 수 있습니다.
(CIP제어번호: CIP2009002151)

함성

Blood kin

커리드웬 도비 장편소설 | 엄일녀 옮김

문학동네

켄, 테레사 그리고 린디위를 위하여

1부

1. 화가

그는 두 달에 한 번꼴로 찾아와 자신의 초상화를 그리게 했다. 항상 아침 일찍, 대개 금요일에 왔다. 한 주 동안의 일과로 인해 얼굴은 여전히 칼같이 날카로웠지만, 이제 주말이 다가온다는 걸 아는 눈빛은 부드럽고 침착했다. 늦봄에는 하루 중 이 시간이 되면, 보도 위에 떨어져 있던 자카란다* 꽃잎이 반짝이기 시작했고, 그의 비서가 꽃잎을 한 움큼 주워다 초상화를 그릴 때 그가 앉는(때론 비스듬히 기대거나 아예 눕기도 한다) 소파 위에 흩뿌려놓았다. 제왕을 상징하는 보라색 꽃잎들. 그는 자신을 왕처럼 느꼈다.

나는 언제나 그가 도착하기 전에 팔레트에 물감을 개어놓는다.

---

* 능소화과 교목으로 봄에 잎이 나기 전 보라색 꽃이 흐드러지게 피었다가 한꺼번에 진다.

나는 그의 피부 톤도, 머리카락 색도, 손톱 밑 반달의 분홍색이 어느 정도인지도 잘 안다. 그가 도착해서 자리에 앉으면 나는 그의 상태에 맞춰서 색을 약간 조정한다. 엉망진창인 한 주를 보냈다면 피부 톤엔 노란색을 좀더 넣어줘야 한다. 관대한 상태일 때는 눈의 흰자위에 파란색을 잔뜩 칠한다. 그는 내가 자신의 초상화를 그릴 때 유일한 안식을 얻는다고 했다.

나는 대개 얼굴을 목탄으로 스케치하는 걸로 그림을 시작한다. 세부 묘사에 들어가면 매번 새로 생긴 주름과 얼룩덜룩해진 피부와 검버섯을 기록하듯 그린다. 그가 그렇게 하라고 주문했다. 맨처음 그가 모델이 되었을 때 실물보다 더 근사하게 그렸더니 그가 다시는 오지 않겠다며 노발대발했다. 그래서 다음번엔 있는 그대로 그렸더니 만족해했다. 사람의 얼굴이 두 달 동안 얼마나 변할 수 있는지 알게 되면 놀랄 것이다. 언젠가는 남아 있는 목탄 스케치를 모두 모아 묶어서 플립북(휘리릭 책장을 넘기면 연속된 그림이 움직이는 것처럼 보인다)을 만들어봐야겠다. 나이 먹어가는 대통령을 보여주는 플립북.

유화를 그리는 데는 정확히 여섯 시간이 걸렸다. 대통령이 포즈를 정하고 자리에 앉으면 비서가 그의 얼굴에 파운데이션을 두드려 피지를 제거했다. 유난히 피로해 보일 때는 아이라이너로 눈을 강조하여 권위를 더했다. 몇 시간이고 가만히 앉아 있는 그의 능력은 가히 초인적이었다. 작업이 마무리되어갈 즈음, 그의 비서는 물감이 채 마르기도 전에 초상화를 들고 가서 국회의 깃발 옆에다 걸었다. 따라서 국회에 걸리는 대통령의 초상화는 항상 최신작으로 바뀌었고, 이전 그림은 정부 고관들 집에 흩어져 걸렸다.

2. 요리사

대통령이 가장 좋아하는 식사 시간은 일요일 브런치다. 나는 시내에 있는 그의 아파트 내 개인 식당에서 신선한 해산물 플래터*를 요리한다. 이 시간만큼은 그의 가족들도 끼지 못한다. 그와 나는 몇 년에 걸쳐 이 기분 좋은 일과를 정착시켰다. 아침 아홉시에 경호원이 나를 아파트 안으로 들여보낸다. 나는 챙겨 온 재료를 가지고 주방으로 가서 대통령을 깨우지 않도록 될 수 있는 한 조용히 요리한다. 내 요구대로 조리 기구가 갖추어진 주방에서 오래전에 대통령 관저의 주방에서 하던 작업도 한다. 예를 들면 랍스터의 내장을 그것의 더듬이로 따고, 전복 껍데기를 벗기고, 참새우 머리를 자르고 하는 일들 말이다. 이런 건 보통 아랫것들이 하

---

* 몇 가지 요리를 타원형의 큰 접시에 한데 담아 내오는 음식.

는 일이지만, 일요일 아침 그의 조용한 부엌에서 허드렛일도 직접 해치우는 게 점점 좋아지고 있다. 이 과정에서 나는 과거의 나 자신과 만나며, 초라했던 내 초보 요리사 시절을 떠올린다. 과정 하나하나에 세심한 주의를 기울이고, 벗기고 썰고 다지고 갈면서 만족감을 느끼며, 요리 세계의 질서를 완성하는 무수히 많은 방법론을 찾던 그 시절을. 내가 이 주방에서 준비하는 모든 요리가 대통령을 살찌운다는 데 자부심을 갖고 있음을 부정하지 않겠다.

아파트에 도착하자마자 나는 식료품 저장실 아래 칸에 전복을 내려놓는다. 전복은 이동 중에 딱딱하게 오므라든다. 그래서 요리하기 전에 진정시켜놓지 않으면 육질이 질겨진다. 다른 음식들이 거의 다 준비될 때까지 그렇게 놔두었다 살금살금 다가가 밀대 끝으로 부드러운 뱃살 쪽을 내리친다. 만약 놈들이 낌새를 미리 알아채면 심근처럼 경색되고 마는데, 그러면 모두 버리는 수밖에 없다.

3. 이발사

    대통령은 앞머리를 비롯하여 귀털과 코털에 대해서 엄청 신경을 썼다. 그는 털을 뿌리부터 제거해야 하니까 구멍 깊숙이 족집게를 넣어 뽑으라고 했다. 당연히 아팠고, 그는 욕설을 내뱉으며 물건을 벽에다 집어던졌다. 그러다 나중에는 열이 올라서 개처럼 헐떡였다(아무한테도 말은 못하지만 내 생각엔 그가 이걸 즐긴 듯하다). 매일같이 늦은 오후면 저녁 스케줄을 준비하는 그를 맞이했다. 그는 털이 굉장히 빨리 자랐고, 하루를 마무리할 즈음이면 그새 희끗희끗하니 수염이 돋아났다. 하지만 귀털과 코털을 뽑는 의식은 일주일에 한 번만 거행했다. 남자들이 대개 그렇듯, 대통령이 가장 좋아하는 순간은 면도하기 전 면도크림을 바를 때다. 내가 쓰는 브러시는 부드러우면서도 탄력이 있어 힘들이지 않고 쉽게 거품을 내어 바를 수 있다. 나는 그의 얼굴 아래쪽에 붓으로 조그만 원을 그리면서 거품을 낸다. 그게 기분을 굉장히 좋게 만든다는 것도 안다.

　내 입장에서는 거품을 제거할 때가 제일 짜릿하다. 나는 그 앞에서 보란 듯 칼날을 갈고, 그 소리에 그는 움찔한다. 하지만 대통령은 절대 눈을 뜨고 보는 법이 없다. 소심함으로도 대범함으로도 해석될 수 있는 부분이다. 그런 다음, 그의 머리를 내 두 손 사이에 단단히 고정시키고 뒤로 젖힌다. 내가 매일 고대하는 순간이다. 손목을 살짝 비틀기만 해도 그의 목을 꺾을 수도 있고, 칼날 한번 퉁기는 것만으로도 그의 목을 벨 수 있다. 그러나 둘 중 아무 짓도 하지 않는다. 아래턱에 칼날을 대고 천천히 위로 밀어 올리며 잘린 수염 그루터기가 거품과 섞이는 것을 바라본다.

　매일 저녁, 가게 바닥에는 머리카락과 수염이 수북이 쌓인다. 머리카락은 확장된 자아이다. 나는 머리카락에 힘이 있다고 믿는다. 수많은 사람들의 머리카락이 한데 엉켜 바닥에 뒹구는 것을 보고 있노라면, 이전의 자아와 폐기된 개성이 분명하게 나타나는 것 같다. 나는 그것을 버리지 않고 조수를 시켜 그러모아서 병에 담아 창고 선반에 올려둔다.

4. 화가

대통령은 내가 자신 외에 다른 사람의 초상을 그리는 것을 금지시켰다. 이것은 그가 처음부터 내건 조건이었고—내 눈이 항상 싱싱한 상태에서 그의 얼굴을 봐야 한다나—나는 그에 동의했다. 어차피 내가 받는 보수는 다른 수입이 없어도 될 정도로 충분했고, 이것은 학생 때처럼 작품 활동을 할 수 있다는 걸 의미했다. 오직 나 자신을 위해서 혹은 내 작품의 관람객이 될 사람을 위해서.

아내는 내 그림의 최초 관람객이었다. 당시 나는 대학에서 몇 달 동안 맹렬하게 그림을 그렸고, 작품 전시를 하려고 공장 지하실을 하나 빌렸다. 오만하기 그지없어서 진정한 예술은 스스로 빛난다는 신념하에 광고를 하거나 전단지를 돌리기는커녕 전시회에 관한 안내문을 한 줄도 교내 신문에 싣지 않았다. 하지만 그림을 그리느라 동면에 들어간 사이 친구들과도 연락이 끊겼고 교수들은 내가 죽었는지 살았는지도 몰랐다. 전시회엔 아무도 오지 않았다. 나는 지하실에 우두커니 앉아 혼자 맥주를 마셨다. 자정이 거의 다 되었을 무렵 그녀가 문가에 나타났다(몇 년 후에 말하길 그때 그녀는 화장실을 찾고 있었단다). 엉덩이보다 좁은 어깨, 염색하지 않은 머리와 쇄골이 내 눈을 자석처럼 끌어당겼다. 나는 맥주를 하나 따서 그녀에게 건넸고, 그녀가 맥주를 홀짝이며 작품들을 둘러보게 놔뒀다. 그녀는 한참 동안 내 스케치들을 살펴보았다. 유화 전시실에서 내 드로잉들은 한 번도 받아보지 못했던 관심의 눈길을 받고 있었다. 그녀는 스팽글이 박힌 슬립으로 몸을 감싼 채, 그림 하나하나를 비추는 조명 아래로 들어갔다 나왔다 하며 가만가만 걸어다녔다. 그러고는 마침내 지하실 뒤편에 있는 화장실로 갔다.

"물이 안 내려가네요." 그녀가 말했다. "손잡이가 고장 났어요."

그녀가 떠난 후에도 최소한 그녀에게 속한 뭔가는 여기에 남겠구나 하고 생각했다.

나중에 사귀면서부터는, 그녀의 모든 것─깎고 나서 바닥에 아무렇게나 놔둔 손톱, 아침 숨결, 빨래 바구니에서 일주일도 더 묵은 속옷─이 그녀와 공감대를 형성하는 실마리가 되었다. 내가 그것들을 빠뜨리지 않고 다 모으기만 한다면 그녀를 소유할 수 있으리란 확신이 들었다. 그녀가 전시실을 나가자 나는 변기 옆에서 개처럼 킁킁거리며 냄새를 깊이 들이마셨다. 손가락에 물을 묻혀 바닥에 떨어진 반짝이는 스팽글을 집어들었다.

아내도 미에 관련된 일을 하고 있었다. 그녀는 푸드 스타일리스트였고, 그녀의 특기는 햄버거 스타일링이었다. 햄버거를 촬영할 때는 늘 앞부분만 찍기 때문에 뒷부분 절반은 무대 세트 같다고 한다. 빵에는 부드러운 광택이 나도록 왁스칠을 하고, 깨를 하나씩 하나씩 전략적으로 박아 넣고, 이백 개가 넘는 양상추 중에서 가장자리 주름이 완벽한 놈을 골라서 실리콘을 뿌린다고 했다. 정말 최악인 것은 모델이 햄버거를 한입 물고는 함박웃음을 짓는 것—왁스가 입천장에 달라붙어 굳기 시작한다—을 볼 때라고 아내는 늘 말했다. 그녀는 카메라가 멈추자마자 모델들이 씹던 걸 뱉을 수 있도록 따로 양동이를 준비해야 했다.

하루는, 저녁 약속을 위해 옷을 갈아입다 새로 막 꺼낸 얇은 스타킹 포장지 겉봉에 찍혀 있는 사진을 나한테 보여줬다. 매끈한 두 다리가 아름다운 각선미를 자랑하는 사진이었다.

"이 여자 다리 끝내주지 않아?" 아내는 그렇게 묻고선 내가 입을 열기도 전에 이어서 말했다. "여자가 아니라 남자야. 스타킹 모델은 다 남자라구."

아내는 항상 세상 사물이 모두 눈에 보이는 그대로가 아님을 내게 환기시켰다.

지금 아내는 임신 팔 개월째이다. 그녀를 만날 수 없어 죽을 것만 같다. 아내는 머리숱이 많아졌고, 배는 팽팽해져서 무얼 입든 배꼽 자국이 났고, 유두는 커져서 핑크빛 얼룩처럼 가슴 위에 넓게 퍼졌다. 그들이 아내를 끌고 갔을 때 아내는 알몸에 가운만 겨우 걸칠 수 있었다. 머리카락도 젖은 채였다.

　마지막으로 초상화를 그리던 날, 뭔가 문제가 있다는 걸 알아차렸어야 했다. 대통령은 혈색이 달라졌고—이전에 한 번도 팔레트에서 섞어본 적이 없는 색이었다—정신 사나운 푸들이 밤을 지낼 보금자리라도 만드는 양 연신 의자 여기저기를 긁어대며 한시도 가만히 앉아 있질 못했다. 평소에 경호원들은 아파트 로비에서 기다렸는데 이번엔 스튜디오까지 올라왔다. 심지어 그의 비서는 꽃잎을 모아오는 것도 잊었다.

　그때 아내는 목욕 중이었다. 하루를 시작하는 첫 의식으로, 그녀가 물속에 가만히 잠기면 배만 물 위로 나오고, 뱃속의 아기가 움직이자 찰랑찰랑 잔물결이 이는 것을 본다. 아내는 그런 상태로 몇 시간이고 꼼짝 않고 누워 있을 수 있다.

　경호원들은 소음총에 맞아 쓰러졌다. 아이가 갖고 놀다 팽개친 꼭두각시 인형처럼 그 자리에서 맥없이 무너졌다. 대통령 비서는 아무 말 없이 옷장 문을 열고 들어가더니 거울 달린 문을 소리 없이 닫았다. 그 순간 그들이 밀어닥쳤다. 마스크를 쓰고 총을 든 두 사내가 거미처럼 미끄러지듯 들어와 대통령에게 총구를 겨눴다. 나는 팔레트를 떨어뜨리고 애원하듯 두 손을 들었다. 아내가 목욕탕에서 웅얼거리는 소리가 들렸다.

　그들은 몸짓으로 나에게 대통령의 옆으로 가라고 명령했다. 나는 소파로 가서 옆에 앉았다. 대통령과 어깨가 닿았다. 총 든 사람 중 한 명은 우리 뒤에 서 있고, 나머지 한 명이 욕실 문으로 다가

갔다.

"안 돼……" 그 순간엔 내가 이렇게 중얼거렸다는 것도 깨닫지 못했다. "그녀만은 안 돼……"

남자는 문을 열더니 잠시 멈칫 아내를 바라보고 서 있었다. 그 모습이 소파에서도 보였다. 아내는 고개를 돌리지도 않았다. 내가 문을 열었다고 생각한 것 같았다. 남자는 단번에 그녀를 잡아채 일으켰다. 아내는 내 이름을 부르짖으며 벌거벗은 채 욕실에 맨발로 섰다.

"가운을 걸쳐." 나는 작은 소리로 말했다. "문 뒤에 있으니까 그거라도 걸쳐."

실크 재질의 가운은 아내의 몸에 착 달라붙었고, 허리끈을 둘러매니 가슴과 배 주위가 물에 젖어 색이 짙어졌다. 남자는 아내에게 앞서 걸으라고 명령했고, 아내는 나와 대통령이 앉아 있는 의자까지 와서 무릎을 꿇듯 쓰러졌다. 아내가 나를 향해 팔을 뻗었을 때 남자는 그녀를 다시 일으켰다. 나는 그녀를 끌어당겨 안으려 했지만, 그녀는 겨우 대통령의 손을 그러쥐었을 뿐이었다. 아내는 내 이름을 울부짖으며 대통령의 손을 꽉 잡았고, 결국 계단 아래로 끌려 내려가 로비 바깥으로 사라졌다. 그때까지 비서는 발각되지 않았다. 나는 그가 아직도 우리 집 옷장 속에 숨어 있을까 궁금하다.

지금 우리―나, 그의 요리사와 이발사―는 대통령의 여름 별장에 있는 손님방에 갇혀 있다. 탈출을 시도하기에는 너무 높은 위치다. 내부 설비를 온통 은으로 장식한 욕실이 딸려 있고, 덮고 자기 미안할 정도로 새하얀 새 이불이 깔린 침대가 하나씩 주어졌다. 아침이면 빵과 물, 치즈와 토마토가 문 앞에 놓이고, 저녁에는 수프가 나온다. 체포된 뒤로는 한 번도 아내를 보지 못했다. 벌써 일주일이 지났다.

나는 그 방의 첫번째 수감자였다. 나와 대통령은 아파트에서부터 눈이 가려진 채로 차에 태워져 산으로 향했다. 그 구불구불한 산길은 눈을 감고도 알 수 있다. 공기가 희박해지고, 사람들은 조심성 없이 차를 빨리 몰기 시작하며, 추월한답시고 필요 이상으로 반대 차선을 오래 점령한다. 이런 길은 은근히 자살 충동을 자극한다. 모퉁이를 돌 때마다 대통령과 나는 서로에게 몸이 쏠렸다. 그의 몸은 생각보다 탄력 있었다.

우리는 여름 별장에서 개별 수감됐다. 안대가 풀렸고 대통령은 다른 건물(작년에 국가 기념물로 지정된 곳으로 관광 엽서나 잡지 광고에서 많이 봤기 때문에 금방 알아볼 수 있었다)로 옮겨졌다. 나는 이곳 침실까지 꽤 여러 층을 올라와서 혼자 남겨졌다. 요리사는 오후쯤 이곳에 도착했다. 그는 대통령의 주방에서 점심 후식으로 자발리오네*를 한창 만들고 있다 끌려왔다. 부주방장은 뒷문으로 몰래 빠져나가려다 총에 맞았고, 나머지 직원들은 총을 든 복면의 남자가 주방장의 손목을 묶고 안대를 씌우는 동안 그저 입

---

* 달걀노른자, 설탕, 포도주로 만든 커스터드와 비슷한 디저트.

만 멍하니 벌리고 바라보고 있었다. 주방장은 여기 올 때까지도 말린 달걀을 손에 들고 있었다. 도착하자마자 화장실로 뛰어들어 가서는 문을 잠그고 한참을 나오지 않았다. 이발사는 해질 무렵에 야 들어왔다. 그는 이 모든 일에 매우 분해하다 나중에야 간신히 잠을 청했다.

지금 내가 서 있는 작은 발코니에서는 달빛 아래 펼쳐진 계곡이 희미하게 보인다. 우리나라에서 유일하게 기름진 땅이다. 경작지를 둥그렇게 만드는 새로운 농법이 요즘 유행인가보다. 거대한 땡땡이 무늬 같은 초록색 밭들은 수확을 끝낸 일부만 맨땅이 드러나 서로를 잡아먹고 있는 것처럼 보였다. 아내와 나는 몇 년 전 아내 생일 때 이 계곡에 와서 와인 시음을 했다. 포도밭은 두 곳뿐이었고 와인 맛도 형편없었지만, 계곡으로 둘러싸인 그 장소에서 갓 태어난 기분이 들었다. 때는 여름이었고 뜨거운 공기가 바닥까지 고여 있었다. 산길을 타고 계곡 바닥까지 내려가면서 우리는 옷을 한 꺼풀씩 벗었다. 고도가 낮아질 때마다 한 겹씩, 나중에는 거의 벌거벗은 채 땀투성이가 되어 맛없는 와인이라도 나름 즐길 만하게 되었다. 포도밭 주인은 지하 저장고를 한 바퀴 구경시켜주었다. 이 지하 동굴들은 예전에 수도승들이 몇 백 년 동안 와인을 보관해왔던 곳이었는데, 점차 잊혀져서는 한 농부가 사냥개들을 데리고 나왔다 우연히 출입구 중 하나를 발견할 때까지 그대로 묵혀 있었다고 했다. 주인은 거미줄 쳐진 작은 상자들(병입한 지 하도 오래되어 도저히 먹을 수 없는, 수도승들이 만든 와인이 들어 있었다)을 자랑스럽게 보여주었다. 아내는 주인을 꾀어 냄새만 한 번 맡아보자고 했는데, 코끝에 갖다 대니 코털까지 타버릴 것만 같았다.

요리사는 꺼져가는 모터보트의 엔진마냥 코를 골고 있다. 그러나 뭔가 다른 것이 신경을 건드린다. 잠잘 때 일반적으로 나는 소리들이 아닌 방 안의 귀에 거슬리는 소음, 억누른 듯한 남자들의 목소리다. 소리는 침대 위 천장의 환풍구에서 들렸다. 나는 매트리스 위에 서서 차가운 철제 통기망에 귀를 바짝 갖다 댄다.

"당신이…… 수백 명의…… 써서…… 이름을…… 했나?"

그물망을 세게 당기니 빠진다. 그 뒤에는 환기구 구멍만이 어둠 속에 입을 쫙 벌리고 있다. 그 소리는 바로 밑방에서 올라오는 것 같다.

"각각의 지시를…… 의무…… 적어서…… 놔두…… 내 상태가……"

고통으로 일그러진 또다른 남자의 목소리가 들리는데, 복부를 강타하는 주먹질을 피하려는 듯 신음과 중얼거림으로 잦아든다. 어쩌면 그의 헐떡임을 듣고 내가 그렇게 상상하는지도 모르겠다. 문이 쾅 하고 여닫히는 소리가 나고 한 남자가 명치부터 경련을 일으키며 토한다.

나는 내가 왜 여기에 있는지 되도록 생각지 않으려 했다. 원래 정치에는 무관심했다. 예술가로서 내가 면제받은 것이 있다면, 그것은 정부가 뭘 하는지 몰라도 된다는 거였다. 생각을 이미지화하는 법, 파란색을 쓰지 않고 하늘을 색칠하는 법, 의도적으로 원근을 왜곡하는 법 등이 대단찮은 학생운동보다 나한테는 훨씬 흥미로웠다. 아내와 나는 뉴스를 전혀 보지 않기로 원칙을 정했다. "어차피 그런 건 다 상대적인 거니까." 패스트푸드를 광고하는 사람들이 햄버거에 하는 짓이나 정치인들이 하는 짓이나 마찬가지라고 생각하는 아내는 그렇게 말하곤 했다. 상어한테 뿌려주는 떡밥처럼 우리에게 던져주는 단편적인 정보를 꿰맞추는 것보다 아예 모르는 편이 더 도덕적으로 느껴졌다. 우린 집에 TV도 들여놓지 않았다.

아니, 꼭 그렇지만도 않다. 오래전, 도시의 심장부인 대통령 특구 안에 자리 잡은 서민 가정에서 자랄 때는 나도 정치에 관심이 있었다. 부모님은 대부분의 사람들처럼 기상예보 듣듯 무심히 뉴스를 흘려들었고, 그러한 부모님의 냉소와 무관심을 깨보려고 애쓴 적도 있었다. 그러나 아내를 만난 다음부터 내 세계는 근사하게 축소된 것 같았다. 욕조에 몸을 담근 그녀, 수면 아래 굴절된 그녀의 몸을 볼 수만 있다면 아무것도 필요 없었다. 가스레인지에서 휘파람 소리를 내는 주전자를 단 한 동작으로 우아한 호를 그리며 들어 올리는 그녀를 보며 황홀한 행복감에 몸을 떨었다.

그녀는 하루 종일 보고 있어도 질리지 않는 타입의 여자로, 뭔가 비밀스러운 구석이 있었고, 넘볼 수 없는 벽 안쪽에 힘차게 약동하는 내면세계가 있었다. 그녀가 뭔가 다른 데에 집중하고 있을 때—책을 읽거나 가방을 싸거나 신발 끈을 묶거나—가만히 그녀를 관찰하고 있자면 경이로움으로 가슴이 아렸다.

그녀가 정치적 무관심을 택한 데에는 나름의 이유가 있다. 그녀의 아버지는 아주 유명한 농장주로 우리나라에서 가장 큰 참새우 양식장을 운영하며 윤이 나는 날씬한 말들을 토끼 키우듯 잔뜩 사육하고 있다. 우리가 결혼하기 바로 전, 장인은 정치권의 구애를 받아들였고 정부 청사 앞에서 시위하는 학생들을 쫓아내는 데 총 대신 물대포를 사용해서 유명해졌다. 사람들은 그가 동물을 사랑하기 때문에 그들에게 동정심을 보인 거라고 생각했다. 장인의 지위는 곧 우리 결혼식에 파파라치들이 초대받은 손님처럼 몰려든다는 걸 의미했고, 대통령 전속 화가라는 내 일자리도 장인이 요구해서 생긴 것이었다. 대통령은 전에는 한 번도 초상화를 그린 적이 없었다. 사진을 찍었을 뿐이다. 장인은 딸이 남편감으로 선택한 남자를 보고 기겁했을 테지만, 어쨌든 자신의 해안가 별장에서 대통령과 일주일을 같이 보낼 수 있도록 계획을 세웠고 내게 영부인과 아이들(수채화를 그릴 동안 얌전히 앉아 있을 만큼 자란)을 그리라고 했다. 영부인도 남편처럼 화가가 뚫어지게 자신을 쳐다보는 몇 시간을 참아내는 능력자였는데 그녀에게서는 쇠락한 여인네의 냄새가 났다. 영부인을 그리는 동안 대통령이 들렀던 적도 있었는데 남편이 보고 있어선지 그녀가 점점 짓궂게 굴어서 나는 봐선 안 되는 장면을 훔쳐보는 기분이 들기도 했었다. 영부인은 남편도 꼭 그려달라고 고집했다.

환풍구에서 들려오는 목소리가 이름을 하나 중얼거린다. 아내의 이름이다. 대통령이 틀림없다. 영부인과 내 아내는 이름이 똑같다. 나이 차는 부모자식뻘이지만. 처음엔 대통령의 목소리인 줄 몰랐다. 그만큼 정신적 충격이 컸다.

5. 요리사

아침이 밝았다. 커튼을 열고 아래로 펼쳐진 계곡을 내다봤다. 묶였던 손목이 아직도 약간 쓰라리다. 문간 바로 안쪽에 놓여 있던 토마토와 치즈와 빵을 창턱을 도마 삼아 잘랐다. 토마토는 단내가 나는 종류로 이 계곡에서 재배된 것이다. 이것들이 도시로 오면 다 깨지고 멍든다. 그러고 보니 슈퍼마켓 선반에 물건이 남아 있을지나 궁금하다. 눈이 가려진 채 차에 태워져 산으로 오면서 거리에서 폭동이 일어나는 소리를 들었다. 누군가가 주먹으로 차 뒷유리를 쾅쾅 두들겼고, 운전사는 그들을 피하려고 인도로 올라가 달렸다. 거기서 사람인지 물건인지에 부딪힌 것 같았지만 차는 멈추지 않았다. 일단 도시를 벗어나자, 경비병들이 차 안에서 숙성된 치즈를 크게 한입씩 베어무는 냄새가 났다. 그 치즈는 작게 조각내어 풍미를 느끼며 조금씩 먹어야 하는데.

나는 빵 덩어리를 삼등분하고 커피 향을 머릿속으로 그리며 눈을 감는다. 눈을 뜨니 화가가 나를 똑바로 쳐다보고 있다. 얼굴이 정말 퀭하다. 어젯밤 그가 어둠 속에서 침대 위에 서서 환기구를 만지작거리는 걸 봤다. 탈출을 고심하며 계획 중인 것 같다. 결국 죽음으로 끝날 텐데.

"혹시 아십니까?" 그가 조용조용 묻는다. "왜 여기 붙잡혀 온 건지?"

이발사와 나는 화가를 날카롭게 노려본다. 그게 오늘 아침 그가 처음으로 한 말이다.

"정권이 바뀐 거지. 우린 그 와중에 체포된 것뿐이고. 그게 다야."

경솔하게 입을 놀리지 말았어야 했는지도 모른다. 화가는 내 말을 개인적인 모욕으로 받아들인 듯하다. 이발사는 어디 가려운 데라도 있는 것처럼 안절부절못하다 이윽고 얌전해지더니 자기 몫의 빵을 들고 조용히 먹기 시작한다.

"일단 잡아두긴 했는데 뭘 어째야 될지 모르니까 이렇게 우리끼리 내버려둔 거잖아." 나는 계속 지껄인다. "우리를 어디다 써먹어야 할지 모르는 거지."

이발사가 화장실에 들어가 문을 닫는다. 변기 시트를 내리는 소리가 들린다. 내 아랫배도 덩달아 신호를 보낸다. 창가로 다가간 화가가 다시 말을 꺼내는 바람에 나는 놀란다.

"그럼 내 아내는 왜 잡아간 걸까요? 그녀는 어디에 쓰려는 거죠?"

"관련자는 모두 오염됐다는 논리인가보지."

그는 상처받은 표정으로 나를 돌아본다.

"하지만 우리 애는요? 아직 태어나지도 않은 애는 도대체 왜?"

그 말에까지 가볍게 대꾸할 수는 없다. 그저 저 아래 펼쳐진 밭들을 응시하는 그를 내버려둔다. 이발사가 화장실에서 나올 때까지 침대에 다시 누워 기다리는 것밖에 딱히 달리 할 일이 없다.

열쇠 돌리는 소리가 나더니 문이 열리고 웬 남자(금방이라도 배를 타고 놀러 나갈 분위기의 옷차림이다)가 복도에 서 있다. 뒤축이 닳아 부드럽고 매끈해진 가죽 슬리퍼를 신고, 헐렁한 바지를 입고 있으며, 드레스 셔츠는 위에서부터 단추 네 개를 풀어헤쳤다. 잘생긴 남자여서 내 얼굴이 다 벌게질 정도인데 다행히 화가도 입을 떡 벌리고 쳐다보고 있다. 이발사가 그 순간 화장실에서 나온다. 그의 뒤에서 변기 물 내려가는 소리가 요란하다. 남자는 미소 지으며 걸어 들어와 창문 맞은편에 놓인 소파에 다리를 꼬고 앉는다.

"여러분." 그가 입을 연다.

그는 양해를 구하듯 우리를 쳐다본다. 나는 헛기침을 하고 침대 커버를 옆으로 치웠다.

"당신의 아내는 안전하오." 그는 화가에게 말을 건넨다. "걱정하지 않아도 되오. 다만 아이가 태어날 때까지는 면회를 불허하겠소."

화가의 표정은 안도와 분노로 무너진다. 그는 눈물을 삼킨다.

"의도한 건 아니지만 여러분의 처지가 애들 노래와 비슷한 데

대해서는 사과드리지. 그 뭐더라, 푸줏간 주인, 빵집 주인, 양초 업자던가?* 대신 여러분도 저를 두목이라고 불러도 좋소. 공평하죠?"

그는 눈으로만 웃었다.

내 딸이 어렸을 때 그 노래를 불러줬는데 애가 무서워 죽으려고 했다. 딸아이는 그 세 남자가 오도 가도 못하고 꽁꽁 묶여 있다는 생각만으로도 벌벌 떨었다. 몇 주 뒤에 학교에서 돌아온 아이는 옛날에 사람들이 나쁜 짓을 하면 어떤 식으로 벌을 받았는지에 대해 수업 시간에 들었다고 했다. 죄인을 묶어서 자루에 넣고 원숭이와 독사를 넣는다. 그다음 바다에 던지면, 물에 빠져죽기 전에 이미 셋이 서로를 죽인다. 아이는 그 얘기를 듣고 내가 예전에 불러주던 노래 가사가, 통 속에 갇혀 바다로 떨어진 세 남자가 생각났다고 말했다.

"여러분은 무사할 거요. 여러분은 다년간 기술을 연마해서 경지에 오른 분들이니, 적재적소에서 재능을 발휘하기를 바라겠소." 두목은 잠시 말을 멈추고 나를 똑바로 쳐다본다. "내 저녁 식사를 부탁드리겠소. 오늘 밤부터. 필요한 재료가 있으면 목록을 적어주시오."

어쨌든 기분은 좋다. 머릿속에서 식재료 목록이 획획 지나간다. 이발사는 처음엔 놀라더니 곧 삐딱한 시선으로 쳐다본다. 화가는

* 동화 『마더구스』에 나오는 노래.

여전히 눈물을 참느라 애쓴다. 두목은 일어나서 방을 나간다. 여자 여럿 거느려본 남자처럼 걷는다.

이번 주에는 두목을 위해 가장 처음으로 배웠던 요리인 페이스트리를 만들어야겠다. 나의 할머니께서 가르쳐주셨다. 할머니는 일 년 중 가장 더운 몇 달 동안만 우리 집에 와서 지내셨다. 나는 할머니를 너무 좋아해서 할머니 방에 몰래 숨어 들어가 옷장을 열고 선반에 놓인 옷 냄새를 맡기도 했다. 지금도 젖은 수건만 보면 벽장 선반에 놓고 말리던 할머니의 스타킹 냄새가 떠오른다. 뭘 잘못해서 어머니가 날 혼내려 하면 소리를 지르며 할머니한테 달려갔다. 그러면 할머니는 매 대신 사탕을 주셨다. 페이스트리를 만드는 일은 어둑새벽에, 여름 해가 뜨기 전에 시작해야 했다. 전날 밤 유리병에 물을 채워 아이스박스에 넣어두고, 반죽은 부풀어 오르도록 행주를 덮어 식료품 저장실에 둔다. 할머니는 해 뜨기 바로 전에 날 깨우셨다. 할머니는 반죽을 치댄 후 얼린 유리병을 사용해서 고르게 미셨다. 그러면 반죽이 차가운 상태를 유지해서 여러 겹으로 쌓는 동안에도 버터가 쉬 녹지 않는다. 내 임무는 할머니가 손을 담그는 물바가지(손이 따뜻해져서 반죽이 달라붙으면 찬물에 손을 담그신다)에 얼음 덩어리를 보충하는 일이었다.

어릴 적 내가 자란 동네에는 초콜릿 공장이 있었다. 바람 부는 방향에 따라 서로 다른 종류의 초콜릿 냄새가 났다. 북동풍에서는 페퍼민트 향이 났다. 2학년 때 그 공장에 견학간 적이 있는데, 완성된 초콜릿을 포장하는 데까지 옮기는 컨베이어 벨트마다 맨 끝에 육각형으로 생긴 커다란 통이 있었다. 내려가서 보니 그 통들에는 불량품(부풀어서 휘어진 것, 기포가 들어간 것, 규격에 못 미친 것)이 가득 들어 있었다. 하지만 우리는 그런 결점들이 초콜릿을 더 맛나게 한다고 믿었고, 기이한 형상이 지닌 원초적인 매력에 이끌려 통 속을 완전히 헤집어놓았다. 견학을 마치고 나오기 전, 아이들 중 하나가 초콜릿 섞는 기계(콘크리트라도 섞을 수 있을 만큼 큰 기계였다)에 손이 끼여 새끼손가락이 잘렸다. 담당자는 초콜릿 재료를 망가뜨린 꼬맹이에 대한 분노를 숨기지도 않았다. 그애의 피가 초콜릿과 섞이는 장면을 상상하며, 우리 반 아이들만 그 끔찍한 비밀을 알고 있다는 사실에 나는 전율했다. 그 일이 있고 나서 몇 달 동안 나는 그 회사에서 나온 초콜릿에서는 엷은 피 맛이 난다고 확신했다.

오늘 밤, 두목에게 파에야*를 요리해주기로 한다. 파에야는 아무거나 남은 식재료로도 만들 수 있다. 쿠데타 이후로는 모든 게 그런 식으로 돌아가고 있을 것이다. 나는 서민 요리에도 흥미가 있다. 피자, 파에야, 미네스트로네**, 감자 샐러드. 이런 것들은 모두 처량한 요리지만, 자투리 재료로 어떻게 하면 최상의 맛을 낼 수 있을까 고민 끝에 완성된 최종작이다. 아버지가 실직했을 때 우리 가족은 일주일 동안 매끼 감자 샐러드만 먹기도 했다.

---

* 쌀, 고기, 해산물, 야채를 넣은 스페인 식 해물볶음밥.
** 여러 가지 야채에 토마토소스를 넣고 끓인 이탈리아 식 수프.

이제는 공식 만찬에서도 감자 샐러드를 내놓을 수 있다. 물론, 케이퍼*나 훈제 햄으로 한껏 꾸며냈을 때 얘기지만. 한번은 대통령이 주최하는 여름 연회에서 천 명분의 음식을 준비하라는 주문을 받았다. 그 일대 감자밭 주인이 일꾼을 불러모아 농장에서 바로 샐러드를 만든 다음, 연회장까지 트럭 두 대로 날랐다.

---

* 지중해 연안에서 자생하는 식물로 꽃봉오리를 향신료로 이용한다.

6. 이발사

　나는 우리 집을 유리 상자라고 부른다. 다시 말해, 옛 격언이 충
고하는 대로 남에게 돌을 던질 수 없다는 얘기다.* 나는 붙박이장
을 짜넣어 모든 물건을 깨끗이 수납해 잡동사니가 주변을 어지럽
히는 일이 없도록 했다. 욕실 서랍에는 구역을 나누어 칸칸이 칫
솔, 치실, 세안제, 탈취제, 면도기를 넣었다. 침실 옷장에는 모자
와 안경을 색깔별로 분류하여 수납했고, 작은 칸들도 마련하여 허
리띠를 둥글게 말아서 하나씩 넣었다. 나는 밖에서 입은 옷 그대
로 침대 위에 눕는 걸 무척 싫어한다. 하물며 신발도 벗지 않고 눕
는 건 있을 수 없는 일이다(신발은 잠자리를 오염시킨다). 날이

---

*　유리 집에 사는 사람은 돌을 던져서는 안 된다는 영국 속담을 인용한 것이다. 똥
묻은 개가 겨 묻은 개 나무란다는 우리 속담과 비슷한 뜻이다.

아무리 추워도 밤에는 꼭 창문 하나를 열어놓고 잔다. 오래 집을 비우는 여행은 참을 수 없다. 특히 집 안에 빨아야 할 이불이나 더러운 옷이 있을 때는 더더욱. 어디 잠깐이라도 다녀올 일이 있으면 일단 입고 가야 할 옷을 꺼내어놓은 다음, 입고 있던 옷을 다 벗어서 침대 시트와 함께 세탁기에 넣고 출발 시간까지 벌거벗은 채로 돌아다닌다. 체포됐을 때 내가 알몸이었던 이유는 바로 이 때문이다. 짐을 꾸리고 막 깨끗한 여행용 옷으로 갈아입으려고 하던 참에 세탁실에서 총을 겨누고 있는 남자를 발견한 것이다.

요리사는 내게 홍합 한 솥을 씻는 일을 맡겼다. 하나라도 입을 벌린 게 없는지 일일이 확인해야 한다. 만약 요리하기 전에 벌어져 있다면 상한 것이므로 내버려야 한다. 화가는 생선 가시를 발라내고 있다. 밤이면 우리는 요리사의 보조 노릇을 하는데, 요리사는 요리를 할 때면 사람이 싹 바뀐다. 끼니를 마련하고 준비하는 병참 업무에 완전히 몰두해서 잔소리꾼 마누라처럼 쌀에 물 붓는 거 하나에도 땍땍거린다. 애당초 놀고먹으려는 목적으로 지어진 여름 별장인 만큼 주방 또한 그에 어울리게 규모가 컸다. 주방까지 오는 데 사내 둘이 따라붙었다. 무장은 했지만 막 회사에서 돌아오는 샐러리맨처럼 입은 사람들이다. 요리사는 그들에게 오늘 저녁 메뉴가 뭔지 설명하려 들지만, 반응은 없다. 누군지 요리사가 주문한 목록대로 신선한 해물과 잡다한 재료를 용케도 찾아서 갖다놓았다. 그것들은 종이봉투에 담긴 채 주방에서 얌전히 우리를 기다리고 있었다. 요리사는 생일 맞은 꼬마처럼 신나서 이것저것

들춰본다. 그다음 주방 설비와 도구를 빠르게 점검하더니 만족하는 듯하다. 무장한 두 사내는 계속 머물며 벽에 등을 기대고 부엌용 의자에 앉아서 우리가 음식에 독을 타지는 않는지 감시한다.

"전에 여기서 일한 적이 있지." 요리사는 쌀을 휘저으며 얘기를 꺼낸다. "벌써 몇 년 됐어. 그땐 아내와 같이 와서 스위트룸에서 한 달 동안 살았지. 대통령을 상대로 이것저것 시험해봤어. 식성을 바꾸도록 강요하고, 야생 고기도 먹이고, 외국산 과일도 주고. 그래도 좋아하더군. 감히 그런 짓을 하는 사람이 주위엔 없었거든."

요리사는 화가한테 부엌칼을 건네달라고 하더니 힘들이지 않고 생선을 토막낸다.

나는 잔털과 진흙으로 엉겨 있는 홍합 더미 속에서 입을 벌린 것 세 개를 찾아내 옆으로 던진다. 생선 냄새를 맡으니 형이 생각난다. 점심때면 비린내를 풍기며 집으로 돌아오던 형. 형은 나보다 열 살이나 더 많았다. 나는 부엌의 둥근 식탁에 어머니와 함께 앉아서 딱딱한 가장자리를 말끔하게 잘라낸 샌드위치를 먹으며 오전에 학교에서 어떤 일이 있었는지 얘기하다가도, 형이 오면 문이 열리기도 전에 냄새로 알았다. 형은 마당의 수돗가에서 손에 묻은 생선 비늘을 씻어내고, 장화를 물에 헹궈 벗어놓고, 젖은 양말 바람으로 부엌에 들어섰다. 어머니는 여왕벌 주위의 호들갑스런 일벌처럼 형 주변을 맴돌면서 준비해놓은 뜨거운 밥을 퍼주고 오늘은 얼마나 잡았는지 묻곤 했다. 형은 갈매기들도 깨지 않은 아주 이른 새벽에 나가서 트롤선*을 세내어 탔다. 아홉 시간은 고기를 잡아야 우리가 먹고살 수 있을 정도의 돈을 벌었다. 운이 좋으면 형은 작은 생선들을 한 움큼 저녁 식사용으로 가져왔다. 하지만 어머니는 절대 먼저 내색하지 않았고, 그저 점심을 다 먹은 형이 캔버스 가방에서 생선을 알아서 내어줄 때까지 기다렸다. 오후에 학교에 가면 필통에서도 형 냄새가 났다. 형을 졸라서 비행기를 가지고 같이 놀고 나면 내 손에서도 비린내가 났다.

형이 사라졌을 때 어머니는 거의 넋이 나갔다. 그 무렵 나는 어느 정도 나이를 먹었을 때라 나 외에 다른 사람에게는 전혀 신경 쓰지 않았다. 사실 난 형이 없어진 줄도 몰랐다. 어느 날 점심 때 어머니가 식탁에 엎드려서 아무것도 먹지 않는 것을 보고서야 형과 같이 밥을 안 먹은 지 이 주가 넘었다는 사실을 깨달았다. 한동안 우리는 형이 자기 애인하고 같이 야반도주했다고 여겼다. 그 여자도 형과 함께 사라졌으니까. 그런데 왜 형의 동료 선원들은 아무도 우리한테 그 사실을 알리지 않았을까. 형의 동료들은 시장에서나 항구에서나 우리를 보고 피했다. 이제 어머니는 아침에 옷을 갈아입지도 않았다.

편지가 도착한 것은 내 생일날이었다. 형한테서 온 거였는데, 날짜는 거의 일 년도 전의 것인 데다, 단 한 줄 쓰여 있을 뿐이었다. "정치범으로 체포되었습니다. 별일 없을 거예요." 어머니는 편지를 내워버렸고 사람들—오랜 친구, *가까운 친척, 먼 친척*, 형의 옛

---

* 그물을 바다 밑바닥으로 끌고 다니면서 깊은 바다 속 물고기를 잡는 어선.

여자친구들—을 만나고 다니면서 무슨 일이 있었는지 정보를 그러모아 꿰어맞췄다. 사실인즉, 형과 형의 애인은 지하 반정부 운동의 주요 멤버였던 것이다. 형과 같은 배를 타던 사람들은 전혀 연루되고 싶어하지 않았고, 언젠가 형이 사달 날 줄 알았다고 했다. 두번째 편지는 그로부터 두 달 후에 도착했다. 형이 보낸 것은 아니었다. 익명의 필자는 형의 시신이 어느 산기슭에 묻혔다고 했다. 필자—여자인지 남자인지 모르겠지만—는 유감이라고 썼다.

요리사는 창고에서 정식 유니폼을 찾아내어 모자(머리 위에서 빵 반죽이 부풀어오른 것처럼 보인다)까지 완벽하게 갖춰 입었다. 두목이 저녁을 먹는 동안 나는 물과 와인을 따르는 일을 맡았다. 화가는 주방에서 기다리겠다며 식사 시중을 거부해서 요리사 혼자 음식을 나르게 됐다. 요리사는 식당으로 통하는 문을 어깨로 밀치고 엄숙하게 걸어나와 방 한가운데의 작고 네모난 테이블 앞에 혼자 앉아 있는 두목에게 다가간다. 기다란 연회용 식탁은 한쪽 구석으로 치워져 있고 일인용 상만 차려져 있다. 두목은 요리사를 향해 미소 짓고, 예의 바르게 얼음을 가득 채운 버킷과 와인병을 들고 나온 나를 보고는 히죽 웃는다. 코르크 마개가 잘 빠지질 않아서 가랑이 사이에 끼고 힘을 주고 싶었지만, 그냥 겨드랑이에 끼고 힘껏 끌어당긴다. 요리사는 세련된 감각으로 두목의 무릎 위에 냅킨을 깐다. 할 일을 끝낸 나는 식당을 나온다.

화가는 주방 창가에서 마당을 내려다보며 서성이고 있다. 그는 고뇌하고 있다. 그렇게 감정이 온몸으로 체화되는 장면은 생전 처음 본다.

"내 아내가⋯⋯" 그가 입을 연다. "이곳에 있어요. 여기 잡혀 있는 거죠. 저기 마당에서 아내를 봤습니다."

나는 그의 어깨 위에 가볍게 손을 올려놓는다. "다행이네요. 어쨌든 무사하다는 걸 알았으니까. 어디 있는지도 알고."

그가 나를 향해 돌아서더니 내가 어쩌기도 전에 내 가슴에 얼굴을 묻는다. 그의 슬픔이 열기와 함께 내 셔츠를 적시며 번진다.

"여기서 소리 질러 불렀어요. 창문을 열고 아내를 보고 불렀다구요. 그녀는 혼자 벤치에 앉아 있었습니다. 근데 소 닭 보듯 날 쳐다보더니, 그냥 일어나서 가버렸어요."

화가의 아내가 왜 그랬는지 알 것도 같다. 요리사가 오늘 아침에 말한 관련자들의 오염인가 하는 것 때문일 것이다. 나는 어색하게 그의 머리를 쓰다듬는다. 이런 일엔 영 젬병이다. 화가가 머리를 들자 나는 문 쪽으로 다가가 두목이 요리사한테 뭐라고 말하는지 들어보려 한다. 포크가 접시를 리듬감 있게 스치는 소리가 난다.

"기대 이상이군!"

요리사가 공손히 뭐라 답한다. 달그락거리는 소리가 그치고 접시는 깨끗하게 비워졌다.

"그러고 보니, 결혼은 했소?" 두목은 어린애한테 묻는 식으로, 그냥 심심해서 물어보는 거니까 굳이 대답을 바라는 건 아니라는 식으로 질문한다.

요리사가 이 질문에 놀랐는지는 모르겠지만 어투는 담담하다. "결혼한 적은 있지요. 지금은 아닙니다만. 전 아내를 못 본 지는 몇 달 됐습니다." 그는 두목이 얼마나 더 듣고 싶어하는 건지 알 수 없어서 일단 여기서 멈춘다.

"아. 왜 헤어졌소?"

요리사는 한 박자 쉬고 말한다. "아내가 미쳤거든요." 어조가 기묘하다. "에너지 흐름에 과도하게 집착해서요. 집 벽이 평화로운 기운을 가로막고 있다면서 벽 세 개를 허물려고 하더군요."

두목은 껄껄대고 웃는다.

7. 화가

우리가 처음 같이 잤을 때는 오후였다. 그녀는 하루 중 그 시간에 섹스하는 걸 가장 좋아했다. 발코니에서 점심을 먹고, 맥주를 마시고, 침대에 누웠다. 따스한 열기와 나른함만으로도 몸이 달았다. 그녀는 내게 피임 도구를 쓰지 못하게 했다. 매일 아침 체온을 재서 배란일이 언제인지 정확히 알기 때문이었다. 조그만 온도계와 공책을 머리맡에 항상 놔두고 아침이면 일어나 침대에 앉아(머리카락은 사자 갈기처럼 흐트러져 있다) 눈 뜨기 전에 입부터 열어 온도계를 혀 밑에 넣고 기다렸다. 눈을 가늘게 뜨고 눈금을 읽은 다음 공책에 적고 벌거벗은 그대로 화장실로 걸어갔다. 그녀가 걸어갈 때 가랑이가 서로 스치는 모양은 너무 사랑스러웠다. 그녀는 세면대 앞에 서서 이를 닦으면서 거품을 물고 웅얼웅얼하며 아침으로 뭘 먹을지 혹은 화실에 가는 날인지 물었다. 나는 그녀의 모습에, 입 안을 헹구려고 앞으로 구부릴 때 배가 세 겹으로 접히는 모습에 온통 시선을 빼앗겨 대답도 제대로 하지 못했다. 그때마다 나는 내가 그녀를 얼마나 사랑하는지 표현하고 싶었지만, 그녀가 나의 갈망에 난색을 표하거나 나를 변태 취급하고 무시할까 봐 겁이 났다.

어느 날 오후, 그녀의 체온이 평소보다 1도 가량 더 높아서 피임 도구를 사용했는데 그게 안에서 찢어져버렸다. 헐거워지는 기분이 들었던 것이다. 우리는 함께 병원을 찾아갔고, 그녀가 간단한 몸수색을 마치고 안쪽으로 안내되는 동안 나는 밖에서 기다려야 했다. 보안이 철저했다. 그녀는 한 시간 정도 있다 알약 두 알과 작은 책자를 꼭 쥐고 나왔다. 한 알은 지금 바로 먹고 나머지는 이따 밤 열두시에 먹으라고 했다. 열두시가 되었을 때 나는 알람을 듣지 못했다. 그녀가 내 팔을 잡고 흔들어대서 깼다. 그녀는 어둠 속에서 침대 밑을 더듬으며 떨어뜨린 알약을 미친 듯이 찾고 있었다. 자다 일어나 멍한 상태에서 우리는 미처 불을 켤 생각도 하지 못했다. 그녀가 양손으로 바닥을 훑으며 굽도리널 아래 틈새까지 뒤지는 동안 나는 몸을 기울여 침대 옆쪽을 뒤졌다. 그러다 뭔가 그녀 손에 걸렸고 그녀는 그것을 손바닥 위로 들어 올렸다. 알약은 조그마했다. 그녀는 약을 삼키고 나서 침대로 다시 기어들어왔고, 우리는 방금 막 죽을 위기를 헤쳐나온 사람들처럼 꼭 부둥켜안고 잤다.

나는 소리가 들리길 기다리고 있다. 요리사와 이발사는 한참 전에 곯아떨어졌다. 그들은 일말의 죄책감도 없이 아기처럼 잔다. 침대 위 환풍구 문짝은 일찌감치 떼어났다. 마당에서 아내가 나를 보고 어떤 표정을 지었는지 생각하지 않으려 애쓴다.

"자유는…… 당신 인생을……"

자, 시작했다. 이건 두목 목소리다. 이젠 구별할 수 있다.

"그대로…… 권력…… 하는 게 모두를 위해서 좋아. 나한테 그럼…… 희생에 대해서 말씀해보시지."

이건 서류 더미를 바닥에 내던지는 소리 같다.

"증인이…… 해봐."

쾅 하고 문이 열리고 계단에서 발소리가 난다. 나는 숨을 죽였다. 누군가가 문을 따더니 소리도 없이 나를 침대에서 끌어내린다. 나는 온순하게 그를 따라 맨발로 계단을 내려가면서 소리를 질러 딴 사람들을 깨워야 하나 고민한다.

두목은 남자용 실크 가운을 입고, 열린 문가에 서 있다. 아파트에서 끌려나갈 때 아내 모습이 떠오른다. 대통령은 웃옷을 벗은 채 방 한가운데 소파에 앉아 있다. 그 옆에 뿌려져 있는 것은 꽃잎이 아니라 사진들이다. 수백 장의 사진들이 소파와 그의 발치께를 수놓고 있다. 대통령의 얼굴은 여기저기 멍들었고 코도 부어올랐다. 다리를 꼭 붙이고 손을 무릎 위에 얹고 있다. 가까이 가서야 그의 손이 아직도 묶여 있음을 알았다. 그를 바라보는 것은 끔찍했지만 어쩔 수 없이 자꾸 눈이 갔다. 뒤에서 문을 닫더니 잠근다.

"그 사람 옆에 앉으시오." 두목이 명령한다. "사진들 좀 딴 데로

치우고 소파에 앉으시오."

대통령의 가슴팍에 난 시퍼런 자국을 보고 주먹에 강타당하는 장면을 상상하다 사진을 한 줌 들어서 마룻바닥에 내려놓는다. 내용은 보지 않는다.

두목은 우리를 마주 보고 팔걸이의자에 앉는다. 그리고 가운데에 있는 커피 테이블 위에 발을 얹고 하품한다. "당신 옆에 앉아 있는 그 남자한테 거기 사진들 중 한 장만 보여줘봐."

나는 두목을 똑바로 쳐다보면서 왼손으로 더듬더듬 사진을 집어 들고 그대로 대통령 옆 의자 위에 둔다. 두목의 얼굴에 묻어 있던 피곤함이, 사람한테 씌웠던 악마가 빠져나가듯 싹 씻겨나간다.

"사진을 보시오." 그는 턱 끝을 당기고 금방이라도 공격할 것처럼 사납게 온몸을 긴장시킨다.

눈은 멀거니 떠 있는데 정신력만으로 보지 않을 수 있을까? 불가능하다. 사진 속 남자의 얼굴은 완전히 뭉개져 흐느적거리고 피로 얼룩진 데다, 머리가 척추와 말도 안 되는 각을 이루고 있다. 사진을 보고 나서, 대통령의 손이 묶여 있다는 것도 잊고 그에게 넘겨준다.

"저 사람이 볼 수 있게 좀 들고 계시겠소? 수고를 덜어주자구." 두목은 앉은 자리에서 상반신을 앞으로 내민다.

손에 든 사진이 떨린다. 사진이 스스로의 의지로 떨고 있는 거다. 대통령은 목을 가다듬지만 아무 말도 하지 않는다. 두목은 다시 의자 깊숙이 앉아 생각에 잠긴다. 사진을 놓아버리자 그것은 무거운 물건처럼 바다 깊숙이 가라앉는다. 대통령이 아래턱을 들어 경고하지만 이미 늦었다. 무언가가 허리께에 와 닿고 그 충격에 콩팥이 비명을 지른다. 콩팥이 받은 충격이 온몸에 전달될 때까지 고통은 멈추지 않는다. 나는 발밑에 쌓여 있는 사진 위로 쓰러져 기침을 하고 침을 흘린다. 뒤돌아보지는 않았지만 경호원이 다시 원래 있던 곳으로 물러나는 소리가 들린다. 몸속의 모든 피가 머리와 혀에서 빠져나간다. 전부 허리로 몰려가서 피 흘리는 콩팥을 돕는다. 나는 입술을 핥는다. 고통 때문에 눈에 뵈는 게 없다. 아픔이 가실 때까지 놈들이 뭘 하든 뭐라든 개의치 않는다.

아픔조차도 그녀를 생각나게 한다. 휴일에 여행을 가서 다 쓰러져가는 게스트하우스에서 보냈던 밤, 맨발로는 뭘 밟을지 몰라 욕실에서도 샌들을 신었고 서로 호스로 물을 뿌려주며 씻었다. 뜨거운 물도 안 나왔다. 몸을 따뜻하게 해주려고, 시트까지 덮고 맨 매트리스 위에 엎드린 그녀 위에 몸을 포갰다. 당시 나는 손목 안쪽 정맥 사이에 조그만 낭종이 하나 나 있었는데, 그녀가 꽉 눌러 짜면 낫는다고 들었다며 그 어두운 데서 있는 힘껏 (나는 손목을 내밀고 눈을 감고 어금니를 깨물었다) 물집 있는 데를 꾹 눌렀다. 밤새 내내 미친 듯이 쓰라리고 아팠는데 다음 날 아침에 보니 씻은 듯 나아 있었다.

8. 요리사

일요일이다. 가재는 양동이 안에서 웅크리고 날 기다리고 있을 것이며, 차곡차곡 쌓여 있는 전복은 대리석처럼 딱딱하게 굳어서 손에 닿기만 해도 오그라드니 진정시키려면 시간이 좀 걸릴 것이다. 나는 화가의 팔을 슬쩍 건드려 깨운다. 그는 눈을 뜨고 상처 입은 짐승처럼 나를 바라본다. 어제 내가 그의 아내에 대해서 한마디 했다고 여전히 삐쳐 있다. 그는 양로원 노인처럼 화장실로 걸어간다. 하룻밤 사이에 파삭 늙어버린 것 같다. 그와 같이 있는 건 피해야겠다. 안 그러면 나도 같이 우울해질 것 같다. 욕실 문틈으로 신음이 흘러나오더니 오줌 줄기가 변기 안쪽을 때리는 소리가 들린다. 이젠 오줌발도 띄엄띄엄한 것이 노인네 것처럼 약하다.

그가 화장실에서 나오자 나는 안으로 들어가 세수를 하는데 나도 모르게 아내 생각을 하고 있었다. 두목이 물어보는 바람에 한

동안 잊고 있던 그녀가 떠오른 것이다. 아내가 이 쿠데타에서 살아남았기를 바란다. 내 맘이 편하고 싶어서가 아니라, 딸아이가 제 엄마 없이 어떻게 해나갈지 알 수 없기 때문이다. 아이는 매일 제 엄마를 찾아가 머리를 빗겨주고 침대 위에서 돌아눕히고 화병에 꽃을 꽂았다.

그런 아이다. 몇 주 전인가 그애가 자기 일기를 부엌 식탁 위에 놔뒀다. 밤늦게 요리법(육수를 우리는 법 같은 매우 기초적인 것)을 하나 나에게 물었는데, 그걸 일기에 받아 적고선 그대로 식탁 위에 두고 자러 들어갔다. 그런데 그것이 식탁에서 날뛰면서 날 부르기 시작했다. 처음엔 조심스럽게 들고 무작위로 펼쳐서 몇 줄만 힐끗 보았다. 그러다 남자들 이름을 세 단에 걸쳐 빽빽하게 적어놓은 페이지를 발견했다. 같이 잔 남자들의 이름이었다. 나는 조심성을 걷어치우고 말 그대로 책을 읽듯 아이의 일기를 처음부터 끝까지 정독했다. 다음 날 아침, 아이가 나를 보고 무슨 일 있었냐고, 밤새 누구 초상난 것처럼 얼굴이 수척해졌다고 걱정했다. 나는 넌 자존심도 없냐고 따져 물었고, 아이는 즉시 내가 자기 일기를 읽었다는 것을 알아차리고 반문했다. 재미있게 읽었냐고, 특히 수영장에서 섹스를 시도했다는 부분이 재미있지 않았냐고.

결혼 생활이 파경으로 치닫던 무렵, 아내와 나는 3도 화상을 입은 환자의 몸이 통증에 반응하여 아드레날린을 마구 분출하듯 광란의 섹스를 나눴다. 내가 간밤에 딴 여자와 있다 온 걸 알면서도 아내는 아침에 나와 잤다. 결혼한 지도 오래됐고 아이도 하나 낳았기 때문에 아내의 몸매는 영 봐줄 만하지 않았다. 내가 밤 파트너로 고른 여자들은 내 또래 남자들이라면 누구나 빠질 만큼 매력적이었고, 아내도 그것을 인정했다. 아내가 미친 건 우리가 헤어지고 난 후다. 우리 집 벽을 부숴야 했던 건 딸아이의 남자친구였다.

욕실 문을 열고 나오니 이발사가 차례를 기다리고 있다. 턱수염을 덥수룩하게 기른 그는 내가 파에야를 두목에게 만들어준 다음부터는 나에게 말을 걸지 않는다(두목은 그릇 밑바닥에 남은 소스까지 손가락으로 다 훑어 먹었다. 짜릿한 광경이었다). 화가는 토마토를 과일처럼 한 손에 들고 먹고 있다. 나는 내 몫의 빵과 치즈에 손도 대지 않는다. 나는 튀긴 참새우가 먹고 싶다. 다 익은 정도를 넘어 거의 뭉개지기 직전의 크림처럼 된 참새우살. 문 두드리는 소리가 이제 나가야 될 시간임을 알린다. 어제와 같은 감시인이다. 철야하는 은행원처럼 버튼다운 셔츠를 입고 타이는 느슨하게 풀고 있다. 화가와 이발사는 오늘은 방에 남아 있다. 나는 대통령의 아파트에서도 일요일마다 스태프 없이 혼자 일했고, 오늘도 나 혼자 준비할 것이다.

안마당을 따라 나 있는 발코니를 통해 부엌까지 말없이 걸어간다. 여름 별장은 금요일 아침의 호텔처럼 떠들썩했다. 정원에는 남녀가 여기저기 무리 지어 벤치에 앉아 있거나 피크닉 테이블 주위로 모여 있다. 전엔 여기서 여자를 본 적이 없다. 여자들도 다들 근무시간이 끝난 회사원의 복장을 하고 있다. 슬랙스나 무릎까지 오는 스커트, 소매 없는 니트, 편한 신발. 그중 한 사람이 고개를

들어 나를 보고는 빙긋 웃는다. 기분 좋은 미소다. 그녀도 내 사진
첩에 추가하고 싶다. 우리 집이 아직 그대로 남아 있을지, 사진첩
(지금까지 사귄 모든 여자들의 사진을 모아두었다)이 침실 선반
에 그대로 놓여 있을지 모르겠다. 접착력 있는 두꺼운 종이 위에
투명한 비닐을 씌운 옛날식 앨범인데, 세월이 흐르면서 붙여놨던
사진들이 떨어져서 비닐에서 빠져나와 아무 데나 끼여 있다. 나이
든 남자도 이와 비슷하다. 과거에 이룬 정복과 승리도 이젠 손아
귀를 빠져나가려 한다. 딸아이는 툭 하면 사진첩을 꺼내서 거기
있는 여자들 이야기를 잠들기 전까지 들려달라고 졸랐다. 그야말
로 잠자리 이야기였다. 아이가 어릴 때는 나이에 맞게 내용을 순
화시켜서 여자들 하나하나를 로맨틱한 이야기 속의 공주님으로
승화시켰다. 어떤 드레스를 입고 어떤 향수를 뿌리고 어떤 머리
모양을 했는지 구체적으로 묘사해가면서. 아이가 좀더 커서 영악
해지고 일일이 캐묻기 시작하면서부터는 더이상 동화 속 공주님
이야기에 만족하지 않았다. 아이는 여자들이 실제로 어떤 사람이
었는지 궁금해했고, 내가 그 여자들을 어떻게 유혹했는지 알고 싶
어했다. 딸아이의 첫번째 남자친구도 사진첩에 담긴 이야기를 듣
는 영광을 얻었다. 아이는 남자친구를 집으로 초대하여 같이 저녁
을 먹고 나서 내가 커피를 타러 간 사이 앨범을 꺼내 와서 졸랐다.
"ㄱ 얘기 좀 해주세요, 아빠. 맨 처음부터요." 이제야 깨닫는다. 아
이도 그때 나에게 자존심도 없냐고 핀잔할 수 있었다는 걸.
　제일 처음 같이 잔 상대는 앨범에 있는 여자들 중 가장 못생겼

다. 사진 속 그녀는 무릎이 통통했고 보조개가 잡혔다. 딸아이와 나는 그녀에 대해서는 별로 얘기하지 않고, 내가 모델의 해라고 부르는 시절로 바로 넘어갔다. 이 년 동안 참 많은 모델과 사귀었다. 여자들이 좋아할 만한 남성적 매력을 갓 손아귀에 넣었을 때였다. 첫 모델은 길에서 헌팅했다. 신호등이 빨간불일 때 내 차가 그녀의 차 옆에 섰고, 나는 안을 건너다보았다. 다음 신호등에서는 그녀 뒤에 서게 됐는데 그녀 차의 왼쪽 브레이크 등이 나간 걸 보고는 차 번호를 적고 그날 오후 교통과에 전화를 걸어 사고가 났던 것처럼 꾸며대서 그녀의 이름을 알아냈다. 주소도 알아내서 그날 저녁에 쪽지와 함께 꽃다발을 보냈다. "당신 차의 왼쪽 브레이크 등이 고장 났습니다. 전화 바랍니다." 이틀 만에 우리는 저녁 식사 약속을 잡았다. 그녀는 내 카메라 앞에 새틴 드레스를 입고 섰다.

앨범의 한참 뒤로 가서야 아내가 나온다. 금요일 저녁에 나는 그녀와 결혼하기로 결심했다. 햇살이 너무도 아름다워 그만 무릎 꿇고 엎드려 나 자신을 제물로 바치고 싶어지는 위험한 시간대였다. 그녀와 함께 오후 영화를 보러 갔다 무방비 상태가 되어 극장을 나섰다. 오후 영화를 보고 나면 항상 그런 기분이 된다. 밖이 아직도 환한데 어두운 방 안에서 내 인생의 두 시간을 하릴없이 빈둥거리다 나온 기분이랄까. 그녀를 집까지 데려다주는데 집 앞에 마땅히 주차할 데가 없어서 길을 따라 한참 내려간 곳에 주차하고는 정문까지 걸어서 바래다주었다. 무릎 높이의 울타리가 길을 오가는 사람들한테서 작은 정원을 지키고 있는 곳이었다. 굿바이 키스를 했는지는 기억나지 않는다. 차 있는 데까지 거의 다 돌아왔을 때 그녀가 내 이름을 외치는 게 들려 돌아보니 그녀가 부츠를 신은 채 울타리를 뛰어넘어 달려오고 있었다. 그녀는 내 앞에서 훌쩍 뛰어올라 내 엉덩이에 자기 다리를 감고 목을 꼭 끌어안더니 (내가 결혼을 결심한 계기가 된 바로 그) 열정적인 키스를 퍼부었다.

가난한 집 자식이 대개 그렇듯 나도 섹스를 동물─정확히 말해서 닭이다─한테서 처음 배웠다. 해가 높게 뜬 어느 날 아침, 어머니는 나한테 닭장에 가서 달걀 몇 개를 가져오라는 귀찮은 심부름을 시켰다. 열두 살도 되기 전이었다. 나는 닭장 문을 열고 들어가 닭들이 마구 달아나는 와중에 수탉이 요상한 자세로 한 암탉을 깔고 앉은 것을 발견했다. 나는 재빨리 닭장 문을 닫고 햇볕 속에서 그놈들 옆에 웅크리고 앉아 관찰했다. 수탉은 잠깐 멈칫하며 꺼풀 없는 까만 눈으로 날 의심스럽다는 듯 주시하더니 곧 다시 움직이기 시작했다. 턱 끝에 늘어진 피부가 앞뒤로 펄럭였다. 이 움직임은 어머니가 집 안에서 소리를 지르며 달걀을 찾을 때까지 계속됐다. 나는 수탉의 움직임에 매혹되어 눈을 뗄 수가 없었다. 하지만 내가 여자들 사진을 보관하게 된 건 섹스 때문이 아니다. 사실을 말하자면 나는 섹스를 별로 즐기지 않는다. 아이를 갖기로 하고 나서, 나를 침대로 끌어들이기 위해 아내가 더 자주 이런저런 궁리를 했다. 어느 날 오후 웃통을 벗고─땀이 난 등짝에 잔디가 자꾸 달라붙었다─마당에서 잔디를 깎고 있을 때 아내가 차가운 레모네이드를 해준다면서 나를 불렀다. 알고 보니 그게 미끼였다. 그때가 아내의 배란기였다.

주문했던 요리 재료들이 주방에서 나를 기다리고 있다. 그중 몇몇은 아직 살아 있다. 가재는 저들끼리 혹은 싱크대에 슬로우 모션으로 머리를 부딪는다. 다리를 암만 길게 뻗어도 싱크대 안에 발이 걸리는 곳은 없다. 구 개월이 다 된 태아의 눈을 한 잿빛 참새우도 싱싱하고, 소라는 다가올 폭력에 대비해 껍데기 속으로 단단히 틀어박혔다. 생선은 이미 비늘을 벗겨 내장을 제거하고 뼈를 발라 네 토막으로 준비해놓았다. 육질은 진줏빛이 도는 분홍색이다. 마늘, 달걀, 버터, 허브 한 다발, 마요네즈, 올리브와 땅콩기름에다 레몬 한 봉지. 기본 양념뿐이지만 어차피 해산물은 꾸밈없이 원재료의 맛을 살리는 게 제일이다. 감시인은 나갔다. 두목은 내가 오믈렛에 유리 가루를 넣지 않을 거라고 신뢰하기 시작했다.

나는 팬에 땅콩기름을 절반 정도 붓고 생선 튀김부터 시작할 것이다. 부주방장은 아직 살아 있는 재료부터 조리하는 것이 자신의 사명이라고 믿었다. 물 밖에 난 비참한 운명에서 한시라도 빨리 해방시켜줘야 한다고. 전복의 경우 부드럽게 만들기 위해 죽이기 전에 몇 시간이고 내버려둬야 한다는 것이 그에게는 정신적인 고문이었다. 총을 맞은 부주방장이 살아 있을 것 같진 않다. 놈들이 나를 부엌 밖으로 끌어낼 때까지도 그는 종업원용 출입구 바닥에 엎어진 채로 자신이 흘린 피웅덩이 속에 누워 있었다. 그걸 보고 고소해했다고 말할 수는 없다. 하지만 그는 조그맣고 성가신 개처럼

52

내 뒤꿈치를 물어뜯으며 나를 주방장 자리에서 끌어내리려고 피곤하게 굴었다. 언젠가 일요일 아침에 대통령은 아파트에서 게살 파이를 한입 가득 물고선 변화를 받아들일 준비가 되었다고 말했다. 나는 그것을 경고로 해석했고, 다음 날 아침 관저 부엌에서 부주방장은 내가 덜덜 떨고 있음을 냄새로 알아차렸을 거다. 밀려난다는 두려움이 내 안에서 파도처럼 일었고, 그는 의기양양해졌다.

뜨거운 물이 담긴 컵에 넣어둔 온도계를 꺼내어 끓는 기름에 찔러넣는다. 생선을 튀기기에 딱 알맞은 온도. 한 토막씩 가루 옷을 입히고 후추를 뿌린 다음 팬에 살짝 미끄러뜨리듯 넣는다. 둥둥 떠오르면 다 익은 것이다. 참새우를 준비하러 스토브에서 몸을 돌린다. 아까 마당에서 본 여자가 조용히 들어와 싱크대 옆에 서서 가재를 물끄러미 바라보고 있다. 그녀는 나를 돌아보고 싱긋 웃는다. 딱 맞게 조여진 스커트가 하체의 아름다운 곡선을 드러낸다. 가느다란 팔은 맨살을 드러낸 채다.

"원래 이렇게 잔인해요?" 그녀가 묻는다.

설렌다. 욕망으로 설렌다. "그놈들은 고통을 느끼지 않습니다. 자기 창자를 뒤집어 꺼내서 미끼로 쓰는 상어에 대해 들어본 적 없소?"

"끓는 냄비 속에서 죽을 때 비명을 지른다는 건 알아요."

"그건 껍네기 속에 들어 있던 공기가 빠져나가는 소립니다."

그녀는 몸부림치는 가재를 다시 내려다본다. 생선 토막들이 갈색으로 익어 떠오르기 시작했다. 구멍 뚫린 스푼으로 하나씩 건져서 쪼글쪼글한 기름 흡수용 키친타월 위에 얹는다. 네 토막의 생선이 놓인 자리에서부터 어두운 색이 번져간다. 등 뒤로 쭉 그녀의 눈길을 느낀다.

"두목 음식에 독을 타는지 감시하러 왔습니까?" 능청스럽게 말을 걸어본다.

그녀는 대답하지 않는다.

"뭐 그런 건 간단하오. 참새우의 내장을 제거하는 걸 깜박할 수도 있고, 생선을 덜 익힐 수도 있고, 수프에 상한 홍합을 넣을 수도 있고. 그런 생각을 안 해본 건 아니라는 건 아실 테고."

그녀에게서 아무 대답이 없자 몸을 돌려 그녀를 다시 바라본다. 그녀는 가재 등딱지를 잡고 들어 올려 더듬이를 부러뜨렸다. 가재는 몸부림치며 앞발을 버둥거린다. 그녀는 가재의 항문을 찾아서 부러진 더듬이를 천천히 밀어넣는다. 놈은 몸을 꽉 웅크린다. 그녀가 더듬이를 홱 잡아 빼자 내장들이 딸려나온다. 배설물은 녹색이다.

"나는 보통 녀석들이 죽을 때까지 기다렸다 내장을 제거하지요. 그것들이 고통을 느끼지는 않더라도."

이것은 사실이다. 나는 단 한 번도 살아 있는 가재의 내장을 꺼낸 적이 없다.

그녀는 가재를 도로 싱크대에 떨어뜨리고 비누로 구석구석 꼼꼼하게 손을 씻는다. 그녀가 다시 내게 얼굴을 돌렸을 때, 나는 희미한 실망의 흔적을 포착한다.

"가재의 뇌 속에는 모래 알갱이가 들어 있어서 방향 감각을 준다는 걸 압니까?" 나는 물었다. "그것으로 위아래를 구별하는 거죠. 전에 도매업자가 나한테 말하길 가재 머리에 철가루를 넣고 물탱크 바닥에는 자석을 놔뒀더니 가재가 죽을 때까지 뒤집어져서 헤엄쳤다는군요."

그녀는 싱크대에서 몇 발자국 걸어가서 간이문 옆에 있는 부엌 의자에 오도카니 앉는다. 내가 파에야를 만들던 날 밤 두 명의 남자 감시인들이 앉았던 자리다. 꽉 끼는 스커트 때문에 다리를 꼬아야만 한다. 투박한 구두를 신고 있어도 가느다란 발목과 쭉 뻗은 다리의 우아한 각선미는 조금도 반감되지 않는다. 그녀는 무심하게 딴 곳을 쳐다본다. 물이 끓는다. 나는 소라를 집어 펄펄 끓는 냄비에 빠뜨린다. 그것들은 이내 비명을 지르기 시작한다. 처음에는 조용히, 고주파로 윙윙거려 개만 들을 수 있는 소리였다 점점 낮아져 사람 귀에도 들리는 구슬픈 곡(哭)이 된다. 서로 껍데기를 부딪치며 냄비 안에서 달그락거리다 몇 분쯤 지나면 포기하고, 제일 먼저 숨문뚜껑이 수면 위로 올라왔다 다시 바닥으로 가라앉는다. 나는 소라 속을 끄집어내고 껍데기는 싱크대에 버린다. 청동색의 속살이 돌돌 말려 붙어 있던 안쪽은 부드럽고, 바깥쪽은 회칠을 한 듯 까칠까칠하다.

날이 잘 드는 칼을 골라서 삶은 소라를 단단히 붙잡고 얇게 썬다. 탱탱한 회색 살이 가지런히 썰린다.

"그 여자들은 다들 어디서 온 겁니까?" 나는 호기심에서 묻는다.

대답이 없기에 그녀가 아직도 주방에 있는지 고개를 돌려 뒤를 본다. 그녀는 머리 뒤로 팔을 들어 올려 머리카락을 소시지처럼 말아 쪽을 만들고 있다. 팔뚝 위에 희미하게 근육 선이 보인다.

"남자들도 같이 왔는데요. 도시의 질서를 확립하는 중이거든요. 약탈을 중지시키고, 공공 서비스를 복구하려고 노력하고 있어요."

"그럼 이제 다 된 건가요? 질서가 잡혔습니까?"

그녀는 고집스레 삐져나온 잔머리를 귀 뒤로 넘기며 말한다. "어느 정도는."

나는 굵은 소금과 마늘을 도마에 놓고 칼날의 평평한 부분으로 짓이긴 다음 곤죽이 될 때까지 빻기 시작한다. "바깥 상황은 어떻습니까? 사람들은 뭘 하고 있죠? 집들은 손상되지 않고 그대로 있나요?"

그녀는 웃으며 일어난다. "그러니까 당신 말은, 당신 집이 안전하게 그대로 있느냐는 뜻이죠?"

나는 공모자의 미소를 지으며, 프라이팬 손잡이를 잡고 기름을 두른다. 그녀가 나에게 다가오자 나는 프라이팬과 마늘과 소라가 올려진 나무 도마를 내민다.

"투명하게 될 때까지 볶으세요."

그녀는 프라이팬을 건네받고 주걱을 하나 찾아서 마늘이 기름에 튀겨져 향이 날 때까지 열심히 볶는다. "사람들은 혼란스러워하고 있어요. 대부분은 대통령의 범죄를 모른 척하려고 해요."

나는 무슨 말인가 궁금해서 그녀를 쳐다본다.

"물론 당신도 모르죠. 편하게 사는 거죠."

그녀의 등과 머리카락에 풀잎 몇 개가 붙어 있는 게 보인다. 오늘 아침에 밖에서 햇볕을 쬐며 누워 있었던 모양이다.

나는 지금 손에 밀대를 쥐고 있다. 이제 전복이 있는 곳으로 슬그머니 다가가 죽음의 한 방을 날릴 시간이다. 주방을 가로질러 어두운 식품 저장실로 걸어가는 나를 그녀가 눈으로 좇는다. 나는 극적인 효과를 연출하기 위해 마지막 몇 발자국은 발뒤꿈치를 들고 걸어가 전복 앞에 쭈그리고 앉는다. 세 마리는 수축하기 전에 죽였는데, 나머지 하나는 무슨 일이 일어나는지 눈치 채고 딱딱해져버렸다. 버려야겠다.

전리품을 싱크대로 다시 옮기는 나를 보며 그녀가 한마디 한다. "밀대로 죽인다. 그건 꼭 기억해둬야겠군요."

나는 두꺼운 전복들의 가장자리를 불에 그슬리며 재빨리 구워낸다. 그녀는 행주로 손을 닦고 싱크대에 기대어 나를 마주 본다. 참새우는 뜨거운 기름 속에서 분홍색으로 익었다.

"그 창자 없는 당신 친구하고 그놈 동료들을 이제 지옥에서 해방시켜주시겠습니까?" 나는 그녀에게 요청한다.

가재를 하나씩 집어서 냄비에 옮겨 담을 때의 그녀는 무척 얌전해 보인다. 더듬이가 부러진 놈은 이미 싱크대에서 죽었다. 그것들이 비명을 지르기 시작한다. "전에 당신을 감시하던 남자가 요리를 도와준 적이 있나요?"

"도와주겠다고 나서지 않았습니다."

"나도 도와주겠다고 한 적은 없는데요."

"당신은 손에 피를 묻혔잖습니까. 거절할 수가 없지요."

"그건 가재 똥이에요. 피가 아니라."

나는 냄비 위로 그녀의 손을 잡는다. 그녀는 잠시 그렇게 가만 놔뒀다가 팔을 뒤로 뺀다.

"김 때문에 손 데겠어요."

그녀의 팔뚝 안쪽에 원 모양으로 변색된 흉터가 가지런히 나 있다. 작은 원 여섯 개가 한 줄로. 그 부분의 피부만 쭈글쭈글하게 늘어졌다.

내 뒤에서 한 남자가 헛기침을 한다. 두목이다. 그는 주방 바로 안쪽, 식품 저장실 옆에 서 있다. 그가 봤든 말든 무슨 상관이랴. 잘생긴 그를 보면 비참해진다. 나는 내 손을 내려다본다. 늙은이의 손이다. 먹고살기 위해 너무 오랜 세월 혹사시킨 손이다. 두목은 다가와 기름 속에서 새우를 하나 꺼내서 끄트머리를 잡고 식을 때까지 들고 있다 한 손으로 껍데기를 까고 머리를 떼어내서 깔끔하게 먹어치운다.

그는 그녀에게 손을 내민다. "자기, 가서 자리에 앉지."

그녀는 그의 팔짱을 끼고, 두 사람은 간이문을 통해 나간다. 나는 앞치마와 모자를 벗고 큰 접시 두 개와 자른 레몬 한 접시를 나른다. 그는 긴 손가락을 놀리며 곧바로 식사를 시작한다. 살점을 집어 들고 녹인 버터가 담긴 그릇에 푹 담갔다 꺼낸 후, 레몬즙을 듬뿍 짜서 뿌린다. 껍질을 까고, 육즙이 가장 풍부한 부분을 포크로 쿡 찌른다. 나는 부엌 조리대 위에 허리를 굽히고, 몰래 빼돌렸다 익힌 새우 몇 개를 맛본다. 내가 바라는 바 그대로다. 육질이 버틸 수 있는 한계를 지나 거의 뭉개져 크림이 됐다.

9. 이발사

화가가 빵과 토마토를 갖다주는 감시인에게 안뜰로 산책을 나가도 되는지 물었다. 그가 왜 산책을 하고 싶어하는지 모르겠다. 그는 화장실을 다녀오는 것만으로도 애를 먹고, 앉아 있다 일어날 때면 꼭 임산부처럼 한 손은 배 위에 얹고 다른 손으로는 손바닥을 펼쳐 등허리를 받치기 때문이다. 어쨌든 그 감시인이 순순히 그러라고 해서 꽤 놀랐다. 몇 미터쯤 뒤에서 따라오면서 계속 감시할 거라는 조건을 붙이긴 했지만. 요리사는 자신의 갑각류 친구들을 돌보러 간다며 하이에나처럼 허겁지겁 옆길로 빠졌다.

내 더러운 파자마는 이식된 피부처럼 다리에 착 달라붙었고 턱수염은 처녀지를 개척하고 있다. 우리는 교회에 가는 노부부처럼 방을 나선다. 감시인은 거리를 유지하며 무심하게 따라온다. 화가는 내 옆에 꼭 붙어 터벅터벅 복도를 걷는다.

"왜 그래요?" 나는 화가에게 묻는다. "왜 그렇게 걸어요?"

화가는 남이 알아차렸다는 게 놀랍다는 듯이 나를 쳐다본다. "등허리가 아파서요. 자다가 근육이 뭉쳤나봅니다."

"운동을 하면 좀 풀릴 거예요. 방에 돌아가면 가르쳐드릴게요."

모퉁이를 돌아 저 아래 안마당이 보이는 통로로 접어든다. 우리는 난간에 기대어 사람들 머리 꼭대기를 내려다본다. 대부분 여자들이고, 작은 무리를 지어 앉은 그들의 모습은 늦은 아침 햇살 아래에서 목가적으로 보인다.

"당 간부들이지." 우리를 따라오던 남자가 말한다. "어젯밤에 도착했소."

감시인도 우리처럼 난간에 기대선다. 팔을 기대고 상체를 바깥으로 쑥 내밀어 여자들한테 추파를 던진다. 화가도 굶주린 사내처럼 여자들을 하나하나 훑어본다. 처음엔 저 사람이 왜 저리 조급하게 두리번거리나 의아했지만, 곧 저중에 아내가 있을까 희망을 품고 찾아보고 있을 뿐임을 깨닫는다. 그렇게 필사적으로 방 밖으로 나오고 싶어했던 것도 당연하다. 그는 아내를 찾고 싶은 거다. 한 번이라도, 힐끗이라도 보기 위해서. 나는 다시 안마당으로 눈길을 돌린다. 근데 뭔가 이상하다. 보는 사람마다 내 기억을 세차게 흔들고 머릿속 어디에선가 떠오를 것만 같다. "저 사람들 어쩐지 다 낯익어요." 나는 화가에게 가만히 물어본다. "내 머리가 이상해진 걸까요?"

"처음 가보는 곳에서 우리 두뇌는 가끔 그런 식으로 작용해요."

화가가 대답한다. "낯익고 유사한 점을 찾아냅니다. 일종의 생존 전략인 셈이죠."

그럴지도. 그의 설명에 거의 수긍할 뻔한 순간 그녀를 보았다. 낯익은 정도가 아니라, 아주 잘 알고 있는 얼굴이다. 형과 함께 모습을 감췄던, 형의 약혼녀. 그녀는 햇볕을 쬐며 풀밭에 누워 있다. 따사로움을 만끽하며, 햇살에 자신을 제물로 바치듯 얼굴은 한껏 위로 들어 올리고, 코가 투박한 구두는 벗어 던졌고, 딱 맞는 폭 좁은 스커트 때문에 다리는 조신하게 모으고 발목만 서로 꼬았으며, 발가락은 가볍게 구부린 채다. 그리고 저 굵은 머리카락. 어렸을 때 그 머리카락 몇 가닥을 형의 베개에서 찾아내곤 했다. 형의 방을 기웃거리며 큰애들이 뭘 하는지 단서(여자, 섹스, 육체관계의 증거)를 찾으려 안달할 만큼 어렸을 때였다. 나는 그녀가 남기고 간 것, 그녀가 왔다 갔다는 유일한 증거, 한 올을 가지고도 충분히 끊기지 않고 매듭을 묶을 수 있을 정도로 굵은 그녀의 머리카락을 모았다. 그 머리카락이 이미 죽은 거라는 게 도저히 믿기지 않았다.

그녀가 눈을 떴다. 햇빛에 비친 그녀의 얼굴 각도로 보건대 나를 정면으로 바라보고 있음이 분명하다. 그녀가 나를 알아보기를 원하는 건 사치일까? 내 얼굴이 그녀의 머릿속에 저장되어 있기를 바라는 것은? 그녀는 다시 눈을 감고 꼬았던 발목을 풀고는 완전히 드러눕는다. 깍지 긴 손으로 팔베개를 하고 편히 쉰다.

"단 한 번이라도 봤으면 좋겠어." 화가가 말한다. "말하거나 만지지 않아도 돼. 단지 볼 수만 있어도 좋겠다구."

그의 아내. 감시인이 우리와 같이 나란히 여자들을 감상하던 동 지감에서인지 말을 해준다. "당신 마누라는 아침에는 장미 정원 에 있소. 안마당 반대편이지. 거기서 한 시간씩 걷고 스트레칭하 도록 허용했소."

화가가 감시인의 팔뚝을 꼭 잡는다. "아내를 봐야 해요. 제발, 내가 보고 있다는 걸 아내가 몰라도 상관없습니다."

감시인은 양지에 나와서 기분 좋은 상태이다. 저 아래 옹기종기 모여 있는 여자들 중에 그의 애인이라도 있는 모양이다. 그는 잠 시 망설이다 결심한다. "저쪽 반대편 복도에서는 장미 정원이 보 이니까 같이 가지." 감시인은 몸을 돌려 나를 본다. "마당 건너편 에서 당신을 지켜볼 거요. 섣불리 움직이진 않으시겠지."

움직일 리가 없다. 그녀가 일광욕을 하며 바로 저 아래 있다. 어 머니의 모습이 뇌리를 스쳐 지나간다. 찰싹 때려잡아야 할 파리처 럼. 병원에서 튜브들을 잔뜩 매단 채 어머니는 나를 형으로 착각 하고 마침내 형이 자신을 찾아왔다며 기쁨에 찬 울음을 터뜨리셨 다. 그녀의 마지막 말은 "내 아들!"이었다. 나에 대해서는 한마디 도 않으셨다.

나는 형의 약혼녀의 이름을 부른다. 좀더 크게 이름을 외치니 안마당에 있던 사람들 몇몇이 고개를 들고 나를 쳐다본다. 이번엔 한껏 소리를 지르며 부른다. 그녀가 눈을 뜨고 몸을 일으켜 주위 를 두리번거린다. 한 사람이 내가 서 있는 난간 쪽을 가리키자 그

녀는 한 손으로 햇빛을 가리며 올려다본다. 역광 때문에 알아보지
못한다. 그녀는 맨발로 마당 가장자리로 걸어와 다시 쳐다보더니
내 시야에서 사라진다. 아래층 복도로 들어간 모양이다. 나는 안도
한다. 그녀가 아닌가보다. 그녀인지 아닌지 확인할 필요도 사라졌
다. 누군가가 내 어깨 위에 가만히 손을 올리기에 돌아본다. 그녀
다. 그녀가, 시멘트 바닥에 맨발로, 풀밭에 누워 있다 엉클어진 머
리 모양으로, 계단을 뛰어 올라와 조금 숨가빠하며, 내 앞에 있다.

"맙소사!" 그녀가 속삭인다. "순간 난 하마터면……"

그녀가 무슨 생각을 하는지 안다. 그녀도, 어머니도, 나 따위는
사라져버리고 형이 돌아오기를 간절히 바라는 것이다.

그녀는 팔을 길게 뻗어 내 얼굴을 만진다. "수염이 이렇게 나 있
으니……" 그녀는 문장을 끝맺지 못한다. 사실 그럴 필요도 없다.
"여기서 뭘 하는 거니? 너도 혁명에 동참한 거야? 어느 부서에 있
어?" 그녀는 눈물을 참으려 하지만 그다지 성공적이지 못하다.
눈물이 고였다 흐르고, 다시 고였다 흐르기를 반복한다.

"난 체포된 거예요. 쿠데타 와중에 잡혔어요. 다른 남자 둘하고
방에 갇혀 있어요."

"체포?" 그녀는 조심성 없이 눈물을 닦아내고 내가 하는 말에
집중하려고 애쓴다. "말도 안 돼, 분명히 무슨 착오가……"

"아녜요. 난 이전 정권 사람들 중 하나거든요. 매일 대통령을 면
도해주고, 코털을 뽑아주고, 매무새를 가다듬어주고……"

"대통령을?" 그녀는 도저히 믿을 수 없다는 듯 묻는다.

"대통령을."

"그러니까 네 말은, 매일 그 인간 목에 칼을 갖다 대면서 한 번도 그어버리지 않았단 말야?" 그녀의 눈에 다시 눈물이 고이기 시작한다. "그 인간이 그런 짓을 했는데도? 나한테, 그리고 네 형한테?" 이제는 눈물이 주체할 수 없이 쏟아진다. 비탄과 분노를 쏟아내는 그녀의 얼굴이 온통 눈물로 얼룩진다.

그녀의 비난에 나도 화가 나기 시작한다. "도대체 그 사람이 형한테 뭘 했기에 그러는데요?"

그녀는 두 손으로 얼굴을 가린다. 나를 밀어내려는 듯, 내가 그녀의 기억 속에 불러일으키는 모든 것을 막아내려는 듯.

"형은 어떻게 된 거예요?"

그녀는 손을 내려 내 손을 잡는다. 치밀었던 화가 누그러진다. 그녀는 포갠 손을 꼭 쥐고 가엾다는 듯 나를 바라보며 엄지손가락으로 내 손바닥을 문지른다. "아무것도 모르는구나." 그녀는 중얼거린다. "네가 모르는 건 당연해. 도대체 왜 아는 사람이 없을까?"

그녀는 나를 자기 쪽으로 끌어당겨 내 가슴에 얼굴을 묻는다. 내 키는 그녀보다 아주 약간 더 클 뿐이므로 그녀는 조금 구부정한 자세가 된다. 그러더니, 끌어당겼을 때처럼 갑작스럽게 도로 홱 밀쳐내고 몇 발짝 물러난다. 잊고 있던 어떤 금기라도 떠올린 듯이. 그녀는 주위를 살펴보더니 자기 맨발을 의식하고 헝클어진 머리 묶음을 매만진다. 적과의 내통. 그녀는 난간 아래 모여 있는 사람들을 흘끗 쳐다본다. 아무도 우리한테 신경 쓰지 않는다. 어깨 너머로 고개를 돌려(목의 힘줄이 사선으로 선다) 누가 훔쳐보기라도 하는지, 복도 기둥 뒤에 엿듣는 사람은 없는지 살피더니 오른팔 안쪽을 신경질적으로 문지른다. 누구를 두려워하는 걸까?

"네 형은 산에서 죽었어." 그녀는 조용히 말을 꺼낸다. "매복에 당한 거지. 우린 세상을 바꾸려고, 변화를 일으키려고 마을을 떠났어." 그녀는 자꾸 어깨 너머를 쳐다보며 나와 그녀 사이에 사회적 거리를 둔다. 그녀는 입을 열고 다시 말을 이으려 숨을 들이킨다.

나는 일부러 끼어든다. "형이 죽었다는 건 알아요." 나는 쓰디쓴 비참함을 그녀에게 들키지 않으려 꾹 삼킨다. "편지를 받았어요. 형이 땅에 묻히는 걸 본 거죠?"

내 말에 그녀는 발끈한다. 사막의 바싹 마른 덤불에 불씨를 붙인 것 같다. "그러니까 넌 알고 있었다는 거지." 그녀는 나한테서 등을 돌리고, 팔을 들어 머리를 다시 동그랗게 말아 올리며 부드럽게 덧붙인다. "배신자."

한 계단 한 계단 발끝을 우아하게 내딛으며 그녀는 층계를 걸어 내려간다. 풀밭으로 천천히 나아가 한 손으로 신발을 챙겨들고 이제는 햇빛이 사라진 안마당에서 사람들 무리에 섞인다.

10. 화가

"저기 있소." 들키지 않도록 나를 기둥 뒤로 잡아끌면서 감시인이 말했다.

아내는 좁은 길 때문에 뒤뚱거리며 자주 방향을 바꾸면서 작은 장미 정원 둘레를 우리 아기가 허락하는 한 빠른 속도로 돌고 있다. 이 높이에서 내려다보면 그녀의 머리 꼭대기가 온전히 보인다. 가르마가 똑바로 올라오다 정수리에서 삐딱하게 방향을 틀었다. 흰 머리 몇 가닥이 꿋꿋이 삐져나와 말총머리 안으로 얌전히 묶이길 거부한다. 아내는 더이상 동년배들처럼 염색하지 않는다. 전에는 토요일 아침마다 미친 외과 의사처럼 일회용 장갑을 낀 손을 쳐들고—간호사가 장갑을 벗겨줄 때까지 기다리는지—욕실에서 나왔다. 좀 무리하다 싶게 튀는 빨간색으로 염색을 하고 샤워캡을 뒤집어썼다. 대충대충 마무리한 날에는 귓불이 며칠씩 분홍색으로 물들어 있기도 했다.

연금 상태에서 아기를 낳다니. 나로 인해 그녀가 처한 상황에 대해 너무 깊이 생각하다보면 기관지가 짜부라진 것처럼 탁 막히고 머리가 멍해진다. 아내는 괜찮아 보인다. 건강하고 원기왕성하다. 하지만 우리 아기가 받는 보이지 않는 스트레스는 어떡하지? 아내의 몸을 거쳐 아기에게 전해지는, 치명적인 자양분. 아기를 낳고 나면 우릴 풀어줄까. 왜 날 여기 가둬두는 걸까, 난 그렇게 중요한 직책을 수행한 사람도 아닌데. 두목은 왜 그런 자백과 증언 과정에 날 끼워넣은 걸까. 그만. 그만하자. 콩팥이 반응하며 요동친다. 이것들은 자체 기억근(筋)을 가지고 있나보다.

아내는 또 한 번 모퉁이를 확 꺾어 돈 다음 팔을 크게 휘두르며 앞으로 나아간다. 차분한 눈에 단호한 표정을 짓고 있다. 움직임에 따라 가슴이 출렁거리며 팔을 뒤로 돌릴 때마다 거치적거린다. 이제는 멈춰서 허리를 굽혀 발가락 있는 데까지 손을 쭉 뻗고, 양옆으로 스트레칭을 하고, 팔을 머리 위로 곧게 편다. 이런 일이 생기지 않았다면 우린 지금쯤 뭘 하고 있을까. 아내는 목욕을 하고 나서 윗도리를 입지 않은 채 햇살 아래 앉아 레몬 주스를 젖꼭지에 바르고 있을 것이다. 아기가 모유를 마구 빨 때를 대비해서라고 했다. 발코니에 있는 작은 야자수 화분에 가려 바깥에서는 이 광경이 보이지 않는다. 나는 음악을 크게 틀어둔 스튜디오에서 잠옷 바람으로, 아내가 아이를 낳으면 그녀에게 선사할 그림을 그리고 있을 것이다. 그녀가 맨 처음 내 전시회 때 보고 감탄했던 그림들처럼 목탄화로 그릴 것이다. 아내는 희미한 레몬 향을 풍기며 (때로는 레몬 씨를 가슴에 붙인 채로) 허리에 사롱*만 걸친 채 주방을 돌아다니곤 했다. 우리는 냉장고에 샴페인을 가득 채워놨다. 문을 열 때마다 병들이 흔들려 부딪쳤고, 금박 포장지와 녹색 병을 보는 것만으로도 작은 축하 파티를 하는 기분이 들었다. 샴페인은 아기를 낳은 후에 모유가 금방 나오지 않을 때를 대비해서였다. 아내는 샴페인을 몇 모금 마시면 모유가 잘 나온다고 했다.

이제 아내는 자갈길 사이 풀밭에 누워 한 다리씩 천천히 들어 올리고 그대로 잠시 멈춰 스트레칭을 한다. 그녀는 정원의 돌 조각상—큐피드, 반나체의 여인, 정체를 알 수 없는 요정 등 진부한 것들이다—과 다를 바 없어 보인다. 이런 생기 없는 조각상을 보고 있노라니, 어렸을 때(아직 뭘 하며 먹고살지 정하지 않아도 됐던 무렵) 해변에서 본 소년이 생각난다. 소년은 모래 위를 네 발로 기어다니며 버펄로, 악어, 사자, 거대한 거북 같은 동물들을 실물 크기로 만들었다. 그애의 도구라곤 바닷물을 채운 낡은 세제병뿐이었다. 그애는 모래를 뿌리고 손으로 동물을 빚었는데, 그게 어찌나 진짜 같았는지 당시 어렸던 나는 무서워서 벌벌 떨었다. 그 동물들은 뼈도 근육도 힘줄도 있어 해가 지기만 하면 기지개를 켜고 일어나 사냥을 나가려고 벼르는 것같이 보였다. 소년은 동물들

---

* 말레이시아, 인도네시아 등지에서 입는 민속 의상으로 긴 천을 통으로 허리에 두른다.

의 사진 한 장 갖고 있지 않았다. 동물들의 모습은 온전히 그의 머 릿속에서 형상화된 것이다. 해가 지고 해변 저 아래쪽에서 야간 수영금지 깃발 사이로 삼삼오오 뭍으로 돌아오는 사람들이 더이 상 보이지 않을 때까지, 나는 그 소년을 관찰하며 앉아 있었다. 아 티스트가 되는 게 전혀 무모한 짓으로 여겨지지 않았다. 오히려, 위험성을 줄이는 확실한 보증 같았다.

비릿한 숨결의 부드러운 목소리가 내 왼쪽 귓가에 들려왔다. "아이가 점점 조급해하는 것 같소. 빨리 세상에 나와서 아버지를 만나고 싶어하나보군. 아내 분은 좋아 보이는데, 안 그런가?"

나는 고개를 돌려 두목을 본다. 두목은 이쑤시개로 앞니 옆 잇 몸 사이에 낀 무언가를 빼내는 중이다. 그의 시선은 줄곧 내 아내 를 향해 있다. 아내는 여전히 풀밭에 누워서 다리 스트레칭을 하 고 있다. 나는 속으로 그녀가 일어나서 그 우스꽝스런 포즈를 그 만했으면 하고 빌었다.

"정말 멋진 여자야. 뭘 보고 남편을 골랐는지 모르겠군."

"나 말입니까?"

"그렇소. 당신."

"고맙군요."

두목은 웃어젖힌다. 그러더니 내 아내의 이름을 소리쳐 부른다. 아내는 의심스런 눈으로 쳐다본다. "자기, 당신 보라고 여기 남편 을 데려왔는데. 싫더라도 좀 참고 보지 그래?"

두목은 교실에서 낙제생을 끌어내듯 기둥 뒤에 서 있던 나를 잡아끈다. 나는 손을 어떻게 해야 할지 모른 채 난간 옆에 어정쩡하게 선다. 그녀는 참을성 있게 나를 올려다본다. 나를 참아내다니. 아내가 지금 참아내고 있다는 말인가?

"안녕?"

아내는 내가 들을 수 있도록 목소리를 높인다.

"잘 지내?"

잘 지내냐고? 세상에, 내가 잘 지내나?

"괜찮아." 나는 난간 위에 손을 얹는다. "당신은?"

"좋아." 아내는 한 손으로 엉덩이를 받친다.

"아기는……?" 내가 묻는다.

아내는 다른 손을 배 위에 얹는다. "살아 있어. 발차기를 하네." 말을 하면서 아내는 두목을 쳐다본다.

나도 두목을 본다. 그는 설교단 위에 선 목사처럼 그녀를 내려다보며 미소 짓는다. 나는 돌연 그녀와 내가 생판 남이 아니라는 걸 확인하고 싶다. 그녀가 나를 용서하는지 알고 싶고, 그녀가 나를 사랑한다고 말해주길 간절히 원한다. 이를 위해서라면 모욕까지도 감수할 테다. 그녀의 표정은 달걀처럼 매끈하고 둔감하다. 매일 밤 내 옆에서 자는 그녀를 당연하게 받아들였을 때, 게임을 하듯 그녀의 감정을 알아맞힐 수 있을 때는 이 의도적인 무감함을 즐긴 적도 있다. 하지만 지금 그녀의 무표정한 방패막은 참기 힘들다. 저 가면을 깨고 진심을 꿰뚫어볼 수 있다면 무슨 짓이든 하리라.

"날 증오해?" 그녀에게 묻는 내 목소리가 떨린다. "내가 한 일 때문에 날 증오해?"

"그 일을 얻어준 게 우리 아버지라는 사실을 잊었어?" 그녀는 건조하게 지적한다.

두목은 소리 내어 웃는다.

혼란과 공포가 밀려온다. 나는 그녀에게 말한다. "사랑해."

잠시나마 그녀의 표정이 부드러워지고 눈물을 참으려 눈을 감았다고 생각하는 건 순전히 내 착각일까? 아내는 나를 쳐다본다. 그때 아기가 발로 찼는지 고통이 얼굴을 스친다. 아내는 다른 손도 마저 배 위에 올리고 아직 태어나지 않은 아기를 내려다본다. 한참 동안.

"그만." 아내는 내게 말한다. "이제 그만해." 아내는 몸을 돌려 장미 정원을 지나 한 번도 뒤돌아보지 않고 여름 별장 안으로 들어간다.

나는 눈물을 삼키며 난간에 기대어 무너져 앉는다.

"당신 장인이 그 일을 주선해줬소?" 두목은 재미있어하며 묻는다.

"당신 질문에 대답하지 않을 선택권은 나에게 없는 거겠지?"

"없지. 어떻게 된 거요?"

두목은 환자를 다루듯 내 팔짱을 끼고 복도를 걷기 시작한다. 다리가 후들거리는 걸 숨기려 했지만 그는 이내 알아채고 내 보조에 맞춰 천천히 걷는다.

"장인이 인맥을 좀 동원하신 거죠. 그래서 대통령 가족을 화폭에 옮기는 일을 하게 됐습니다."

"그녀가 당신을 유혹하려 하던가?"

"그녀라뇨?"

"대통령 부인."

"네. 대통령도 아는 일이에요. 어쨌든 그땐 이미 그녀도 너무 나이가 들어서 대통령의 취향이 아니었죠. 대통령은 더 젊은 여자들을 좋아했어요."

"당신 마누라처럼 말이지."

"내 아내?"

"당신 아내 또래의 여자들."

"아, 네. 그런 것 같습니다."

"그래서 넘어갔소?"

"누구한테요?"

"영부인한테."

"천만에요. 나는 아내를 사랑했어요. 나는 아내를 사랑합니다."

"그 여자는 당신 취향에 비해서도 늙었다는 거네."

"그런 문제가 아니잖아요."

모퉁이를 돌아가니 이발사가 난간에 완전히 몸을 기대고 안마당을 뚫어져라 쳐다보고 있는 게 보인다. 두목은 그에게도 팔짱을 낀다. 이발사는 우리 몇 발짝 뒤에 따라오는 감시인을 보더니 난동을 피워봤자 좋을 것 없다고 판단하고는 마지못해 내버려둔다.

그는 불쾌감을 느끼지 않으려 뻣뻣하게 서 있다. 우리는 느릿한 걸음으로 삐걱대는 이인삼각 경기를 하듯 침실 문 앞에 다다른다.

두목은 나를 향해 돌아서서 말한다. "내일부터 내 초상화를 시작하게. 그리고 당신은 내일 오후부터 내 머리를 잘라주고." 뒷말은 이발사한테 하는 말이다. 두목은 지고 있던 밀가루 푸대 두 자루를 던져놓듯 느닷없이 팔을 풀고 가벼운 발걸음으로 가버린다.

"들어오세요." 이발사가 방 안에서 말한다. "근육 푸는 법을 알려드릴게요."

나는 문을 닫고 들어간다.

"누우세요. 아뇨, 침대가 아니라 바닥에. 효과를 보려면 딱딱한 바닥에서 해야 하거든요."

나는 느릿느릿 마룻바닥에 편하게 눕는다. 이발사는 내 바로 앞에 서 있다. 누워서 올려다보니 그의 턱수염이 아래위가 뒤집힌 후광 같아 보인다.

"이제 오른쪽 무릎을 세워서 다리를 구부린 다음 왼쪽으로 눕히세요. 왼쪽 다리 너머로 쭉 보내세요. 척추에서 소리가 날 때까지 해야 해요."

그렇게 말처럼 쉬웠으면 좋겠다. 이 이발사는 젊고 낙천적이다. 이십대 후반이나 됐을까. 그의 삶에 관해서 한 번도 질문하지 않았다. 우리 셋은 각자 틀어박혀서 자신의 안위만 모색했다. 우리 사이를 엮을 만한 어떤 연대가 생기는 걸 내켜하지 않았다. 내 머릿속은 내 아내와 내 아픔에 대한 생각만으로 가득했다.

"자, 소리 났죠?" 그는 거보라는 듯 명랑하게 말한다. 어쨌거나 등허리에서 우두둑 소리가 났다. "이제 무릎을 가슴께로 끌어당겨 안고 몸을 동그랗게 말아서 등허리를 마루에 대고 앞뒤로 흔드세요. 요람처럼요."

나는 그가 시키는 대로 얌전히 따른다. 콩팥이 지독하게 비틀렸다. 고통 때문에 멈칫거리는 나를 그가 바라본다. 나는 다리를 펴고 바닥에 그대로 눕는다.

"바깥에 가족이 있나?" 나는 그에게 묻는다.

그는 침대에 앉아 다리를 대롱거리기만 할 뿐 아무 말도 하지 않는다.

나는 일어나 절뚝거리며 내 침대로 간다. "잡혀왔을 때 집에서 자네를 기다리는 아내나 아이가 있는지 안 물어본 거 같아서."

"아뇨. 아직 결혼 안 했어요. 어머니는 작년에 돌아가셨고."

"형이나 동생은?"

"형이 한 명 있었는데, 몇 년 전에 죽었어요."

"그럼 당신이 체포된 걸 아무도 모르나?"

"가게에서 일하는 조수가 무슨 일이 났다는 걸 알 겁니다. 하지만 쿠데타가 일어난 상황이고 보니 남 걱정할 여유는 없겠지요."

갑자기 두목의 상황이 어떤 것인지 언뜻 이해가 간다. 대중은 아무것도 알지 못한다. 대통령의 이름으로 어떤 일들이 사행됐는지 전혀 모른다.

"그는 끔찍한 일을 저질렀어." 나도 모르게 입 밖에 꺼내고 만다.

이발사는 침묵을 지키고 있고, 나는 고개를 들어 그를 쳐다본다. 그는 신발과 양말을 벗고 천천히 침대에 모로 누우며 나를 본다.

"누가요?"

"대통령 말야."

"얼마나 끔찍한데요? 대통령이 어떤 일을 했어요?" 그의 말투에서 감정을 읽어낼 수가 없다.

"사람들을 죽였어. 반정부 주장을 하는 사람들을 없애는 뭐 그런." 그 이상은 말할 수 없다.

"그걸 알면서도 대통령을 위해 계속 일했다는 거예요?" 그는 미심쩍은 눈빛으로 쳐다본다.

"아니……" 봐라, 결국 다 말하게 된다. "두목이 말해줬지."

"그 사람 말을 믿어요? 그게 사실인지 아닌지 어떻게 알아요."

"사진이 있었어. 두목이 살해당한 사람들의 사진을 갖고 있었어."

이발사는 다리를 획 뻗어 침대에서 일어나더니 창가로 간다. 반쯤 쳐 있던 커튼을 잡아 젖힌다. 한낮의 계곡은 쩽쩽한 햇빛에 어른거리며 그늘의 약속을 품은 저녁이 오기를 기다리고 있다. 그의 딱딱한 뒷모습으로 판단컨대 우리의 대화는 끝난 듯하다. 나는 몸을 굴려 엎드린 자세로 잠을 청한다. 두목의 말 몇 마디가 머릿속에서 맴돈다. 대통령 부인에 관한 것. 물론 그녀는 자기 남편한테 그 사실을 얘기했고, 나도 그것을 알고 있다. 1층에 위치한 대통령 내외용 트윈베드에 누워서 둘이서 낄낄거렸겠지. 어떻게 그녀가 섹스를 하자고 호리호리한 예술가(젊은 화가)를 유혹했는지 묘사하면서. 하지만 대통령은 어쩌자고 그런 걸 두목한테 다 얘기했을까?

대통령의 부인은 보기만 해도 숨이 막히는 여자다. 수십 년간 사용해온 파운데이션 때문에 그녀의 모공은 완전히 막혀 있다. 그녀의 피부가 어떻게 숨을 쉴 수 있는지 아직도 궁금하다. 그 일은 내가 여름 별장에 머문 지 사흘째 되던 날 일어났다. 나는 이틀째 그녀의 초상화를 그리고 있었다. 그녀는 목에 진주 목걸이를 걸고 있었는데 자세를 바꿀 때마다 황금 펜던트가 땀 찬 가슴 사이에 들러붙었다. 수줍은 척, 마치 우리가 비밀을 공모한 사이라도 되는 양 그녀는 느린 동작으로 펜던트를 제자리로 돌려놓았고, 나는 맹렬히 팔레트에만 집중했다. 그날 오후 대통령은 벨벳을 씌운 작은 의자에 앉아 내 바로 뒤에서 우리 작업을 구경했다. 결과적으로는 나는 그 어느 때보다 강도가 센 추파를 받았다.

저녁 때, 우리 넷(아내도 같이 있었다)은 테라스에 나와서 각자 접시를 무릎 위에 놓고 바다를 바라보며 식사를 했다. 별장을 리모델링하는 중이었기 때문에 바깥에는 식사할 만한 테이블이 없었고, 실내는 앉아 있기 힘들 정도로 더웠다. 우리는 식당에서 저녁을 먹다 결국 접시를 들고 밖으로 나왔다. 엉덩이를 의자 끝에 걸치고 바다를 바라보며 한 줄로 앉아 밥을 먹었기 때문에 제대로 된 대화가 힘들었다. 대통령이 뭐라고 말을 할 때마다 나는 그쪽으로 고개를 돌려 들으려고 했지만, 우리 사이에 앉은 영부인이 집요하게 남편 앞에 자기 얼굴을 들이밀었다. 굉장히 불편한 자리였다. 입 주위에 음식을 묻히지 않으려니 힘들었고, 한 접시 더 먹고 싶었지만 게걸스럽게 보일까봐 걱정됐다. 나이프와 포크도 없이 닭 다리를 먹으면서 팔꿈치를 옆구리에 딱 붙이려고 애썼던 게 기억난다. 아내는 마룻바닥에 포크를 떨어뜨리고는 새 걸 가지러 안으로 들어갔다.

대통령은 다진 양배추 샐러드를 한입 가득 물고 우물거리며 말했다. "오늘 밤에도 쭉 초상화를 그려줬으면 좋겠군. 진도가 잘 나가는 것 같아서 말이야. 안사람도 계속하고 싶어할 걸세."

나는 대통령의 표정을 보려고 고개를 기울였지만 또 영부인의 머리가 시야를 가렸다. 그녀는 먹이 냄새를 맡으려는 거인처럼 코를 벌름거리며 콧김을 내뿜었다. 그녀는 고기 한 점을 씹어 먹은 다음—삼킬 때까지는 새침하게 입을 꼭 다물고 있었다—입술을 열고 말했다. "시간을 그냥 흘려보내면 분명 안타까운 일이 될 거예요." 아내는 깨끗한 포크를 들고 와서 자리에 다시 앉았다.

그 무렵, 우리는 아이를 가지려고 일 년이 넘게 노력하고 있었다. 결혼한 지 몇 년도 안 되어 섹스는 나에게 시련이 되었다. 아내는 아침에 샤워를 하려고 팬티를 벗다 생리가 시작된 흔적을 발견하면 욕설을 내뱉었다. 나는 침대에 누워, 막 잠에서 깨어 멍한 상태로 그녀를 바라보면서 내심 책임감을 느꼈다. 우리는 아내의 배란일을 제외하고는 서로 몸을 부대끼지 않았기 때문에, 우리의 섹스는 의사가 환자를 치료하는 것처럼 뭔가 임상적인 느낌이 들었다. 그리고 마침내 아내가 임신했을 때, 그녀는 모든 걸 자기 공으로 돌렸다. 물론, 나는 불만 없다. 나도 아이를 원했다. 하지만 아이 그 자체보다는, 나와 그녀의 결합에 대한 살아 있는 증거로서 원한 거였다. 나는 두려웠다. 지금도 두려워하는지도 모른다. 아이가 태어나면 나 혼자 남겨질까봐, 그녀의 모든 사랑과 관심이 아이에게 옮겨 가서 나는 그저 젖병과 기저귀가 가득 담긴 아기 가방과 장난감을 든 짐꾼으로 홀로 남겨질까봐. 그녀는 그것이 아기라고 불릴 만한 상태가 되기도 전 좁쌀만 한 크기였을 때부터 강한 소유욕을 보였다. 내가 배에 귀를 대고 아기 심장 뛰는 소리를 들으려 하기만 해도 싫어했다.

그날, 저녁을 먹고 나서 영부인은 몸단장을 위해 자기 방으로 갔고, 나는 아내에게 키스하고 테라스에 그녀를 대통령과 같이 남겨두고 들어왔다. 소금을 머금은 밤바람이 불어와 그녀의 머리카락이 헬리콥터 프로펠러처럼 얼굴에 감겼다. 그녀는 내가 하지도 않은 일을 이미 알고 있다는 듯 기묘한 미소를 지었다. 나는 식당 안에서 유리 회전문 사이로 그녀를 뒤돌아봤다. 아내는 손거울을 꺼내서 립스틱을 바르고 얼굴과 입에서 끊임없이 머리카락을 떼어내고 있었다. 대통령은 간이 의자에 앉아서 그런 아내를 매료된 채 쳐다봤다. 나는 남자들이 아내를 그런 식으로 쳐다보는 데 익숙했다. 하지만 그때는 내 안에서 갈증이 솟구쳤다. 이미 돌이킬 수 없는 시절—그녀는 나와 결혼 같은 건 생각지도 않았고 나는 구애에 열중했던 단순한 나날들—에 대한 목마름이 절망과 함께 차올랐다.

나는 흐릿한 조명만 켜진 집 안을 지나 화실까지 맨발로 걸어갔다. 화려한 융단이 발바닥 밑에서 스러졌다. 화실은 지붕밑 방이었는데, 천문대용으로 확장해서 토성에 초점을 맞춘 망원경과 유리돔을 갖추고 있었다. 그 전까지는 밤에 화실에 간 적이 없었다. 작은 조명들이 유리에 반사되어 반짝이는 것이 아름답기는 했지만 그림을 그리기에는 끔찍하게 비효율적이었다. 나는 문가에서 천장 조명의 스위치를 찾아봤지만 결국 포기하고, 팔레트에 엄지손가락을 끼워들고 내일을 위해 미리 준비해둔 튜브에서 물감을 조금씩 짜기 시작했다.

뒤에서 문이 여닫히는 소리가 나서 고개를 들었다. 영부인은 키를 돌려 문을 잠갔다.

"자 이제 아무도 귀찮게 굴지 않을 거야." 눈썹을 추켜올린 내게 그녀가 던진 말이었다. 그녀는 목둘레에 비즈가 달린 어깨가 드러나는 저지 스웨터와 검은 바지를 입고 있었다. "평소와는 좀 다른 걸 시도해보면 어떨까 하는데. 나는 항상 당신 그림에 감탄했어. 몇 년 전에 전시회에서 봤는데, 당신 아내를 그린 스케치였지 아마? 연필로 그린 거 말이야. 나도 그런 식으로 그려주겠어?"

그 그림들은 그녀가 내 아내가 되기 전에 그린 것들이었다. 그때, 연인과 예술가 사이에서 동요하는 내 시선의 대상이 된다는 사실에 그녀는 자극받았다. 그녀는 조용히 내 침실에서 옷을 벗은 다음, 화실의 반을 차지하는 작고 비좁은 부엌으로 걸어가 스툴에 등을 돌리고 앉아 모델이 되어주었다.

"간단한 것부터 시작하지." 영부인이 말했다. "이 의자에 앉아 있는 정면 모습은 어때?"

그러더니 단숨에 윗도리를 머리 위로 끌어당겨 벗고 내 앞에 섰다. 그녀의 머리는 흐트러지지 않았고 가슴에는 아직 브래지어 자국이 선명했다. 결국 그녀와 자게 된 결정적인 계기가 무엇이었는지는 나도 잘 모르겠다. 누군가가 나를 원한다는 스릴? 내가 자리를 비웠을 때 립스틱을 바르던 아내에 대한 복수심? 아니, 단지 그녀가 내 안에서 연민을 불러일으켰기 때문일지도 모른다. 그로 인해 눈을 뜬 욕망에 내 자신도 놀랐다. 그녀는 속옷이 바지 지퍼에 끼여 몇 초간 몸을 굽히고 가슴을 늘어뜨린 채 그것들과 씨름했다. 그녀의 얼굴이 빨개졌다. 그 민망함이 어찌나 깊었는지 두껍게 바른 파운데이션에도 불구하고 피부가 발갛게 물든 게 다 보일 정도였다. 그때 나는 그녀가 불쌍했다.

나는 등을 대고 돌아눕는다. 머리가 과열되어 베개가 뜨거울 지경이다. 당연하다. 영부인도 지금 여기에 잡혀와 있다. 안 그러면 왜 대통령이 고통에 몸부림치며 그녀의 이름을 불렀겠나. 내가 권력과 가까웠다고 한다면, 그녀는 권력과 겨우 베개 하나를 사이에 두고 있었다.

11. 요리사

감자 한 포대를 껍질을 까서 반으로 잘라 그대로 주방 도마 위에
놓고 와버렸다는 사실이 방금 생각났다. 물에 담가놓는 것을 까먹
었다. 그렇게 밖에 오래 놔두면 오늘 밤 다 시퍼렇게 변색될 텐데.
나는 발코니로 의자를 갖고 나와 난간에 발을 올린다. 이른 오후밖
에 안 됐는데 햇빛은 벌써 계곡의 빛깔을 과장하기 시작했다.

그 여자, 두목의 아내 앞에 서면 노인의 육체에 갇힌 소년이 되
는 것만 같다. 욕망이 사타구니에 불을 붙이지만 사실 가시적인
결과는 없다. 주방에서, 주전자의 증기가 그녀의 팔에 뿜어오를
때까지, 그리고 두목이 우리를 놀라게 할 때까지(하지만 나는 그
가 개의치 않았음을 알고 있다), 그녀는 잠시나마 내가 그녀의 손
을 잡고 있도록 놔두었다. 두목을 보면 그 나이 적 내가 생각난다.
영화관 앞에서 줄을 설 때나 혹은 은행에서 사람들이 나를 쳐다보

는 시선을 느꼈다. 그들은 늘 내 아름다움을 빨아들여 소화해서 완전히 자기 것으로 만들려고 애쓰는 것 같았다. 침대 위에서 여자들은 날 가지고 싶다고 속삭이곤 했다. 한 여자는—의사였다—아름다움이야말로 불로장생약이라는 철학을 가지고 있어서, 내가 그녀를 차버릴 때까지 졸졸 따라다니며 귀찮게 들러붙었다. 한편 나는 내 여자들 중 한 명이 딴 남자와 같이 있는 걸 봐도 전혀 아무렇지 않다. 심지어 내 아내일지라도.

딸아이의 얼굴과 내 얼굴은 김빠질 정도로 닮았다. 남자의 미는 여자의 미로 잘 전환되기 어렵다. 딸애는 턱 선이 너무 다부지다. 나는 항상 딸아이 얼굴에서 수염이 모공을 뚫고 나오지는 않을까 반쯤 기대하고 있다. 그래도 딸아이는 남자들한테 인기가 좋다. 특히 자기가 뭘 원하는지 모르는 남자들한테서 말이다. 나의 경우엔 여자를 대할 때 라디오 채널처럼 다룬다는 규칙이 있다. 한 군데를 너무 오래 들으면, 다른 데서 하는 재밌는 걸 놓칠지도 모르잖나. 물론, 싫증 나서 차버린 여자들은 제정신을 잃었다. 결국 아내도 마찬가지였다.

발코니 바로 밑에 있는 낮은 관목이 흔들리더니 두목의 아내가 샛길(원래는 길이 아니었는데 사람들이 하도 드나들어 생겨버린 것이다)에서 나타난다. 그녀는 내가 있는 쪽을 올려다보고 있다. 날 찾는 걸까? 나의 노쇠한 심장은 그렇다고 믿고 싶다. 그녀는 제복을 벗고 엉덩이를 살짝 덮는 여름 드레스를 입고 있다. 말아 올렸던 머리도 풀어내렸다. 그녀는 나를 보고 머뭇거리는 미소를 짓더니 묻는다. "오늘 저녁은 뭔가요?" 나는 일어서서 발코니에 몸을 기댄다. 그녀가 나타나기 전에 셔츠 맨 위 단추 세 개를 풀어 놓기를 잘했다.

"새벽 네시에 페이스트리를 만들 생각이오. 그때라야 시원해서 버터가 녹지 않으니까. 같이 만들겠소?"

그녀는 샌들 끈을 고쳐 매려고 허리를 굽힌다. 다시 고개를 들었을 때 그녀의 미소는 천천히 사라진다. 그녀는 내 뒤에 있는 뭔가를 보고 있다. 돌아보니 이발사가 문가에 서서 졸음이 가시지 않은 나른한 얼굴로 그녀를 내려다보고 있다. 이발사는 내 옆으로 나와 난간에 기댄다.

그녀는 달라붙는 드레스를 떼어내며 그를 쳐다본다. "미안. 나한테는 아무 권리도 없어."

이발사는 뒷머리를 긁고 목청을 가다듬고 나서 입을 연다. "있을지도 모르죠." 그러더니 내가 엿듣기라도 한다는 듯 날 쳐다본다.

나는 한 치도 움직이지 않고 난간에 팔을 얹은 그 자세 그대로 뻣뻣하게 그의 시선을 받아치다 그녀의 애원하는 듯한 눈빛에 들으라는 듯 한숨을 내쉬고 방으로 다시 들어간다. 머릿속에서 한마디가 날개를 달고 맴돈다. 오쟁이겼군. 나는 침대에 앉아 유리창 쪽에 있는 이발사를 본다. 처음으로 그를 제대로 본다. 햇볕에 잘 그을린 피부는 생명력이 흘러넘치고, 불쑥 솟은 정맥은 활력 있는 혈류를 드러내고, 머리카락도 젊음의 샘 그 자체인 것처럼 활기차게 뻗쳐 있다. 그러나 그가 걷는 모습이나 목소리에는 뭔가 신산

한 구석이 있다. 마치, 어렸을 때 심하게 망가져서 다시는 회복하지 못한 것처럼. 그를 보면 내 딸이 생각난다. 내 딸이 바로 그렇다. 그래서 나는 그에게 손을 뻗어주고 싶다가도 한편으론 혐오감이 든다.

발코니 쪽은 조용하다. 저 둘은 어떤 종류의 게임을 하고 있는 걸까? 나는 슬쩍 옆으로 몸을 내밀고 열린 문틈으로 엿본다. 이발사는 사과 한 알(테이프로 둘둘 감은 쪽지가 붙어 있다)을 들고, 이빨로 무식하게 테이프를 끊어 과일 감옥에서 쪽지를 해방시킨다. 독창적이다. 이 모든 일에 대해 두목은 어떻게 생각할까? 이발사는 재빨리 쪽지를 읽고 나서 그녀에게 고개를 끄덕인다. 그녀가 멀어져가며 샌들이 발바닥에 짝짝 부딪는 소리가 들린다. 그런 소소한 것들도 욕망을 불러일으킬 수 있다.

수십 년간 요리 재료를 만진 탓에 내 손가락에서는 마늘과 미나리 냄새가 난다. 이발사가 방으로 들어온다.

"운 좋은 청년이군." 나는 그에게 말을 건다. "한밤의 밀회? 잘됐네."

이발사는 내 말을 무시한다. 나 자신이 늙었다고 생각하는 것은 힘들다. 여기 잡혀 오기 바로 전날 딸아이가 그렇게 말했다. "아버지는 늙으셨어요. 곧 돌아가실 거구요. 제가 아버지를 그리워할지 질 모르겠어요." 젊을 때는 나이 든다는 것이 어떤 선시, 성섬을 지나 마흔을 넘어 매일매일 조금씩 추해진다는 것이 어떤 건지 깨닫지 못한다. 어차피 별로 매력적이지 않은 남자는 나이 든다고 해도 잃을 것이 별로 없다. 나는 나이 든 남자치고는 아직 잘생긴 편이다. 하지만 이미 보이지 않는 선을 넘었다. 육체가 중력과 치사한 타협을 했고, 머리카락도 하얗게 센 지 오래다. 주름이 문제가 아니다. 이제는 어느 누구도 내게 말해주지 않았던 일들이 벌어진다. 가령 밤중에 오줌을 누러 다섯 번을 일어나야 한다든가, 내 의지와는 상관없이 장딴지 근육이 풀려 팔자걸음을 걷는다든가, 무릎 뒤쪽에 거미줄 같은 보라색 정맥류가 보인다든가, 아침에 일어났는데 눈이 뻑뻑해서 눈꺼풀이 안 떠진다든가. 지금은 또 이런 문제도 있다―욕망은 존재하는데 증거가 없다든가. 이러한 모든 기능 저하는 이유가 있다. 딸아이 말은 생각 좀 하면서 책임감 있게 살라는 격려였을 거다. 도덕적인 생각.

그렇다면 좋다. 생각 좀 해보자. 나는 아내가 진짜로 미쳤다고 생각지 않는다. 정신적 병리는 대부분의 사람에겐 사치다. 아내의 정신과 담당의가 그녀를 시설로 보내라고 권했을 때도, 나는 몰래 정원에서 유리창으로 그녀의 방(1층에 있다)을 훔쳐보곤 했다. 그녀가 미친 척하고 있음을 증명할 수 있는 증거를 잡으리라 반쯤 기대했다. 그 증거가 어떤 것이 될지 진지하게 생각해보진 않았다. 딸아이에게 전화해서 정상적으로 웃고 떠드는 모습? 바닥에 매트를 깔고 줄무늬 무릎양말을 신고, 이마 선을 따라 구슬 같은 땀을 조용히 흘리며 차분하고 또렷한 표정으로 요가하는 모습? 아내가 침대에서 자거나 TV를 보거나 낮은 팔걸이의자에 앉아 손을 비비고 있는 모습을 볼 때마다 뱃속 저 깊은 곳에서 시작된 실망이 목구멍까지 차올라 토할 것만 같았다.

　자신의 육체가, 몸뚱이의 그것들이 힘을 잃고 나면 늙은 남자가
목에 힘주기 위해 기댈 수 있는 것이 권력(또는 하다못해 권력과
가깝게 지내는 것) 외에 뭐가 있을까. 알다시피 권력과 욕망은 쉽
게 붙는 놈들이다.

12. 이발사

　발코니에서 그녀가 던져준 사과를 칭칭 동여맨 테이프 밑에는 열쇠가 붙어 있었다. 새파란 풋사과. 옛날 우리 집 뒤뜰에서 키우던 것과 같은 종류다. 물론 그녀도 이것을 기억하고 있다. 그 흙(거의 모래라서 흙이라고 부르기도 민망하다)에서 뭔가 싹이 나서 자란다는 것 자체가 작은 기적이었다. 사과에서는 늘 짠맛이 났다. 지하수에 바닷물이 흘러들었던 모양이었다. 뒤뜰에는 뽕나무도 한 그루 있었다. 뇌의 주름 같은 무늬가 새겨진 잎을 휘날리며 무럭무럭 잘 자라는 식물이었다. 형과 나는 형이 기르는 누에들한테 그 뽕잎을 먹였다. 나중에 형이 학교에서 누에들을 어떤 애의 구슬하고 바꿔치기해버렸지만. 우리는 누에를 번갈아서 혀 위에 올려놓고, 보이지 않는 데서 부드럽게 꿈틀거리는 그 벌레를 누가 더 오래 참는지 내기했다. 한번은 형이 엉겁결에 누에를 삼

켜버린 적이 있는데, 다음 날 혹시 누에가 살아서 나오지 않을까 해서 똥을 꼼꼼하게 뒤졌다. 형은 마분지로 별이나 하트, 원 같은 모양으로 오려서 누에가 든 상자(뜨개질바늘로 잔뜩 구멍을 뚫어서 벌레들이 숨 쉴 수 있게 만들었다)에 넣었다. 실을 뽑아서 고정시킬 뭔가를 필사적으로 찾고 있었던 누에들은 서서히 형이 원하는 모양대로 실을 자았다. 형은 누에가 만든 실크 모형들을 침대 위에 모빌로 달았다. 만약 형이 고구마순을 누에한테 줬다면 하얀색이 아니라 어두운 핑크색 실을 자아냈을 거다.

나는 열쇠를 꼭 쥔 채 이불 밑에 손을 넣었다. 요리사는 내가 뭘 하나 지켜보려고 깨어 있으려 했지만, 나이가 나이인 만큼 별 수 없다. 이제 그는 양로원의 노친네처럼 파리 꼬이는 단내를 풍기며 코를 골고 있다. 나는 귀를 쫑긋 세우고 그녀가 신호를 보내기를 기다린다. 하지만 들리는 거라곤 밖에서 낮의 열기가 가시는 것을 아쉬워하는 매미 소리뿐이다. 매미들의 잡다한 화음 위로 달콤하고 선명하게 한 줄기 새 울음소리가 들린다. 그녀다. 몇 초도 안 걸려 나는 문가로 다가가 소리 나지 않게 열쇠를 구멍에 밀어넣고 살살 돌린다. 이제 나는 어두운 복도로 나와 있다. 감시인은 없다. (그녀는 두목한테 뭐라고 말했을까?) 벽을 더듬어 위치를 파악하면서 안마당으로 이어지는 층계참 세 개를 뛰어 내려가니 문이 보인다. 그녀는 이 문이 바깥마당으로 이어진다고 했다. 정말 그랬다. 그녀가 어둠 속에서 내 앞에 서 있다. 그녀의 머리카락이 어슴푸레하게 빛난다. 그녀는 내 손을 잡는다. 바로 지금, 희미한 불빛 아래 머리가 덥수룩하게 웃자라고 수염이 아무렇게나 뻗친 내 모습이 꼭 형처럼 보인다는 걸 안다. 사기꾼.

그녀는 조용히 서두르며 나를 이끈다. 정원을 거쳐 버드나무 밑을 지나 한 무더기의 기묘한 조각상을 돌아 잡초가 웃자란 길(아무 데로도 이어지지 않을 것 같다)에 세워둔 차로 간다. 그녀는 급히 트렁크를 열고 나더러 그 안에 들어가라는 몸짓을 한다. 불안감이 엄습했지만 무시한다. 그러나 캄캄한 데서 태아처럼 웅크리고 누워 있자니 다시 공포가 길길이 날뛰기 시작한다. 어쩌자고 그녀를 믿은 거지? 그녀는 나를 배신자라고 생각한다. 내가 대통령에게 충성했기 때문에 여기 잡혀 있는 거라고 생각한다. 엔진이 마음속 흥분과 분노에 박자 맞춰 윙윙거린다. 잠시 후 차가 멈추고, 나는 내가 죽을 수 있는 오만 가지 방식을 상상하기 시작한다. 머리 위 뚜껑이 확 열려 이 안에 있는 걸 들키지 않기를 기도한다.

그녀는 다시 계속 달리다 몇 분 뒤에 차를 세운다. 트렁크 경첩이 삐걱거리면서 열린다. "미안, 정문에 경비가 있어서 그랬어. 이제 앞에 앉아도 돼."

나는 그녀를 쳐다본다. 조금 전까지만 해도 온갖 상상력을 동원해서 갖가지 방식으로 그 여자가 날 죽이는 모습을 머릿속에 떠올리고 있었다. 나는 다시 어린아이가 되고 싶다. 날 내려다보는 사람이 어머니였으면 좋겠다. 차고 마른 손을 내 이마에 올려놓으며 내가 지금 꿈을 꾸고 있다고 말해주면 좋겠다. 앉으려고 다리를 펴다 마비가 와서 잠깐 공황 상태에 빠진다. 하지만 이내 다리가 말을 들었고, 나는 몸을 일으켜 열린 트렁크 가장자리에 다리를 걸친 다음 힘껏 걷어차며 착지한다. 우리는 여름 별장에서 그다지 멀지 않은 먼지투성이 길 위에 있다. 바다 위 호화 유람선처럼 불 밝힌 별장이 저 멀리 보인다. 나는 이것을 해방으로 간주하고 음미하려 하지만, 여전히 아드레날린이 혈관을 따라 힘차게 뿜어나오고 있는 데다 다리는 쿡쿡 쑤시고 저려서 앞자리에 앉아도 불편하다. 길은 계곡 아래쪽 포도밭을 향해 이어져 있다. 밤에는 무척 위험해 보이는 꼬불꼬불한 길이다. 창문은 열려 있고, 길을 내려가면서 아직 한낮의 열기를 머금은 더운 공기층을 통과하여 한밤에 움트는 꽃봉오리가 풍기는 시원한 향기 속으로 들어간다.

"이따가 돌아가야 할 거야." 그녀는 길을 주시한 채 조용히 말한다. "둘이서 얘기 좀 하려고 이러는 것뿐이야. 물론 네가 달아난다고 하면 물리적으로 막을 순 없겠지. 하지만 그는 어떻게든 널 찾아낼 거고, 그다음엔 하얀 시트와 가구가 갖춰진 방에 있게 되진 않을 거야."

어느 정도 예상한 바였기 때문에 나는 자유인처럼 마음껏 이 밤 공기에 취하지 못했던 모양이다. 계곡에 도착할 때까지 그녀는 아무 말도 없다. 옹이 진 포도나무 그루터기들이 팔짱을 낀 난쟁이 모양으로 오려낸 종이 조각처럼 길 양쪽에 그림자를 드리운다.

"네 어머니는……."

나는 잠시 뜸을 들였다 대답한다. "작년에 돌아가셨어요."

불 꺼진 시골 농가 같은 형체가 저 앞에 어렴풋이 보인다.

"어머니가 날 많이 원망하셨지, 그치?" 그녀는 부드럽게 말한다. "네 형이 그렇게 돼서."

나는 메마른 소리를 내며 웃는다. "아뇨, 그다지. 어머니는 날 원망하셨죠."

그녀는 차를 농가 옆에 세우고 머리를 핸들 위에 잠시 기댔다 차에서 내린다. 아직도 여름 드레스를 입고 있다. 집 쪽으로 걸어갈 때 코트 아래로 드레스 밑단이 살짝 보인다. 현관 앞 계단을 오를 때 종아리 근육이 뭉쳤다 풀어진다. 현관문을 주저하듯 밀더니 안으로 사라진다.

내가 현관 계단에 다다를 즈음, 라벨을 붙이지 않은 와인병과 가는 쐐기를 들고 그녀가 다시 나타난다.

"이걸로 딸 수 있을까?" 와인병과 쐐기를 내게 내밀며 묻는다.

나는 그것들을 나무 탁자에 내려놓고, 현관 방충망을 밀고 안으로 들어가 어두운 방에서 사물을 분간할 수 있을 때까지 기다린다. 드럼통이 벽 쪽에 기대어 쌓여 있고, 시음용 테이블에는 크기가 다른 와인 병들이 차곡차곡 포개지는 러시아 인형처럼 한 줄로 늘어서 있다. 와인을 뱉어낼 때 쓰는 버킷이 반쯤 차 있고, 와인잔들에도 가장자리 위쪽에 입을 댄 흔적이 있다. 사람들이 황급히 집을 떠난 게 틀림없다. 나는 잔 두 개를 집어 들고 셔츠로 가장자리와 안쪽을 잘 닦은 다음, 어둠 속에서 테이블 뒤쪽을 더듬어 이미 따놓은 다른 병 옆에 놓인 코르크 따개를 찾아낸다. 잔과 따개를 들고 나오니, 그녀는 쿠션 없는 간이 의자 두 개를 끌어다놓고 있었다. 코르크를 비틀어 돌리자 부서져서 할 수 없이 안으로 밀어 넣어서 땄다.

"안에 코르크 부스러기가 좀 들어갔어요." 나는 그녀에게 잔을 건네며 덧붙인다. "쐐기를 쓰는 편이 나을 걸 그랬어요."

그녀는 빙그레 웃으면서 스템*을 잡고 받아든다. 와인은 따뜻하고, 붉고, 모래 씹는 맛이 난다. 네시에 배급된 수프 외에는 아무것도 먹은 게 없어서, 목구멍에서 위장으로 뜨거운 것이 타고 내려가는 느낌이 든다.

"너, 우리 아버지 기억해? 선창에서 본 적 있을 텐데. 네 형하고는 다른 배였지만, 우리 아버지도 어부였거든. 아버지는 쌍둥이 고모와 어렸을 때, 열 살도 안 됐을 때, 가슴 높이 정도밖에 안 되는 데서 파도를 타고 놀고 있었는데 고모가 조류에 휩쓸려 바다로 떠내려갔대. 그런데도 아버지는 다음 날 학교에 가야 했다더라. 마치 아무 일도 일어나지 않았던 것처럼."

그녀는 와인을 다 마셔버리고 더 따라달라며 내민다. 나는 그녀의 잔을 거의 꼭대기까지 가득 채운다.

"네 기분도 그런 거니? 죄책감?" 그녀는 무릎을 세워 다리를 가슴으로 끌어당기며 묻는다.

"형은 자기 스스로 선택해서 사지로 걸어 들어간 거예요."

"네 어머니는 그렇게 생각하지 않으셨잖아."

---

* 와인잔의 가느다란 줄기 부분.

나는 내 잔에도 와인을 다시 채운다.

"맏아들이니까. 유난히 아끼셨죠."

"너는?"

"어머니는 형을 뭐든지 잘하던 아들로 기억하고 계세요. 나는 늘 더디고 바보 같다고 생각하셨죠."

그녀는 다시 잔을 내밀며 입술을 꼭 다문 채 순한 양처럼 미소 짓는다. 그녀의 치아는 잘 물드는 편이라 와인을 마시면 늘 까맣게 변색됐다. 그녀가 형하고 같이 집에서 나를 돌보기로 해놓고선 둘이서 부엌에서 와인을 마시는 모습을 봤기 때문에 안다. 와인 잔을 채워 돌려주니 그녀는 내 손을 잡고 손가락에 깍지를 낀다. 나는 다른 손으로 와인을 병째 들이킨다.

지금 나를, 그녀의 죽은 연인과 꼭 닮은 성인 남자를 보는 것은 그녀에게 기분 나쁜 일일 것이다. 마지막으로 그녀가 나를 봤을 때 나는 아직 어린아이의 모습을 하고 있었고, 유전자가 발현되지 않아서 체격도 얼굴도 제자리를 잡기 전이었다. 나는 삼촌 생각이 났다. 딸이 갓난아기였을 때 아내를 잃은 분이었다. 삼촌은 숙모를 너무나도 사랑해서 숭배하기까지 했는데, 갑자기 숙모의 간이 망가지는 바람에 아내의 유일한 유품인 아기와 함께 단둘이 남겨졌다. 딸은 커가면서 점점 섬뜩하리만치 엄마를 닮아갔다. 삼촌은 저녁 식탁에 앉아서 밥 먹는 딸을 지켜보면서, 눈앞에서 이 소녀가 오래전에 죽은 여인을 예측 가능한 단계로 재현해가는 것을 목격했다. 그러다 결국 미쳐버렸다. 그는 아내가 돌아왔다고 생각했고, 다시 스무 살 시절로 돌아가 딸에게 구애하기 시작한 것이다.

그녀는 맞잡은 손을 꼭 쥐며 속삭인다. "이리 와서 옆에 앉을래?"

나는 얌전히 그녀의 말에 따른다. 그녀는 엉덩이를 내 옆에 꼭 붙이고 한쪽 다리를 구부려 내 배 위에 얹는다. 간이 의자의 플라스틱 널빤지가 등에 배긴다. 그녀의 부드러운 옆구리도 분명 배길 것이다. 나는 그녀를 들어 올려 내 위에 앉히고 굴러떨어지지 않도록 그녀의 오목한 등허리에 팔을 두르고, 한 번도 태양을 본 적 없는 팔 안쪽의 부드러운 살을 쓰다듬는다. 그런데 피부가 쭈글쭈글하다. 나는 그녀의 팔을 내 눈높이까지 들고서 왜 그런지 알아차린다. 여섯 개의 원이 그녀의 살갗 위에 경쟁하듯 자리하고 있다. 오래된 흉터다. 하지만 어렸을 때 생긴 흉터는 아니다.

"거기에 키스해줘." 그녀가 내 귀에 대고 속삭인다. "그가 그랬던 것처럼. 상처가 갓 생겼을 때."

나는 원마다 하나씩 차례로 키스한다. 형이 만들었던 실크로 된 원 모양 모빌이 머릿속을 스쳤다 이내 사라진다. 그녀는 운이 좋았다. 이렇게 작은 흉터만 남기고 살아남았으니. 나를 깔고 앉은 그녀는 내 머리카락을 쥐어보다 턱수염을 만지작거리다 가슴팍의 매끈한 피부를 어루만진다. 손으로 느껴지는 모든 촉감이 형을 생각나게 하나보다. 내 몸을 그녀가 이렇게 이용하도록 내버려두는 수밖에 없다. 그녀에게 다시 한번 형과의 하룻밤을 제공하는 수밖에. 꼬리표가 달린 시트를 깐 병원 침대에서 죽어가던 어머니가 떠오른다. 어머니는 나보고 아무 말도 하지 말고, 길게 기른 머리와 다 큰 체격 덕분에 형처럼 보이는 모습 그대로 어머니 옆에 앉아 있기만 하라고 했다. 의자 위에서 그녀의 몸을 떼어냈을 때도 구원은 없었다. 그녀는 내 위로 무너지듯 쓰러져 흐느꼈다. 그녀의 눈물이 내 귀로 흘러들어 따뜻하게 고였다. 그녀는 울다 지쳐 잠들었다.

나는 대통령을 위해, 내 형을 죽인 남자를 위해 일하고 싶었다. 매일 대통령을 만질 수 있고, 내 영향력 아래 잠깐이라도 놓을 수 있는 직업과 방법을 찾고 싶었다. 일단 어머니가 사경을 헤매기 시작하자, 도시로 이사하는 것은 그리 어렵지 않았다. 어머니는 내가 굿바이 키스를 할 때도 나를 거의 알아보지 못하셨다. 그즈음엔 나는 어차피 바닷가 마을에서도 거의 고립된 상태였다. 어부들은 형이 저지른 일을 절대 잊지 않았고, 지금도 이해하지 못할 것이다. 매일 바다에서 생사를 넘나드는 그들로서는 정치에 관여한다는 건 어리석은 짓이었다. 나이가 찼을 때도 아무도 내게 형의 어부 자리를 물려받을 건지 묻지 않았다. 그래서 나는 도시로 가는 새벽 버스를 탔다. 머리 위 선반에 닭과 오렌지 포대와 나무 흔들의자와 기타 등등 도시에 내다 팔려는 물건들 사이에 내 슈트케이스를 묶어놓고.

도시에서 내가 얻은 첫번째 일은 대통령 특구에 위치한 한 이발소에서 일회용 도구들을 버리고 머리카락을 치우는 일이었다. 주인 이발사는 나에게 가게 2층의 조그만 방에 머물 수 있게 해주었다. 그 방에는 천창이 나 있어서, 밤이면 그것을 통해 불 켜진 대통령 관저를 볼 수 있었다. 대통령을 태운 자동차 행렬은 정기적으로 가게 앞 좁은 도로를 지나갔다. 부자연스럽게 떼를 이룬 새카맣고 반짝반짝 빛나는 일곱 마리 상어는 뱃속에 뭐가 들었는지 전혀 보여주지 않았다. 내 생각에 대통령은 항상 맨 앞에 가는 차에 타고 있을 것 같았다. 경호를 위해서라고 해도 딴 놈이 자기보다 윗자리에 앉는 꼴은 못 봐줄 테니.

어느 날 오후 차 행렬이 지나갈 때, 나는 가게 주인에게 대통령의 머리는 누가 자르냐고 물었다. 그는 신이 나서 어깨를 으쓱대며 질문에 대답했다. "내가 하지, 물론. 각하는 항상 최고만 선택하시거든." 기회가 왔다. 대통령에게 가까이 가 내 손을 그에게 뻗을 수 있는 기회. 주인은 호출을 받을 때마다 ― 내가 알아낸 바로는 매일 호출을 받았다 ― 관저로 올라갔다. 전에도 그는 매일 몇 시간 동안 가게를 비웠는데 나는 굳이 그 이유를 궁금해하지 않았다. 나로서는 그 시간이 무척 유용했기 때문이었다. 그때 나는 손님들을 상대로 스프레이를 뿌리고 머리를 자르고 비누 거품을 바르고 면도를 하는 연습을 했다. 주인은 개의치 않았다. 사실, 방조하는 편이었다. 관저에서 일을 할 시간을 벌어주니까.

어떻게 하면 가장 뛰어난 이발사가 될 수 있을까. 나는 밤마다 지붕 위로 올라가 담요를 둘둘 말고 앉아 관저를 바라보며 궁리했나. 야망이 뱃속에서 꿈틀거렸다. 마치 살아 있는 생물처럼, 야망이 거기 그렇게 웅크리고 앉아 정신을 집중하고 있음을 느꼈다.

때때로 나는 그 끈질겼던 목표 의식에 감사한다. 덕분에 낯선 도시에서 젊음의 혼란기를 침착하게 보낼 수 있었다. 가게에서 낮 시간 동안 나는 내 손놀림에 대한 남자들의 반응을 조사했다. 어떤 사람은 사무적으로 딱딱하게, 어떤 사람은 양처럼 순하게, 내 앞에 놓인 높이 조절 레버가 달린 붉은 회전의자에 앉았다. 대개 자기가 원하는 바를 정확히 알고 있었지만, 모르는 사람도 많았다. 어쨌든 그들은 쾌감을 기대한 것은 아니었는데 나는 그것을 그들에게 제공했다. 거의 알아차릴 수 없을 정도로 소소해서 받아들이는 사람 입장에서도 민망할 필요가 없는 쾌감. 나는 커트보를 입히면서 손님의 목을 손으로 살짝 쓰다듬었다. 의자 뒤에 서서 손님의 턱을 내 두 손 안에 단단히 고정시키고, 머리 모양을 평가하며 거울에 비친 손님의 얼굴을 똑바로 쳐다보았다. 내가 하려는 일을 설명하면서 손님의 볼을 손가락으로 쓸어내렸다. 전적으로 사무적인 태도로 반복했다. 겉보기에 관능적인 낌새는 전혀 없었다. 그러면 남자들은 뭐가 뭔지는 잘 모르지만, 이발이 끝나면 온몸이 찌릿찌릿하고 뇌가 흐물흐물해진 느낌을 받았다. 살아오면서 나한테 그런 느낌을 주는 사람들이 있었다. 꼼꼼하게 일처리를 하는 사람들, 사물에 질서를 부여하는 사람들이 늘 그랬다. 내 가슴을 들뜨게 했던 학교 선생님이 계셨는데, 그녀는 내 연습장에 자를 대고 선을 그어주시곤 했다. 매월 마지막 주 금요일마다 야채 깡통을 정교하게 줄 맞춰 나란히 쌓아두던 야채 가게 주인도 그랬다.

나는 먹혀들 것 같은 손님을 잘 골라서 이발하기 전에 머리를 감겨주겠다고 말했다. 그리고 세면기에 고개를 젖히고 누워 있는 손님의 머리를 마사지했다. 두개골의 튀어나온 곳이나 움푹 들어간 곳을 찾아내서 살살 문질렀다. 이렇게 안팎으로 곡선을 그리는 부분이 쾌감 포인트였다. 그리고 이발하는 과정도 시원시원하고 스피디하게 처리했다. 활기찬 마술 같았다. 입소문이 퍼지자, 손님들은 가게 주인이 있을 때도 나한테 일을 맡기기 시작했다. 그리고 어느 날, 관저에서 돌아온 주인은 대통령이 나한테 이발을 주문했다고 전했다. 이것은 대통령의 눈이 어디에나 있다는 증거였다. 특구에 있는 한 이발소에서 일어난 미미한 선호도의 변화조차 그의 정보망을 피할 수 없었다. 가게 주인은 정중하게 자신의 패배를 받아들였다. 어쨌거나 그에겐 선택의 여지가 없었다. 대통령 본인이 요구한 것이니.

내가 처음 대통령의 머리를 자른 것은 관저의 전용 화장실에서였다. 온통 타일로 도배된 방이 끝도 없이 뻗어 있는 동굴 같은 곳이었다. 관저까지 나를 데려간 경호원 두 명이 열려 있는 화장실 문 밖에서 귀를 쫑긋 세우고 서 있었다. 화장실 조명은 그를 있는 그대로 보여줬다. 나는 그가 그렇게 늙은 사람인 줄 몰랐다. 대통령은 이미 저녁 일정을 위해 세련되게 차려입은 상태였고, 다른 남자들이 향기를 맡을 수 있을 정도로 — 더운 저녁에 금방 깎아낸 잔디밭처럼 — 갓 이발한 모습을 보여주길 원했다. 그는 거울 앞 호화로운 팔걸이의자에 앉았다. 의자가 너무 낮아서 일하다 자칫

중심을 잃을 뻔했다. 가게에서 쓰는 높은 의자를 가져올 생각을 미처 못했다. 즉 그날 저녁 내내 허리를 굽히고 일했다는 뜻이다. 나는 허리를 굽혀 그의 어깨에 커트보를 씌우고 목 언저리에서 조였다. 두 손으로 대통령의 턱을 거머쥐고 올렸다 내렸다 좌우로 돌렸다 하며 거울에 비췄다. 희미한 향기가 나는 물로 스프레이를 뿌렸고, 물방울은 그의 머리카락 사이로 미세하게 퍼졌다. 나는 빗과 가위를 들고 신속하게 자르면서 정확한 리듬의 가위 소리에 그가 진정되는 것을 보았다. 목덜미와 머리카락 끝선은 면도기로 정리했다. 그다음 커트보를 가볍게 휙 벗겨냈다. 한 올의 머리카락도 그의 옷에 떨어지지 않았다. 대통령은 만족해했고, 다음번에는 면도와 코털 뽑기도 맡겼다. 가게의 다락방을 나와 유리 상자로 거처를 옮긴 것은 그때부터였다. 관저에서 하루 일을 끝내고 나면, 나는 청결함을 갈구했다. 애초에 도시로 오면서 작정했던 것을 이행하지 않는 데 대한 나의 죄책감을 씻어내줄 무언가가 필요했다. 창문을 열고 자기 시작했고, 침대에 앉기 전에 밖에서 입었던 옷을 다 벗었고, 사물(양말, 안경, 벨트)을 엄격하게 정리 정돈했다. 정화 작업의 일부였다.

그녀가 몸을 뒤척인다. 하늘은 서서히 새벽을 준비하려 한다. 그녀는 고개를 들었다 내 얼굴을 보고 당황해하면서 휙 일어나더니 치맛자락을 잘 내려 다시 엉덩이를 덮는다. 긴 머리카락이 부스스하게 산발하여 등 뒤로 뻗쳤다. 한 올 한 올 빛을 반사했다 흡수하는 것같이 한순간 반짝이다 다시 어둠으로 돌아간다. 그녀의 입 주위에는 와인 자국이 피처럼 번져 있다. 계단으로 가다 다 마신 와인 병을 쓰러뜨린다. 빈 병은 옆으로 굴러떨어져 타일 위에서 자살을 감행한다.

나는 차 있는 데까지 따라가서, 그녀가 시동 장치와 씨름하고 마침내 엔진이 마지못한 듯 쿨렁거리며 살아날 즈음 얌전히 조수석으로 들어간다. 차를 타고 먼지투성이 길을 되짚어온다. 구불구불한 길을 따라 계곡을 벗어날 무렵엔 이미 별들도 희미해졌다. 지금이 하루 중 가장 서늘하다. 해 뜨기 바로 직전의 시간대. 추위 때문에 그녀의 맨 다리에 소름이 돋는다. 저녁 식사 시간, 어머니와 나도 있는데 형이 아주 자연스럽게 식탁 밑으로 그녀의 허벅지에 손을 올려놓을 수 있다는 게 나한테는 굉장히 짜릿하게 여겨졌다. 나는 그런 두 사람을 곁눈질하여 슬쩍 훔쳐보곤 했다. 소유욕을 나타내는 제스처였지만, 단순히 개인적 소유를 표현한다고 하기엔 그 허벅지 위의 손의 위치가 너무 안쪽이어서, 그걸 볼 때마다 어쩔 수 없이 얼굴이 빨개졌다. 그들은 영문도 모르면서 그런 나를 보고 웃어댔다. 친밀함에 익숙하지 않은 나로서는, 형이 어머니 앞에서 그녀에게 열정적으로 키스하는 것보다 그쪽이 더 대담하게 — 더 음란하게 — 느껴졌다.

"두목과 나에 대해서는 알고 있지?" 앞에 시선을 고정시킨 채 그녀가 말한다. "요리사가 말했겠지. 나는 두목의 아내야."

나도 모르게 왼손 약지를 쳐다본다. 반지는 없다.

"축하해요." 의도와는 달리 빈정거림이 묻어난다.

그녀는 호기심을 보이며 나를 쳐다본다. 남동생이 질투하는 것처럼 들렸나보다. "두목은 우리와 같은 캠프에 있었어. 네 형은 그를 매우 존경했지."

그녀의 날씬한 손가락은 핸들 위에 있다. 부드러운 슬개골. 두툼한 귓불. 도저히 감당할 수가 없다. "그 상처가 막 생겼을 때 거기다 키스한 사람이 누구예요? 형? 아님 두목?"

그녀가 보였던 연민은 확연히 사그라들었다. 그녀는 입을 꾹 다물고 턱을 당긴다. 그녀가 나한테 트렁크에 들어가라고 명령할 때까지 우리는 한마디도 하지 않았다. 이번에는 그 갑갑한 어둠 속으로 기어 들어가는 것이 반가웠다.

13. 화가

　누군가가 화실에서 내가 쓰던 도구들을 가져다놓은 게 틀림없다. 구겨진 금속제 물감 튜브들(모두 반쯤 짜내 썼고, 끝부분은 스트레스받은 민달팽이처럼 단단하게 돌돌 말려 있다)을 보니 기분이 별로 좋지 않다. 그것들을 마지막으로 썼을 때가 생각난다. 그날 아침은 대통령의 피부색이 바뀌어서 미리 섞어놓은 미묘한 색조가 모두 맞지 않았다. 수년 동안 써서 표층이 두꺼워진 팔레트가 튜브 옆에 놓여 있고, 캔버스 두 개가 벽에 세워져 있다. 내 것이 맞다. 나무 프레임에 캔버스를 쫙 펼쳐서 팽팽하게 잡아당긴 다음 가장자리를 따라 스테이플러를 박는 수고를 했던 그 화판임을 알아본다.

　여기는 대통령이 소파에 웅크리고 앉아 있던, 발치에 사진이 마구 흐트러져 있던 그 방이다. 먼지 쌓인 바닥에 긴 줄무늬 자국을 남긴 채 가구는 전부 구석으로 치워졌다. 방 한가운데 소파 하나만이 내 이젤을 마주 보고 덩그러니 놓여 있다. 나는 이젤 다리의 나사를 다시 매만지고 관절을 한 번에 밀어넣어서 알맞은 높이로 줄인다. 그 높이에 우연하게 물감이 묻어 표시가 되어 있다. 이런 작업은 늘 어떤 흔적을 남긴다. 내 스케치북도 가져왔다. 지난날의 과오를 끊임없이 상기시키는 커다란 표지. 이젤 아래에는 목탄 조각들이 담긴 질그릇이 놓여 있다. 누군가 내 화풍을 잘 아는 사람이 있다.

처음에 두목은 문가에서 머뭇거린다. 아마도 내 주위를 둘러싼 전문가의 도구들에 겁먹은 모양이다. 곧 그는 방 안으로 성큼성큼 걸어 들어와 소파에 자리 잡는다. 다리를 꼬고 한쪽 슬리퍼를 대롱대롱 발에 대충 꿰고 흔든다.

나는 초상화가 권력이 쓰는 속임수 중 하나임을 알고 있다. 내가 그리는 초상화가 하나씩 늘어날 때마다 대통령의 장악력도 조금씩 커졌다. 국회에 걸린 유채로 갓 그려진 대통령의 그림은 그림 이상의 가치를 외적으로 행사하며 그의 지배력을 공고히 했다. 지금 내 앞에 앉아 있는 이 남자의 그림도 똑같은 힘을 지닐 것이다. 발에 걸치고 있던 슬리퍼가 바닥으로 떨어지면서 두목의 길고 날씬한 발가락이 드러난다. 그는 바지 뒷주머니에 손을 집어넣더니 보라색 자카란다를 한 움큼 꺼내든다.

"당신이 그리는 건 나 혼자가 아니오." 그는 여전히 꽃잎을 쥐고 말한다. "우리지."

대통령이 옆에 감시인을 달고 문가에 모습을 드러낸다. 고개를 수그리고 있어 늘어진 목살이 불편해 보인다. 그는 보라색 드레싱 가운을 입고 두꺼운 허리 위로 허리띠를 둘렀다. 그가 발을 질질 끌며 소파를 향해 걸어가자, 두목이 일어나서 축제 때 날리는 색종이처럼 꽃잎을 그의 머리 위에 뿌린다. 꽃잎은 바위에 붙은 따개비처럼 그의 머리카락과 어깨에 달라붙는다. 대통령은 그대로 소파 위에 무너지듯 앉고, 입은 꾹 다문 채 나를 향해 고개를 든다. 두목은 그 옆에 명랑하게 앉는다. 처음으로, 두목의 아름다움이 비대칭이라는 걸 깨닫는다. 그의 얼굴은 반반씩 나누어 별도로 주의를 기울여야 한다. 그의 옆얼굴은 어느 쪽에서 보느냐에 따라 다를 것이다. 괴담에 나오는, 얼굴이 반으로 나뉜 유령들처럼.

나는 예전에 그린 데생을 보지 않으려 애쓰며 스케치북을 넘기고, 빈 페이지를 찾아 그 위에 목탄 조각으로 그들을 그린다. 나는 대통령부터 시작한다. 그의 얼굴이 친숙해서 편하다. 선들은 익히 잘 알고 있고 예상한 대로다. 나는 그를 있는 그대로 그린다. 대통령은 늘 그렇게 요구했다. 익숙한 선 외에 그의 육체가 피부에 새롭게 새긴 신호도 찾아낸다. 주름과 검버섯과 건조한 거스러미들. 나는 그것들을 모두 그려 넣는다. 손이 본능적으로 움직이는 동안 내 안에서 생겨난 감정은 초를 켠 램프가 있는 천문대에서 영부인의 지퍼에 속옷이 꼈을 때 느꼈던 것과 똑같다. 가여움.

14. 요리사

    냉장고를 열고 얼음이 채워져 있는 빨간 뚜껑의 플라스틱 얼음 병을 꺼낸다. 조리대 위에는 차가운 물에 얼음을 동동 띄운 사발이 있고, 그 옆에 차가운 페이스트리 반죽이 서서히 방 온도에 맞춰 데워지고 있다. 내가 지금 하고 있는 모양을 만약 할머니께서 보신다면 제대로 하라고 호통을 치실 거다. 하지만 나는 반죽, 버터, 반죽, 버터, 반죽 이렇게 겹겹이 쌓는 괴로운 과정을 피할 수 있는 방법을 발견했다(이번 반죽은 어젯밤에 딱 한 시간 만에 끝냈다). 비록 발효된 반죽을 병으로 밀거나 손가락 끝이 더워질 때마다 얼음물에 손을 담그는 버릇은 여전히 버리지 못했지만. 사실 이렇게 아침 일찍 일어나서 요리할 필요도 없었다. 어마어마하게 큰 레스토랑에서 톱니바퀴처럼 일하면서 특정한 과정에 대한 감상적인 집착은 대부분 사라졌다. 그러나 이것 하나만은 버리지 못했다.

　밤중 가장 서늘한 이 시각, 나는 흥미로운 일을 목격한다. 내가 방에서 나올 때 이발사는 자기 침대에 없었다. 그리고 주방 창문으로, 샌들을 손에 들고 소리를 내지 않으려고 허리를 잔뜩 굽힌 채 맨발로 안마당을 가로지르는 두목의 아내를 보았다. 머리카락은 부스스함을 감추려 급히 묶어 올린 것 같다. 누군가가 머리카락 사이에 손을 넣었던 것처럼 부스스하다. 내 아내도 종종 그러곤 했다. 그녀는 섹스하기 전, 두피 마사지에서만 전희를 느꼈다. 그녀의 경우엔 몸 어느 구석에도 없는 성감대가 머리에 있었다. 고양이처럼 내 목에 머리를 슬쩍 들이밀며 눈치를 주고, 몸을 들썩이며 만족스러운 신음 소리를 내다, 나중에는 뺨이 발그레 물들었다. 마사지의 강도가 강해질수록 그녀의 머리카락도 새집처럼 산발이 됐다. 나름 비장의 무기라고 생각해 딴 여자들한테도 이 방식을 시도해봤는데 그들은 얼마 안 있어 싫증을 내고 내 손을 다른 곳으로 이끌었다.

　별로 질투가 나지 않아 나 자신조차 놀란다. 마침내, 나도 내 나이를 받아들이고 새파란 남자들의 욕망을 너그러이 봐주기로 했나보다. 할머니들이 새 신부를 보는 것처럼, 다시 그때로 돌아가는 건 별로지만 여전히 흥미로워하고, 여전히 중간에 참견하려 하고, 다른 사람들이 욕망에 쏟을 에너지를 갖고 있다는 데 기뻐한다. 그녀는 내 취향이었을 테고, 제법 까다로운 상대가 되었을 것이다. 밀고 당기는 게임을 하며 단 하룻밤 동안 그녀를 내 품에 안을 방법을 모색하느라 열심히 머리를 굴렸을 거다. 아내는 바로 이런 심리를 다른 어떤 여자들보다도 잘 이해했다. 섹스가 문제가 아니었다. 아내는 내 흥미를 끌기 위해서는 일상적 행위도 게임으로 만들어야 한다는 걸 알았다. 그녀는 내게 접근해오다 느닷없이 물러났고, 며칠 동안 말도 없이 가출하기도 했고, 파티에서 일부러 나를 무시하고 다른 남자들하고만 얘기를 나눴다. 나는 그녀가 그런 상황들을 즐겼다고 생각한다. 하지만 결국 사달이 나고 말았다. 아내는 탈출구로서 정신을 놓는 방법을 택했던 것이다. 혹은 이것은 어쩌면―전에는 한 번도 이런 식으로 생각한 적이 없는데―그녀가 날 위해 마련한 가장 야심 찬 게임일지도 모른다. 내가 영원히 그녀의 멀쩡한 정신을 찾아야 하는 게임. 지금 나는 제정신이다. 지금 내가 제정신인 건가? 남편을 안달하게 만들려고 매번 아내가 미친 척하며 남편이 자신에 대해 설명하는 걸 듣고 있다고? 정신이 나간 후 아내는 모르는 사람들한테 늘 그러듯 나를 매우 정중하게 대했다. 자기 병실로 나를 초대해서 커피나 차를 마시며 편히 있으라고 하고, 내가 어떻게 사는지 물어보며 내 대답에 성심성의껏 귀를 기울였다. 아, 나도 그 상황극에 적극 동참했다. 아내의 무표정에 균열을 낼 수 있을지, 그녀가 더이상 참지 못하고 웃음을 터뜨리며 모두 게임이었노라고 고백하게 만들 수 있을지, 이거 재밌겠는걸 한번 해보자는 심산이었다. 그때 아내는 딸아이 얘기를 꺼냈다. 아이가 아주 어렸을 때, 유난히 길었던 출장을 마치고 돌아오는 나를 아내와 딸이 공항으로 같이 마중

나온 적이 있었다. 아이는 분명 나를 희미한 기억으로밖에 알아보지 못했고 어린 마음에 애교란 애교는 있는 대로 다 떨었다. 차 뒷자리에 딱 붙어 앉아 친구들 얘기, 유아원 얘기, 애완동물 얘기 등 집에 오는 동안 내내 재잘거리면서 나를 즐겁게 해주었다.

손가락 끝이 너무 따뜻해졌다. 나는 얼음물에 손을 집어넣었다 단단히 언 병을 잡고 반죽을 밀어서 가능한 한 일정한 두께로 편다. 그런 다음, 유리컵 가장자리로 동그랗게 찍어내서 오일을 두른 베이킹 트레이 위에 조심스럽게 올려놓는다. 식욕도 잃은 것 같다. 평소엔 요리하면서 간을 본다는 핑계로 계속 재료를 집어 먹었고, 음식이 완성되어 나갈 무렵이면 이미 배가 불렀다. 그러나 해산물 브런치 이후로는 요리하는 도중 한입도 대지 않았다.

두목은 조만간 시내 관저로 옮길 것 같다. 도시를 손에 넣고 정권을 완전히 장악하려면 그래야 할 것이다. 관저 주방은 아마 약탈당하여 온통 엉망진창이 되어 있을 테고, 식재료 공급선을 복구하는 것도 쉽지 않을 것이다. 누가 좀 훔쳐갔으면 하는 물건은 딱 하나, 린넨 제품이다. 항상 풀을 너무 먹여서 무겁고 뻣뻣하며 꺼끌꺼끌했다. 그것 때문에 늘 눈과 손이 퉁퉁 부었다. 집에서 도망쳐 나와 웨이터의 조수로 허드렛일(더러운 접시를 닦고 새하얀 테이블보를 깔고 나이프와 포크가 올바로 놓여 있는지 확인했다)을 하던 때였다. 한참 후 부주방장이 되었을 때, 나는 어머니에게 상경할 차비를 보냈지만 어머니는 오지 않으셨다. 나는 자수성가한 사람이다. 어머니를 버렸다는 죄책감이 슬금슬금 고개를 쳐들 때마다 혼자서 그렇게 중얼거리곤 했다. 독학으로 성공한 요리사. 나는 사람들이 이것을 왜 눈먼 야망이라고 말하는지 의아했다. 왜냐하면 아득바득 출세의 사다리를 기어오르면서 나는 두 눈을 똑바로 크게 뜨고 있었기 때문이다.

15. 이발사

와인이 복수를 하는 중이다. 깨어났을 때부터 머리가 아프고 온몸이 쑤셨다. 간이 의자의 널판지 때문에 등허리에는 보라색 멍자국도 생겼다. 그러나 건조한 안구 안쪽에서 콕콕 찌르는 아픔보다 어떤 대가를 치르더라도 그녀와 다시 같이 있고 싶다는 갈망이 더 크다. 지금 이 순간, 나는 기꺼이 형으로 가장하고, 형의 옷을 입고, 형의 몸짓으로 얘기할 것이다. 그렇게 해서 그녀가 한 번 더 내 옆에 누워 내 머리를 만져줄 수만 있다면. 그녀는 자신이 지닌 우아함의 힘을 깨닫지 못하고 있다. 그것은 늘 나를 꼼짝 못하게 만들었다. 적어도 나는 그녀 발밑에 바칠 것이 있다. 정절.

오늘 아침 요리사는 침대에 누워 있는 나를 유심히 관찰했다. 주방에서 버터와 효모 냄새를 풍기며 돌아와서는 내 침대 옆에 한참 동안 서 있었다. 나는 잠든 척했지만, 그의 눈길이 단서를 찾아

더듬는 것을 느낄 수 있었다. 입술 위 와인 자국이 내가 한 짓을 밀고했을 것이다. 혹은 푸석푸석한 머리카락, 혹은 침대 위에 떠도는 간밤의 알코올 냄새, 혹은 그 밑에 은은히 감도는 그녀의 머리카락 내음과 체취가 그럴지도. 요리사는 한숨을 내쉬더니 마침내 터벅터벅 화장실에 들어가서 한참 동안 나오지 않았다.

놀랍게도 방금 감시인 중 한 사람이 내가 쓰던 이발 기구들을 방으로 가져다주었다. 분명 내 가게에 침입하여 불쌍한 조수를 위협해서 두목을 몸단장시키는 데 필요한 도구를 찾아 바치라고 했을 것이다. 그런 광경이 머릿속에서 둥둥거리는데, 마구 뒤섞인 물건들(누군가가 가방에 아무렇게나 던져 넣었다) 속에서 가위와 빗을 집어내기란 쉽지 않은 일이다. 그러나 해야만 한다. 그가 나를 기다리고 있다. 화가는 어제 자기 일을 마치고 오래된 레몬처럼 바짝 말라가지고 돌아왔다. 여기저기 물감이 묻은 손은 병들어 변색된 것처럼 보였다. 그는 한마디도 하지 않고 침대에 쓰러졌다. 안 그래도 마른 남자인데, 그의 주식(主食)은 마누라였던 모양으로 아내가 없는 지금 아예 녹아 없어지는 중이다. 얼굴 모양을 잡아주던 앙상한 뼈대마저 망가졌다. 오늘 새벽에 몰래 기어 들어오는데, 화가는 벌떡 침대에서 일어나 내 쪽을 쳐다봤다. 그의 눈이 감겨 있고 여전히 잠들어 있는 상태라는 걸 깨닫기 전까지, 나는 간담이 서늘했다. 그는 관 속의 시체처럼 뻣뻣하게 다시 눕더니 자면서도 조용히 눈물을 흘렸다. 아침에 보니 양 볼에 희미한 소금 자국이 남아 있었다.

감시인이 서두르라는 듯 문을 탕 친다. 나는 이발 기구 몇 개를 그러잡고 문을 열어줄 때까지 기다린다. 감시인은 내 옆에 붙어서 안마당을 둘러싼 복도를 걷는다. 나는 네모난 잔디 마당을 내려다본다. 난간에 기대어 얼굴에 햇빛을 쬐는 그녀를 다시 한번 볼 수 있으면 좋겠다. 감시인이 툴툴거리며 몸짓으로 계단을 가리킨다. 위층으로 올라가는 건 이번이 처음이다. 위층은 우리 층과 모양이 똑같은데, 다만 방마다 감시인이 문밖에 서 있다. 기운 빠지는 한편, 당연히 저 각각의 문 뒤에는 도대체 누가 있을지 호기심이 끓어오른다. 저들이 지키고 있는 비밀은 뭘까? 호기심 저변에는 약간의 의기소침함도 존재한다. 이성적으로는 포로가 우리뿐만은 아니라는 걸 알고 있었지만, 직접 그 증거를 대면하고 보니 실망감도 없지 않다. 개인적 경험의 일반화. 저기도 모두 세 명씩 수감되어 있을까? 아니면 위험하지 않은 사람들만 여럿씩 넣고, 요주의 인물들은 음모를 막기 위해 독방에 넣었을까? 그가 나를 위험하지 않다고 여긴다는 건 내게 유리한 점이다.

우리는 맞은편에 있는 맨 꼭대기 층으로 이어지는 조그만 나선 계단을 올라갔다. 꼭대기 층에는 출입구가 하나밖에 없다. 커다란 나무 이중문이다. 그 앞에 서 있던 남자가 문을 열고 우리를 안으로 들여보낸다. 들어서자마자 이곳이 대통령의 침실임을 알아차린다. 벽면 하나가 통유리로 되어 있어 계곡 전체를 넘어 더 멀리까지 파노라마처럼 펼쳐져 있는 것이 보인다. 여기서는 시내에 있는 대통령 관저도—인형의 집처럼 보이지만—볼 수 있다. 밤에는 언덕 위 관저에 불을 밝힌 모습도 보일 것이다.

"전망이 끝내주지." 벽에 붙인 팔걸이의자에 앉은 두목이 말한다. "우리 대통령 각하께서는 뭐든 확실히 보이는 데 두는 걸 좋아하시는 모양이오. 대부분 자기 것이니."

두목은 일어서서 나른한 미소를 지으며 손을 내밀고 내 쪽으로 느릿느릿 걸어온다. 옷 입은 모양새는 나무랄 데가 없다. 바지 양쪽 가랑이 모두 한가운데 다리미질이 칼같이 되어 있고, 빳빳하게 풀 먹인 셔츠도 눈처럼 하얗다. 나는 별수 없이 그의 손을 잡고 악수한다. 두목은 악수하면서 친밀함을 표시하듯 내 팔꿈치를 잡는다. 경호원이 뒤에서 화장실로 통하는 문을 연다. 화장실도 한 면이 통유리로 되어 있어 계곡 쪽의 조망을 보여준다. 나머지 벽과 천장은 온통 거울이고, 심지어 바닥마저 거울이다. 얼어붙은 호수 위를 걷는 듯이 묘한 기분이다. 걷다 갑자기 금이 가서 깨질 것 같다. 세면대와 양변기, 욕조는 거울이 완전한 자화상을 반사하는 것을 방해하지 않도록 벽면에 붙어 있지 않고 방 한가운데에 반짝이는 강철 무더기처럼 모여 있다. 그것들마저 상을 반사한다. 욕조 표면에 내 몸 일부가 잘려 비친다. 두목과 경호원은 내가 어정쩡한 걸음걸이로 세면대 쪽을 향해 거울 위를 가로지르는 것을 보고 뭐가 좋은지 신나게 웃는다.

"의자가 필요합니다." 나는 조용히 말한다. "되도록 높은 거면 좋겠는데요."

경호원이 밖으로 나가 방금까지 두목이 앉아 있던 팔걸이의자를 들고 돌아온다. 너무 낮다. 작업한 걸 보려면 몸을 거의 반으로 구부려야 하게 생겼다. 하지만 나는 그 의자를 세면대 옆에, 단단한 벽면의 거울과 마주 보게 놓는다. "자, 그럼……" 나는 손님을 안내하는 집사처럼 의자 쪽으로 팔을 뻗으며 두목에게 말한다. 그는 빙긋 웃고 앉아서 다리를 꼬고, 거울을 보며 부드러운 곱슬머리를 흔든다. 경호원은 몇 걸음 떨어진 문가에서 왔다 갔다 하면서 눈으로는 나를 좇는다. 나는 가방에서 필요한 기구를 꺼내 욕조 가장자리에 사용 순서대로 늘어놓는다. 그다음 우아한 호를 그리며 부드러운 커트보를 펼쳐 두목의 앞을 감싸고 목 뒤에서 고정시킨다. 이제 그의 옷은 빈틈없이 가려졌다.

"머리부터 감겨드릴까요?" 나는 망설이며 두목에게 물어본다. 그는 긍정의 뜻으로 고개를 끄덕인다. 나는 손님에게 머리를 감으면서 마사지를 받기를 원하는지 절대 묻지 않는다. 그냥 한다. 물어보면 손님들은 그러마고 대답하길 꺼린다. 남자는 모름지기 그런 종류의 쾌감을 추구해서는 안 되니까. 그네들은 이발을 무뚝뚝하고 사무적이고, 치간 칫솔질처럼 필요는 하지만 진부하고 평범한 일로 치부하기 마련이다. 나는 물이 너무 뜨겁지 않은지 손목 안쪽으로 온도를 재고, 철제 세면대 가장자리에 수건을 말아놓는다. 그러고 나서 수건 위에 그의 뒷목을 가볍게 누여 머리가 자연스럽게 세면대 안쪽으로 축 처지게 한다. 그의 머리를 수도꼭지 밑으로 오게 하여 물줄기가 헤어라인에만 살짝 닿고 피부는 거의 젖지 않도록 한다. 물에 젖은 머리카락은 색이 진해지며, 서로 뭉쳐서 이마가 쫙 펴지고 머리가 아래로 잡아당겨지는 느낌이 든다. 이어서 따스함이 두피를 거쳐 머리 뒤쪽까지 밀물처럼 번진다. 나는 수도꼭지를 잠그고 그의 머리를 세면대 안에 놓아둔 채 샴푸를 손바닥에 짜서 거품을 낸다. 따뜻하게 데워진 두피에는 조금 차갑지만 상쾌하게 느껴질 것이다. 머리카락이 거품을 머금고 피부에 부드럽게 감긴다.

나는 그의 헤어라인에 손끝을 대고 시작한다. 이마 가장자리를 따라 뿌리에 샴푸를 바르고, 그다음에 귀 바로 위와 관자놀이를 꾹꾹 누른다. 그리고 한 손은 정수리에 대고 다른 손으로는 부드럽게 주먹을 쥐어 두개골 아래쪽, 목덜미 바로 위쪽에 튀어나온 부분을 문질러 거품을 낸다. 압력을 조절하고 동작을 다양하게 바꿔가며 위쪽으로 조금 올라온다. 두개골이 꽃처럼 퍼진 곳, 고개 위로 둥그렇게 두개골이 시작되는 부분이다. 손바닥을 대고 단단하게 원을 그리면서 한참을 문지른다. 두목은 눈을 감고 있지만, 호흡 소리가 점점 커진다. 목동맥이, 생물이 굴을 파고 지나간 흔적처럼 뚜렷이 드러난다. 손목을 대서 물 온도를 다시 한번 확인하고, 헤어라인을 따라 따뜻한 물을 흘려내린다. 비누가 머리카락에서 씻겨 내려가며 머리카락이 윤이 난다. 나는 다른 수건을 꺼내 머리 밑에 받치고 양쪽 끄트머리를 들어 올려 그의 두피를 재빨리 문지른다. 그리고 헤어라인을 따라 단단히 감싸 이마에서 매듭을 묶어 터번처럼 만든다.

"이제 고개를 드셔도 됩니다." 나는 조용히 말한다. 두목은 순순히 따른다.

이발 그 자체는 몇 분 걸리지 않는다. 내 손과 가위는 그의 머리카락 주위에서 나비처럼 날아다닌다. 그의 턱 양쪽에 두 손가락을 대고 내가 원하는 위치로 머리를 살짝 튼다. 젖은 머리카락이 어깨로 무겁게 떨어지거나, 팔걸이의자 위에 부채꼴로 넓게 퍼진 커트보 위로 미끄러진다. 그는 계속 눈을 감고 있다. 가위 소리가 너무 빠르고 동공에 가까이 다가올까봐 무서워서 그러는지도 모르겠다. 나는 커트보를 풀고 그가 눈을 뜨기 전에 홱 벗겨낸다. 그는 깜짝 놀라서 약간 뛰어올랐다. 그리고 머리카락 떨어진 게 없는지 자기 옷을 살펴본다. 한 올도 묻지 않았다. 나는 그 점을 확실하게 한다. 잠시 그는 양처럼 순해 보인다. 다른 남자의 손에 그런 쾌감을 느꼈다는 데 당황하고, 경호원이 혹시 눈치 챘나 살핀다. 이발이 끝나면 다들 그런 반응을 보인다. 그럴 때 내가 쓰는 방법은, 그냥 손님의 반응을 무시하고 계산대에 있는 조수 쪽으로 고갯짓을 하는 것이다. 이건 그냥 돈이 오고가는 비즈니스이고, 그 이상도 이하도 아님을 상기시킨다. 그러면 손님들은 안도하며 참, 그런 거였지, 하고 기억해내고, 무서운 표정으로 재빨리 계산을 마치고 뒤도 돌아보지 않고 나가는 것이다.

2부

1. 이발사의 형의 약혼녀

우리는 이제 시내 관저에 정착했다. 여기로 옮겨 온 첫날, 잠을 이루려고 애썼지만 이미 죄의식이 머리 한쪽에 웅크리고 있었다. 오늘 아침 일찍 슈트케이스를 들고 계단을 오르다, 경호원을 모두 바꾸라는 명령에 충격을 받고 나서부터는 그후에 이어지는 일처리는 내게 사실 그다지 중요하지 않다는 생각이 들었다. 사람들이 서로를 제거하고, 그 빈자리에 스스로를 임명하고, 그리고 일상적 업무를 수행한다. 가령, 전 대통령의 세면대에서 면도를 하고, 그의 거울을 보며 몸단장을 하고, 그의 속옷 서랍에 자신이 신는 양말을 집어넣는다. 그러면 나는 반대로, 오염에 대해 생각한다. 해로운 사람이 사신의 공간에 해로운 물건을 남기고, 해로운 분비물을 오염된 공기처럼 퍼뜨린다면, 감기처럼 그것에 전염되지 않을까? 나는 남편─그는 이제 자기 스스로도 두목이라고 부른다─

이 욕조 가장자리에 앉아 물이 차기를 기다렸다 풍덩 물속에 들어가는 것을 보고, 대통령도 똑같은 욕조에서 똑같은 대리석에 알몸을 담갔을 텐데 하고 생각한다. 그가 침대 위로 올라와 내 옆으로 다가와서(그의 피부는 더운 물에서 나온 지 얼마 되지 않아 따뜻하고 향기가 난다) 나를 만지는 게 싫다.

관저에 도착했을 때 남편은 나를 안아 들고서 대통령 침실의 문지방을 넘고 싶어했다. 나는 역겨운 농담은 하지도 말라고 쏴붙이고, 휑뎅그렁한 동굴 같은 옷장에 맥없이 짐을 풀었다. 침실에 딸린 발코니는 시내 쪽을 향하고 있다. 멀리 바다가 보이고, 한쪽으로는 왜소한 야자수가 점점이 심긴 콘크리트 주차장이 보이고, 다른 쪽으로는 산이 보인다. 일 년 중 이맘때면 늘 그렇듯 도시의 공기는 후텁지근하다. 산 위에 있을 때는 열기를 잊는다. 고통이 가시고 나면 그 아픔을 기억하지 못하듯. 기억은 고통을 걸러내고, 시간이 지나면 흐릿하게 만든다. 본질적으로 고통의 반복이라는 천형을 피할 수 없게 만드는 술책이다. 여름 별장을 떠나 구불구불한 길을 내려가면서, 독극물로 만든 뜨거운 수프 같은 도시 위를 오염된 대기가 사발 모양으로 덮고 있는 것을 보았다. 그때 귀가 뻥 뚫려서 깜짝 놀랐다. 우리가 그렇게 높은 곳에 있었는지 미처 깨닫지 못했다. 시내로 내려가는 길은, 사실, 지옥으로 내려가는 길처럼 느껴졌지만 남편에게 솔직히 말할 수 없었다. 남편은 흥분되어 있었다. 지금이야말로 그가 기다리던 그 순간이니까. 자유의 이름으로 그곳을 되찾는다! 도시는 소요도 거의 없이 안전하고, 시민들은 전처럼 평범한 일상을 영위하길 바란다고 들었다.

잠이 오지 않는다. 남편은 완전히 꿈나라로 빠져들어 몸을 뒤척일 때마다 웅얼거린다. 나는 발코니로 나와 도시에서 — 보도블록에서, 빌딩 꼭대기에서, 수영장에서 — 열기가 피어오르는 것을 바라본다. 열기 때문에 불빛이 더욱 난폭하게 명멸한다. 관저는 시내에서 가장 높은 언덕에 자리 잡고 대통령 특구 위에 군림한다. 경비병은 늘 하던 대로 밤에는 관저 주위의 모든 도로를 차단하고 밤늦게 다니는 통근자들의 발을 묶어놓았을 것이다. 특구는 조용하다. 태양이 포위를 잠시 풀었다는 사실에 안도하고 있다. 투쟁의 흔적이 남아 있다. 새카맣게 탄 호텔 로비, 유리창이 있던 자리에 쌓여 있는 모래주머니, 뚝 끊겨버린 계단, 폭발로 인해 콘크리트 부스러기가 널려 있는 도로 — 늦겨울 얼어붙은 강에 떠 있는 검은 얼음 덩어리처럼 보인다. 하지만 대부분의 도시는 변화를 의식하지 않는 듯 아무렇지도 않게 잘 굴러간다. 그것이 옳은지 그른지 나는 판단할 수 없다. 그와 상관없이 나 개인적으로는 실망스럽다. 나는 우리가 귀환하는 영웅들처럼 환영받을 거라고 생각했다. 사람들이 잔치를 벌이고 박수갈채를 보내고, 우리의 차량은 장미꽃으로 뒤덮일 거라고 상상했다. 그러나 지금까지도 아무도 대통령이 한 짓을 믿으려 하지 않는다. 설사 믿어준다 하더라도, 우리도 별나를 바 없더라는 소문이 소만간 퍼질 것이다.

이발사가 그립다. 그와 내가 같은 지붕 아래 있고, 같은 밤의 소리를 듣고, 계곡에서 불어오는 같은 찬바람을 맞는다는 사실에서 느끼는 즐거움을 나는 당연한 것으로 여겼다. 그는 더이상 여름 별장에 있지 않다. 그와 같은 방을 쓰던 세 남자 중 화가만 그곳에 남았다. 화가의 아내가 아직 풀려나지 못했으므로 화가는 잔류하기를 자청했다. 이발사는 해안에 있는 고향으로 돌아가려 하거나, 아니면 시내로 오는 중일 것이다. 차편을 제공받지 못했으므로 도시까지 오는 데 나보다 훨씬 오래 걸릴 것이다. 이발사가 시내에 당도하면 남편은 그를 고용할 것이다. 남편은 시험 삼아 그에게 이발을 지시해봤는데 마술 같더라며 칭찬했다. 마술이란 단어로 이발을 묘사하다니 좀 이상하다. 게다가 남편은 요리사도 당연히 같이 가야 한다고 강력히 주장했다. 남편은 요리사를 전적으로 신뢰한다. 요리사는 이미 주방을 다시 쓸 수 있는 상태로 복구해놓았다. 그는 이제 식사를 직접 서빙하지 않는다. 적어도 엊저녁 식사 때는 나타나지 않았다. 나는 (식사 중에 나를 바라보는) 그의 공손하면서도 감상하는 눈길마저 그립다. 이 늙고 주름진 요리사가 나한테 홀딱 빠진 모양을 남편도 즐겼고, 누군가가 나를 탐내고 원한다는 사실에 나는 물오른 기분이었다. 요리사도 한때는 잘생기고 매력적인 남자였을 것이다. 그 나이의 늙은 남자들이 흔히 그렇듯 피부가 거칠어지고 배가 나오기 전까지는 말이다. 그는 종종 내 팔을, 팔 안쪽의 흉터를 쳐다봤다. 그는 증기를 내뿜는 냄비 위로 그 흉터를 만졌고, 그 때문에 자기도 어느 정도 그것을 소유하고 있다고 느끼는 모양이었다. 나는 그 흉터가 자랑스럽지도 않고, 요리사가 디저트를 내려놓을 때 그에게 보이게끔 자연스럽게 팔을 뒤집을 일도 없을 것이다. 그것은 영광의 상처도 아니고 감미로운 자극제도 아니다. 이발사는 그 흉터를 어떻게 대해야 하는지 아는 유일한 사람이다. 동정하지도 겁먹지도 않고, 그 때문에 욕구를 더하지도 덜하지도 않고, 다만 그 상처가 거기 있다는 것을 인지할 뿐이다. 포도밭 발코니에서 처음에는 상처 자국이 있는 곳을 그에게 가르쳐줘야 했다. 그러나 그후 내가 그를 방에서 빼내어 둘이 어딘가 안 보이는 곳에 숨을 때마다, 그는 내 흉터를 어떤 식으로 만져야 하는지 알았다. 요리사는 무슨 일이 있었는지 대충 짐작하고 있을 것이다. 그날 아침 안마당을 가로질러 가다 그에게 들켰는데, 지금까지 아무 말이 없다.

남편은 포로들을 대할 때 변덕스럽게 굴었다. 어떤 식으로든 자신의 유용함을 증명한 사람들은 놔주었고, 좀더 밀접하게 얽힌 사람들은 그대로 여름 별장에 묶어두었다. 고양이가 도마뱀을 가지고 놀 듯, 죽일 생각은 없지만 꼬리 정도는 잘라도 또 자라니까 괜찮다는 식으로 그렇게 그들을 가둬두는 것을 즐겼다. 예의 사진들은 광고 게시판 크기로 크게 확대해서 도시 전역에 붙였다. 나는 그 결정에 반대했다. 하지만 남편은 그래야 아무도 몰랐다는 변명을 하지 못할 거라고 주장했다.

바람에서 바다 냄새가 난다. 만조 때면 산책길은 보통 파도에 젖는다. 수 마일에 걸친 콘크리트가 바다를 막아내는 본연의 역할에 실패한 셈이다. 바다 공기에 뭔가 다른 냄새가 섞여 든다. 저녁 시간 부엌에서 때는 불 냄새, 달콤한 그을음 냄새에 옛날 집 근처에 있던 쓰레기장이 생각난다. 낮에는 쓰레기들이 부패했고, 저녁이면 지나치게 커다란 야생화가 피어 그 향기로 악취를 가렸다. 그곳은 내게 놀이터였고, 버려진 물건은 모두 미래의 가능성을 품고 있었다. 부모님이 돌아가신 후 나는 오두막에 혼자 살면서, 쓰레기장에서 발견한 잡동사니들을 쓸 만한 상태로 예쁘게 다듬어서 집을 꾸몄다. 나무를 사포로 밀고, 유리의 얼룩을 닦아내고, 낡은 철제 바퀴 한 무더기로 테이블을 만들고, 나무 상자에 페인트 칠을 해서 의자를 만들고, 자동차 문을 책상으로 썼다. 쓰레기장에는 다른 사람들도 있었다. 보통 불을 피우거나 음식을 주우러 다니는 치들이었다. 덕분에 쓸쓸함은 덜했지만 언제라도 나를 덮칠 위험성이 있었기 때문에, 모은 물건들을 가지고 집에 무사히 돌아오면 즐거움과 함께 안도감이 들었다. 그것은 혼자 하는 작업이었다. 나의 약혼자—이발사의 형이다—는 같이 가고 싶어했다. 쓰레기장에는 혼자 있는 여자를 노리는 깡패들이 있다고 했다. 하지만 나는 거절했다. 그것은 꼭 필요한, 내가 사는 데 없어서는 안 될 위험이었다. 나는 버려진 물건을 재활용해서 내 것으로 만드는 데서만 즐거움을 느낀 게 아니었다.

한번은 옆으로 쓰러진 낡은 나무장이 발목까지 찬 쓰레기 더미 속에 묻혀 있는 걸 발견하고, 간신히 똑바로 세워서 억지로 문을 열었다. 안에는 겨울에 딱 입기 좋은 두터운 회색 코트가 들어 있었다. 나는 코트를 집으로 가져와 욕조에 비누를 풀고 몇 시간 동안 담가두었다. 그러고는 손으로 비벼 빨기 시작했는데 실크 안감

속에 무언가를 꿰매 넣은 것이 느껴졌다. 무슨 뭉치 같은 것이 바스락거렸다. 나는 코트를 물에서 꺼내서 안감을 뜯어내어 조심스럽게 벗겼다. 안에는 젖은 지폐 다발—수백 개는 됐다—이 이전 정부 때의 공문서(경찰 관련 신분증 같았다)와 함께 나왔다. 문서에 쓰인 이름은 물에 번져 읽을 수 없었다. 그후 일 년 동안 나는 그 지폐 다발을 쓰면서 살았다. 거의 여왕처럼, 온갖 비싼 음식과 해외에서 수입된 사치스러운 물품들을 스스로에게 선물했다. 나는 돈에 대해 아무에게도 말하지 않았다. 약혼자에게도 말하지 않았다. 말했더라면 돈을 저축하라거나, 코트 주인을 찾아서 어떻게든 돌려주라고 했을 것이다. 우리는 점심시간 전에 밀회를 가졌고, 나는 그가 오기 전에 풍족함의 증거(진귀한 치즈, 좋은 와인, 잘 숙성된 고기)를 모두 숨겨야 했다. 그는 배에서 내려 생선 비린내를 풍기며 곧바로 우리 집으로 왔고, 싱크대에서 향기 나는 비누로 손을 문질러 씻은 다음, 재빨리 같이 잤다. 그는 점심을 먹으러 어머니와 남동생이 기다리는 집으로 돌아가야 했다. 딱 한 번, 뒷문 밖에서 빈 와인 병을 발견하고는 은으로 새겨진 와인 라벨을 불구대천의 원수라도 되는 듯 의심스러운 눈초리로 쳐다봤다. 그 모든 비밀들과 은밀한 즐거움(쓰레기장, 보물찾기, 밀회와 섹스)은 빼앗겼다 되찾은 내 몫이 아닐까? 부모의 사랑을 받고 자랄 권리—성인이 될 때까지 나를 이끌고 돌봐주고, 내가 잘못을 저지르면 나의 도덕적 나침반을 고쳐주고, 한아름 사랑을 안겨주어 항상 남자 품을 찾아다닐 필요가 없게 해주는—대신이 아닐까? 테라스에서 나는 울지 않으려 했다. 후회와 자책에 사로잡히지 않으려 애썼다. 하지만 그럼에도 불구하고 결국 도시의 불빛이 번져 보인다. 나는 어두운 침실로 돌아와 이불 사이로 기어 들어간다. 조금이라도 몸을 남편 가까이 붙여서 그의 따뜻한 몸에 포갠다.

2. 요리사의 딸

   엄마는 네 시간째 움직이지 않았다. 나는 그런 일들을 꾸준히 공책에 적어넣는다. 왜냐하면 해야 하는 일이니까. 나는 낮은 팔걸이의자에 앉아 책을 읽고 있고, 엄마는 엄마가 제일 좋아하는 등받이가 딱딱한 의자에 앉아 두 손을 무릎에 얹고 벽시계를 바라보고 있다. 시계의 조화로운 생김새가 마음에 드는 모양이다. 엄마를 너무 오래 보고 있으면 얼굴이 화끈거리기 시작한다. 이것은 슬픔이 쏟아지는 전조이므로 고개를 돌리는 수밖에 없다. 자기한테 딸이 있다는 것도 잊고 삶에 대한 모든 흥미를 잃고 몇 시간이고 하염없이 벽만 바라보는 엄마의 모습은 원하지 않았다. 내가 그렇게 싫어하는 아빠에게서도 이런 꼴을 보고 싶지는 않았다. 이 북받치는 감정을 도무지 어떻게 해야 할지 몰라 일단 보류시킨다. 나중에 혼자 술을 마시다 마음이 약해지는 시점에 이르면 다시 터질 거라는 걸 안다.

쿠데타가 일어나고 한 달이 지났다. 당시 나는 애인과 함께 있었다. 나른하게 나란히 누워 있다 잠에서 깨어났을 때 그가 옆에 있다는 사실에 감사했다. 멀리서 총소리가 끊이지 않더니, 잠시 후 사람들이 거리로 쏟아져 나왔다. 그는 일어나서 커튼을 젖히더니 사람들이 모두 대통령 관저 쪽을 올려다보고 있고 거리가 잔치라도 열리는 듯 술렁거리고 있다고 말했다. 생각해보니 축제 같았다. 나는 눈 오는 날처럼 흥분해서 침대에 누워 있었다. 학교에 안 가도 되고, 도시 전체의 전기 배선망이 망가져서 아무도 일하러 가지 않아도 되겠구나. 우리 모두는 은근히 이런 식의 작은 재앙—몇 시간 혹은 며칠쯤 일상의 고리를 풀고, 죄책감 없이 하던 일을 손에서 놓을 수 있는—을 좋아한다고 생각한다. 총소리가 났을 때 아빠가 관저의 주방에 있다는 건 알고 있었지만, 아빠의 안전은 그다지 걱정되지 않았다. 그 이후로 아빠의 소식은 들은 바가 없지만 지금도 별로 걱정하지 않는다. 걸음마를 뗀 이후로 줄곧 아빠를 보아온 결과, 아빠는 무슨 짓을 해서라도 살아남을 인간이다.

불행히도, 사람들은 늘 내가 아빠를 닮았다고 한다. 아주 어렸을 때, 뭐가 뭔지도 모를 정도로 어렸을 때, 나는 그게 칭찬인 줄 알았다. 하지만 나중에는 사람들이 그렇게 말하고 나서 항상 아차 한다는 걸—여자애가 남자 얼굴을 쏙 닮았다고 말해서 애가 상처받으면 어떡하지?—알았다. 나는 내 일부분이 영원히 없어지길

소원하면서 엄청나게 많은 시간을 거울 앞에서 보냈다. 다른 사람들이 인생에서 같이 잔 남자들을 기억하듯, 나는 내가 쓴 거울들을 기억한다. 내가 거울하고 얼마나 친했는지를 보여주는 단적인 예이다. 어떤 거울은 코의 크기를 왜곡했고, 어떤 거울은 방 안에 햇빛이 들어오는 낮에 비춰보면 피부가 더러워 보였고(밤에 형광등 아래서 볼 때는 안 그랬다), 어떤 건 다리가 더 길어 보였고, 어떤 건 보기만 하면 화가 났고, 어떤 거울을 보면 희망이 솟았다. 나는 어느 거울이 어땠는지 모두 똑똑히 기억할 수 있다. 반은 진실이고 반은 거짓인 그 많은 이미지들. 그 모든 거울에 비친 모습들을 하나로 합성할 수 있었다면, 나는 내 얼굴과 몸에 대한 완전한 진실을 알아냈을지도 모른다. 엄마 방 옆에 있던 화장실의 거울은 밤이든 낮이든 어느 각도에서든 우울한 이미지를 다양하게도 보여주었다. 심지어 욕조 가장자리에 서서 다른 각도로 내 다리를 바라보려고 한 적도 있다. 하지만 결과는 양변기 시트 위에 서 있을 때보다 나을 게 없었다. 아이러니하게도, 그곳은 내가 스스로를 위로하고 기운을 내기 위해 가는 장소가 되었고, 엄마의 경우에는 자신이 누군지, 왜 미쳐가는지 환기시키는 곳이 되어버렸다. 엄마는 화장실 거울에 비친 자신을 보고 기억하려 하지 않을 것이다. 하지만 엄마는 점점 늙어가고 있으며, 오래전에 자신의 몸과 타협을 했고, 도끼를 내리고 백기를 들었으며, 불편한 평화라도 얻기 위해서 무엇이든 했어야 하는 것들을 했음에 틀림없다. 나는 오히려 내 생에서 그런 때가 오기를 간절히 바랐다. 원래

부터 배가 이렇게 생겼던 게 아니라 아이 때문에 임신선이 생겨서 그렇다고 말할 수 있게 되는 때가 오기를 바랐다. 그래도 한번은 엄마한테 물었던 적이 있다. 거울을 볼 때마다 자신이 몇 살쯤으로 보이기를 바라냐고. 그랬더니 열여덟이라는 대답이 돌아왔다. 그 뒤에도 참 많은 사람들한테 그 질문을 했는데 한결같이 열여덟 살이라고 말했다. 엄마는 한밤중에 화장실에 가면 자기 얼굴을 보고 종종 놀란다고 했다. 집에 들어온 도둑과 마주친 것처럼 놀랐다며, 화장실에 갈 때 불을 켜지 않는다고 했다. 그러다 엄마는 화장실에서 넘어져서 머리가 깨졌다. 그건 정신이상과는 상관이 없다. 정신이상은 다른 종류의 깨짐의 결과다. 결혼 생활이 깨졌으니까.

쿠데타가 일어났다는 소식에 첫 흥분이 가시고 나자 혹시 무슨 문제라도 생기면 엄마를 지켜줘야 하기 때문에 여기로 돌아와야 한다는 걸 깨달았다. 남자친구와 나는 얼른 옷을 입고, 옷가지와 통조림을 몇 개 가방에 챙겼다. 남자친구는 거리를 메운 인파를 헤치고 집까지 바래다주었다. 소문은 빠르게 퍼졌다. 술집 한 곳은 공짜 맥주를 나눠줬고, 급하게 색색깔의 스프레이로 휘갈겨 쓴 플래카드를 입구에 내걸었다. "혁명을 위하여! 힘내라!" 케이크 가게 주인은 거리에 임시 테이블을 설치하고 대통령 모습의 인형을 향해 던지라고 크림 파이를 나눠줬다. 날마다 상황은 점점 이상해지고 심각해졌다. 남자친구는 도시에서 도망쳤다. 그의 아버지가 누구인지 감안하면 어쩔 수가 없다고 했다. 그리고 나는 엄마 방으로 완전히 옮겼다. 사태가 이렇게 알 수 없게 돌아가는데 엄마를 혼자 집에 둘 수는 없다. 나는 이곳을 집이라고 부르고 싶다. 그렇게 부르면, 엄마는 시설에 넣어진 게 아니라 그냥 때가 오기 전까지 노인들이 머무는 집에 있는 것처럼 들린다. 실제로 시설이 아니라 요양원(제법 비싼 곳이다)이었지만, 엄마가 미쳤음을 부인할 수는 없다. 어제는 미쳤다는 걸 다른 말로 어떻게 표현할 수 있는지 한 시간 내내 생각해보았다. 제정신이 아니다, 정신줄을 놓다, 돌았다, 머리에 꽃 달았다, 정신 나갔다, 언덕 위의 하얀 집에 산다, 정신이상이다, 맛이 갔다, 사이코, 미치광이, 광인. 이렇게 다양한 표현이 있는 걸 보니 과거에도 사람들이 참 많이도 미쳤던 것 같다. 병원비는 아빠가 냈다. 일종의 위자료인 셈으로, 아빠가 대통령한테 받는 후한 월급의 일부다. 상황이 이렇다 보니 이번 달 요양원 측은 어느 고객한테서도 돈을 받지 못했다. 따라서 우리도 아직까지는 괜찮다. 하지만 아빠가 빨리 다시 돈을 지불했으면 좋겠다. 안 그러면 엄마는 곧 쫓겨날 테니까.

오늘 아침에는 우유와 차를 사러 나갔다 사람들이 공연 전단지처럼 생긴 벽보 앞에 모여 있는 것을 보았다. 무참히 망가진 사람들의 사진을 확대한 무시무시한 포스터였다. 새 정부는 벌써 선전선동을 시작한 것 같다. 나는 근처를 서성이거나, 군중을 뚫고 앞으로 나아가려고 하지 않는다. 너무 모르는 것(무지)과 너무 많이 아는 것(외고집) 사이에는 미묘한 선이 있다. 내 주위에 삼삼오오 모여 있는 사람들은 공포 때문인지 흥분 때문인지 숨을 헐떡이고 있다. 아빠는 그런 일들을 알고 있었을 것이다. 아빠는 비정치권에 있는 사람으로서 대통령과 매우 가까웠고, 대통령은 아빠를 신뢰했다. 햇볕이 드는 발코니에서 식물에 물을 주는 사람들이 식물에게 비밀을 털어놓듯, 대통령은 아빠에게 이런저런 얘기를 했다. 아빠는 비굴하게 아첨하는 타입이 아니었기 때문에 권력자들은 아빠를 좋아했다. 힘 있는 사람들은 아빠 안에서 자기 자신을 보면서 한 남자에게 온전히 빠져든다. 바로 자기 자신이다. 엄마한테 돌아오는 길에 대학 캠퍼스에 잠깐 들렀다. 다른 으리으리한 건물을 본떠 지은 회벽 건물들이다. 그걸 보면 대통령의 여름 별장이 생각난다. 전투를 피해 교실에 무단 침입한 몇몇 노숙자들 외에 교내는 아무도 없이 텅 비었다. 노숙자들은 책장을 뜯어내 불을 피우려 하고 있었다. 나는 대학 생활은 영향받지 않고 계속되기를, 그래서 학문의 상아탑이 내 일상을 보호해주기를 은근히 바라고 있었다. 나는 대학에서 첫 학기를 보내면서 강해졌다. 살이 찐 것처럼, 강해진 것을 물리적으로 느낄 수 있을 정도였다. 내 인생(아버지의 딸로서, 애인의 여자로서, 병들고 미친 엄마의 아이로서)의 엉킨 매듭을 풀어내기 위해 그 실마리의 끝을 탐색하는 일에 착수하려고 심사숙고하고 있었다. 지금은 실의 끝이 어딘지 보이지 않고, 영영 다시 찾지 못할 거라는 느낌이 든다.

몇 해 전, 아빠가 공휴일에도 대통령의 식사를 만들어야 했던 때에 여름 별장에 가본 적이 있다. 별장은 계곡의 포도밭 위에 자리 잡고 있었고, 안마당이며 긴 복도며 조각 공원이며, 아이들에겐 그저 꿈 같은 곳이었다. 엄마와 나는 대통령을 만난다는 사실에 완전히 겁을 집어먹었다. 도착한 첫날, 대통령과 영부인이 아빠와 엄마를 초대해서 같이 점심을 먹었다. 참 친절한 분들이라고 생각했는데, 엄마는 그것이 엄마 자신보다는 영부인의 자존심을 세워주기 위한 것이 아닌가 의심했다. 나중에 나한테 말하기를, "강아지가 자기 똥에 코를 대고 냄새 맡듯 내 얼굴을 내 열등감에 처박고 문지르게 하려고 하더구나"라고 했다. 엄마는 점심식사를 위해 특별히 옷을 차려입으려 하지 않았다. 가서 무슨 말을 하게 될지 나도 모르겠구나라고 말하면서. 엄마와 나는 침실에 앉아서 못된 장난꾸러기들처럼, 아빠가 들어와서 우리를 끌어내지 못하게 문을 잠가버렸다. 하지만 아빠가 포기하고 가버리자, 엄마는 금방 후회하더니 아빠가 좋아하는 빨간 드레스를 입고 립스틱을 바르고 과감하게 식당으로 갔다. 아주 잠깐 동안, 접시에 포크와 나이프가 스치는 소리가 멈추고 웅얼거림이 들려왔다. 아마도 엄마가 문가에 나타났을 때였을 것이다. 그러고는 다시 소리가 이어졌다. 아무 일도 없었던 것처럼 꾸미느라 이번에는 약간 더 목소리가 높아졌다.

엄마와 나는 계곡 밑바닥까지 구불구불한 길을 따라 줄 지어 심긴 포도나무 사이를 산책하곤 했다. 나는 그곳에서 생전 처음으로 와인을 마셔봤다. 첫 키스처럼 아주 중대한 사건이었다. 속에서 불이 나고 머리까지 열이 뻗쳐서, 돌아오는 길 내내 딸꾹질을 하는 바람에 엄마는 나를 보고 웃어댔다.

아빠는 여름 별장에서 일하는 동안 내가 주방에 앉아 자신을 관찰하는 것을 허락하지 않았지만, 나는 몇 번인가 몰래 아빠를 염탐했다. 온갖 이상한 도구와 살아 있는 생물을 가지고 도대체 거기서 무슨 마술을 부리는 걸까 알아내려고 했다. 하지만 대개 아빠는 숨어 있던 나를 발견하고 잡으려 했고, 나는 냅다 엄마한테 뛰어갔다. 그러면 엄마는 아빠를 무슨 괴물이라도 되는 양 쳐다봤기 때문에 열심히 뛰어온 보람이 있었다. 대통령과 영부인은 나를 어떻게 대해야 할지 전혀 몰랐다. 나는 조숙한 꼬마여서 이미 어른스러운 사고방식을 갖고 있었는데, 그들은 날 무슨 정신지체아처럼 대했다. 한번은 조각 공원에서 대통령과 부딪쳤다. 그는 가만히 날 바라보고 있었고, 나는 조각들이 진짜 살아 있는 것처럼 대하는 놀이에 빠져 있었기 때문에, 뒤로 물러나다 그와 부딪쳤을 때 그가 움직이자 비명을 질렀다. 조각상 중 하나가 진짜로 살아난 줄 알았던 것이다. 그는 나를 이상하다는 듯 쳐다보다 내 눈높이에 맞춰 허리를 굽히더니, 한 음절 한 음절 뚝뚝 끊어가며 말했다. "너…… 아이스…… 크림…… 좋……아……하……니?" 나는 도망쳤다. 무서웠다기보다 모욕감을 느껴서였다. 영부인은 나를 볼 때마다 꼭 껴안아주려고 했다. 가슴으로 나를 꽉 밀어붙이고, 내 옷에 화장품을 묻혔다. 나중에 커서는 대통령 내외와 가까이서 지냈을 때의 이야기들을 반 아이들한테 들려주었고, 아이들은 감명받은 듯 눈을 크게 뜨고 나를 바라보았다. 그것은 분명히 아우라를 뿜어냈고 — 매우 효과적이어서 후광처럼 눈으로 확인할 수 있을 정도였다—나는 그게 통하는 한 실컷 써먹었다. 남자아이들의 시선을 끌기 위해 다른 여자아이들과 전쟁을 벌일 때, 내 군수창고에서 가장 효과적인 무기는 그 이야기들이었다.

나는 지금 본론을 피해가려고 하고 있다. 여름 별장에는 다른 아이들도 있었다. 그중 두 명은 대통령의 자식들이다. 여자애는 나보다 몇 살 어렸고, 남자애는 다섯 살 위였다. 돌이켜 생각해보면, 잔혹함을 능수능란하게 발휘하는 대통령의 모습에 대한 가장 좋은 증거는 그 아들이다. 그애도 누군가 딴 사람한테서 그걸 배웠을 테니까. 그도 어딘가에 안전하게 살아 있을 것이다. 우리 아빠처럼, 그도 자기 보호에 대해서만큼은 개처럼 용의주도하다. 그러나 그가 안전하다는 사실만으로는 기생충처럼 내 창자를 파고드는 그에 대한 절실함이 채워지지 않는다.

엄마가 마침내 약간 움직인다. 낯선 이를 대하듯 아주 정중하게 나한테 물을 좀 갖다달라고 청한다. 나도 이제 술을 마실 시간이다.

3. 화가의 아내

나는 내가 잡동사니 수집가임을 부정하지 않는다. 나는 늘 반짝
거리는 것들을 좋아했다. 어머니 말에 따르면 아주 어렸을 때부터
길거리에서 반짝이는 것은 뭐든 줍는 바람에, 내 주먹을 비틀어
펴고 손에 쥔 것을 빼앗아 던져버리느라고 고생했다고 한다. 몇
미터 떨어진 곳에서도 길바닥에 떨어진 동전을 알아볼 수 있다.
내가 가장 좋아하는 것은 보도에 깐 콘크리트 속에서 반짝거리는
결정이다. 정확히 그게 뭔지는 모르겠지만, 아마도 콘크리트와 혼
합된 유리 조각이 아닐까 싶다. 밤이면 가로등 불빛에 그 결정들
이 춤추는 것처럼 보였다. 내가 걷다 말고 보도에 웅크리고 앉아
서 그것을 집으로 가져가려고 긁어대는 바람에 어머니는 기겁하
곤 했다. 할머니는 보석 세공이 된 단추를 모아놓은 상자를 갖고
계셨는데, 나는 단추를 손수건으로 닦아 광을 내고 예쁘게 줄 맞

춰 길게 늘어놓으면서 시간 가는 줄 모르고 놀았다. 그러니 내가 나이 들면서 더 크고 더 좋은 빛나는 것들에 관심을 보이게 된 것은 아주 자연스러운 수순이었다. 진짜 보석과 귀금속 그리고 크리스털도 빼놓을 수 없다. 지금까지 사귄 남자들은 모두 내 안의 수집욕을 끊임없이 만족시켜야 한다는 걸 알았다. 그러다 남편을 만나고 나서, 공식적으로 반짝이는 것들과의 관계를 끊었다. 그러나 아버지가 몰래 내 마음속 비밀 창고를 풍부히 채워주었고, 남편의 전시회에서 어머니가 남편을 처음 만났을 때 떠올린 표정을 보면 그럴 만한 가치가 충분히 있었다고 나는 지금도 생각한다. 그 전시회의 걸작은 10층 건물에서 떨어뜨린 날달걀이 보도 위에 깨져 흩어진 조각들이었다. 관객은 우리 가족밖에 없었다.

　남편이 나와 같은 건물 안에 있다는 건 알지만, 나는 남편 생각을 별로 하지 않는다. 지난주에 그는 아주 바보 같은 짓을 했다. 조각 공원에서 운동을 하고 있는 나를 큰 소리로 불렀다. 남편은 아기를 공유하고 싶은 모양이다. 내가 임신한 후로 줄곧 자기도 끼워달라며 귀찮고 짜증나게 굴고 있다. 하지만 그가 상관할 바가 아니라는 생각이다. 그는 갖은 애를 써서 아이를 품는다는 느낌에 동참하려고 했다. 냉장고를 샴페인으로 가득 채우고, 레몬을 사오고, 배가 불러오면서는 선물이랍시고 쓸데없는 스케치를 수백 장씩 그렸다. 임신 사실을 그에게 일린 후부터 그는 선보나 훨씬 면밀하게 나를 관찰했다. 나는 나를 뚫어져라 쳐다보는 한결같은 시선에 익숙해져 있다. 평가의 눈길이 아니라 숭배의 눈길이다. 그는 벗어서 의자에 걸어놓은 내 옷가지의 냄새를 맡고, 남편 앞에 차를 세웠을 때 운전석의 내 그림자만 봐도 심장이 방망이질하며, 내가 뭔가 흉한 짓(가령 눈썹을 뽑고 있다든가)을 하고 있을 때조차도 애정이 가득한 눈으로 침대에서 나를 쳐다본다. 그러나 아기가 생겼음을 알고 나서부터는 완전히 차원이 달라졌다. 때로는 황당하기까지 하다. 욕조 안에서 몸을 돌리면 조용히 나를 관찰하는 그와 눈이 마주치게 되고, 한밤중에 자다 깨면 어둠 속에서 그이가 내 배가 오르내리는 걸 지켜보고 있다. 아이가 생기기 전, 그러니까 결혼 초기에는 당연히 그러한 관심을 받아야 하는 거라고 생각했고, 그야말로 내 진정한 가치를 아는 단 하나의 남자라고 느꼈기 때문에 그의 시선을 즐기며 잘살았다. 심지어 내 누드화를 그리겠다는 것도 허락했다. 그러나 그의 집착에는 뭔가 유치한 면이 있어서 곧 싫증이 났다.

오직 자기 자신에 대해서만 몰두하다보면 생겨나는 차분함이 있다. 나는 감히 그것만이 진정한 자유라고 말하련다. 나는 꽤 일찍 그 사실을 발견했는데, 우리 어머니가 바로 그 좋은 예이다. 자기 헌신—그러니까 자기 스스로에 열중한다는 의미다—은 다른 모든 단련할 가치가 있는 기술과 마찬가지로 완벽해지는 데 시간이 걸리며 극도의 훈련을 필요로 한다. 지금 이 순간 나는 그것을 위해 투자했던 시간에 감사한다. 지금과 같은 상황에서 그것은 내게 큰 도움이 된다. 나는 쿠데타 이후 아버지나 어머니의 운명에 대해서는 눈곱만큼도 걱정하지 않는다. 시골집에 살해된 채 누워

140

있거나, 전용기를 타고 나라 밖으로 날아가서 해외에 마련한 집들(구석구석 꼼꼼하게 인테리어를 손본) 중 한 곳에 정착해 계시겠지. 어머니는 어린 자식(바로 나)이 있을 때에도 값을 매기지도 못할 예술품과 어마어마하게 비싼 가구들로 집 안을 채우는 사람이었다. 그리고 내가 파자마 파티 중에 실수로 뭘 깨기라도 하면 벌로 방에 가두어버렸다. 어머니는 단 한 끼도 요리하지 않았다. 요리사도 두었지만 거의 부리지 않았다. 우리는 대부분의 식사를 레스토랑에서 해결했다. 안타깝게도 어머니는 말을 더듬었다. 어렸을 적 트라우마 때문이라는 소문은 들었지만 어머니가 나한테 이에 대해 직접 말해준 적은 없다. 그래서 명망 있는 가문에도 불구하고 어머니와 결혼하겠다는 남자는 우리 아버지 단 한 명밖에 없었다. 아버지는 못생긴 얼굴(어렸을 때 사고로 뜨거운 기름을 뒤집어썼다)에 대한 보상 심리로 권력을 추구했다. 권력이 아버지에게 탈출구를 약속이나 한 것처럼. 만약 사람들이 아버지를 살해했다면, 정말로 아버지를 탈출시켜준 셈이다.

대통령의 부인은 회랑 아래의 방에 있다. 그녀는 허가를 받고 며칠에 한 번씩 나를 찾아와 멍청한 말로 지루하게 만든다. 그녀와 내 이름이 똑같다는 건 참 유감스러운 일이다. 이름이 같다는 이유로 영부인은 나한테 친밀함을 요구할 권리가 있다고 생각하는 것 같다. 그녀는 늘 나한테 비밀 얘기를 하려 하고, 주위에 아무도 듣는 사람이 없을 때조차도 무슨 음모를 꾸미듯 낮은 목소리로 속삭인다. 자기 말을 다 하고 나서는 탐욕스럽게 나를 쳐다보면서 내 비밀도 자기한테 털어놓기를 기다린다. 영부인은 자기 남편을 언급할 때마다 눈물을 흘리면서 아이들—해외로 안전하게 도피했다—걱정에 안절부절못한다. 그러고 자기가 늙어 보이냐고 자꾸 물어보면서 거울을 보러 화장실로 사라진다. 그녀는 여기저기 튀어나온 부위와 울퉁불퉁한 부분과 늘어진 곳을 쭉쭉 당겨서 얼굴의 주름을 편다. 하지만 손을 떼고 나면 다시 피부는 버려진 장갑처럼 쭈글쭈글해진다. 나는 영부인에게 대통령 면회가 허락되느냐고 물었고, 그녀는 그렇다고 답하면서 다시 조악하고 비밀스러운 표정을 지으며 나도 남편을 만날 수 있는지 물었다.

"만나지 않으려고 해요." 나는 단순히 그녀를 놀라게 하려고 이렇게 말했는데, 효과가 있었다.

그녀는 자기 손을 내 가슴에 얹더니 말했다. "무슨 일 있었니?" 그러고는 내 배를 유심히 들여다보았다.

나는 아기를 가졌다고 이런 식으로 취급받는 게 싫었다. 임신한 여자들이 가든파티에 모여서 신체 기능의 사소한 부분에까지 공감을 나타내고 단합하며, 자신들이 나머지 우리와는 전혀 다른 종류인 양 구는 것이 참 싫었다. 아기가 생기면 뭔가 나를 침범한 느낌이 들 거라고, 아기는 뱃속에 촌충처럼 웅크리고 앉아 나를 갉아먹는 존재 같은 거라고 상상했다. 하지만 실제로는 그와 반대로 내가 아기한테 완전히 기대고 있었다. 아기는 나의 충전지였다. 머리카락은 숱이 많아졌고, 피부는 윤기가 흐르고, 손톱은 더욱 건강하게 자랐다. 아기는 심지어 내가 잠자는 방식까지 바꾸었다.

꿈에서 아름답고 섬세한 장면들이 쉼 없이 가득 이어졌다. 내가 배를 보이면 여자들은 금세 질투심에 휩싸였고 남자들은 나한테서 눈을 떼지 못했다. 만삭이 다 된 몸이라는 것은 섹스 행위의 증거를 만천하에 드러내며 공공연하게 돌아다녀야 하는 참 기묘한 공판 같은 것이다. 생애 대부분의 시간 동안은 다른 사람들이 뭘 생각하는지 — 뭔가 생각을 하기는 한다면 — 추측할 뿐이지만, 이렇게 훤히 드러나는 몇 달 동안은 자신이 한 일을 다른 사람들도 모두 알고 있다는 걸 인지하게 되고, 별종 취급을 받는다. 이는 그런 식의 적나라한 응시에 익숙지 않은 사람에게는 몹시 괴로운 고문이다. 피부도 마찬가지여서 결국엔 자신을 노출시킨다. 온갖 정성을 들이고 아무리 최선을 다해도 피부는 나이를 드러낸다. 그러나 피부가 앞으로 일어날 비참한 진실(죽음)을 폭로하는 반면, 임신은 몇 달 전에 치른 혐오스러운 진실을 드러낸다.

아이가 말할 수 있을 정도로 크면 문제가 생길 거라고 생각한다. 어머니는 내가 원래 사악하게 태어났다고 생각했고, 혹독한 훈련을 통해 착하게 만들어야 한다고 믿었다. 어머니는 내게 전혀 관심을 기울이지 않았다. 나는 아무것도 받을 자격이 없다고, 어머니의 사랑마저 받지 못하는 게 당연하다고 여기게 만들었다. 어머니는 티 파티나 위원회 모임 같은 데 나를 데려가서, 바깥 정원에서 놀게 하며 가축처럼 혼자 내버려두었다. 거기서 나는 야생 열매를 찾아 파헤치고 다니면서 사탕처럼 빨거나, 구근을 파내서 사과처럼 베어 먹으려고 했다. 아버지는 내가 막 태어났을 때 어머니가 나를 안고 있는 모습이 정말 아름다웠다고 했다. 어머니는 그 단계를 좋아했고, 이후로도 그때로 되돌아가기를 갈망했다. 하지만 아버지는 둘째를 원하지 않았다. 어머니는 내가 옹알옹알하며 단순한 욕구만 표현할 수 있었던 때는 나를 무척 좋아했다. 하지만 내가 좀더 자라서 말을 할 줄 알게 되자 겁을 냈다. 말대꾸할까봐서가 아니라, 내가 독립적이 되어 어머니를 싫어하기로 결정할까 두려워서였다. 그래서 어머니는 당신 쪽에서 먼저 나를 좋아하지 않기로 조치를 취함으로써 깊이 상처받는 것을 미연에 방지했다. 우리 아버지는 나를 경탄해 마지않았고, 지금도 그렇다. 나란 사람 자체와 내가 하는 행동 때문이 아니라, 그저 내 흉터 하나 없는 손상되지 않은 얼굴 때문이었다. 아버지는 자신의 흉한 외모가 나한테 유전되지 않으리라고 전혀 확신하지 못했다. 어렸을 때 아버지는 나를 종종 자기 곁으로 불러서 내 고개를 들고 불빛에 비추어 좌우로 살펴보았다.

아버지는 내게 일찍부터 심미안을 심어주었다. 푸드 스타일리스트라는 나의 직업도 주로 외형에 관한 것이고, 미학적 취미가 왜곡된 것에 지나지 않았다. 실제로는 아닌 것을 그럴듯하게 보이게 만드는 작업이니까. 나는 그 일에 빠져들었다(요즘은 아무도 푸드 스타일리스트가 되려 하지 않는다). 일의 기본 전제라고 할 수 있는 표리부동함이 마음에 들었다. 비누 거품을 맥주 위에 한 국자 퍼올리고, 야채에 래커칠을 하고, 생고기에 갈색 스프레이를 뿌리고(익힌 고기는 클로즈업했을 때 너무 건조하고 주름져 보인

다), 플라스틱을 녹여 딱 알맞은 농도의 치즈 가닥을 만들어야 한
다. 그것은 내가 통제하고 조작할 수 있는 세계였고, 제대로 사기
를 치기 위해서는 디테일에 대한 꼼꼼한 주의와 눈썰미가 필수였
다. 남편은 나보다 이를 훨씬 진지하게 생각했다. 나도 자기처럼
예술가라면서, 다만 차이가 있다면 대통령은 진실을 원하고 내 상
사는 그 반대라는 것이다. 나는 일을 할 필요가 없었지만—내 결
혼 생활에 사사건건 재를 뿌리던 우리 어머니조차도 이 자유 시간
을 누릴 권리에 대해서만큼은 토를 달지 못했다—집을 벗어나서
올망졸망한 것들을 다루는 데 위안을 얻었고 자잘한 디테일에 시
간을 쏟는 것이 즐거웠다.

　나도 한때는 남편을 정말로 사랑했다고 생각한다. 맨 처음에는
말이다. 꼭 기나긴 결혼 생활을 반추하는 할머니처럼 말하고 있지
만, 주관적으로 볼 때 정말 그만큼 오래 산 것 같다. 계속 살아보
지 않아도 앞으로 어떨지 훤하다. 임신기의 둔중함처럼 처지고 느
려질 것이다. 결혼하기 전보다 배는 더 빨리 나이 먹는 기분이다.
처음의 신선함, 가령 '우리 남편' 같은 낯선 단어를 써보는 스릴도
한순간이고 그다음부터는 막다른 골목의 단단한 벽에 그대로 들
이박는 것 같다. 모든 가능성이 완전히 차단되는 끔찍한 느낌이
다. 꼬마 시절부터 그것은 내 인생을 지배하는 미스터리였다. 언
제, 누구와 결혼하게 될까? 그러던 것이 하룻밤 새 갑자기 해결되
고, 보이지 않는 힘이 나를 무기력한 세월로 밀어붙였다. 나는 사
람들이 나이가 들면 관심과 흥미를 잃는 이유가 바로 이 때문이라

고 생각한다. 더이상 풀어야 할 미스터리가 없으니까. 무슨 직업을 선택했는지도 알고, 언제 아이를 갖는지도 알고, 아이가 몇인지, 딸인지 아들인지, 아이 이름이 뭔지, 아이를 낳는다는 게 어떤건지, 어디 사는지, 얼마나 버는지, 남편이 누군지, 무슨 일을 하는지, 섹스는 자주 하는지, 눈가 주름이 먼저 생겼는지 입가가 먼저 쭈글해졌는지 이미 다 알고 있다. 그러다 이제 충분히 늙었다 싶으면 이제 젊은이들한테 그 미스터리를 풀라고 슬슬 압력을 행사하기 시작한다. 내심, 내가 겪었던 것과 똑같이 지루하고 느린 내리막길에서 괴로워하는 꼴을 보고 싶으니까.

여름 별장은 이제 고요하다. 대부분 다 떠났다. 문밖에서 감시인이 이따금 기침하는 소리 외에 인기척은 없다. 오직 나와 내 뱃속의 아기—이제 이 지겹고 슬픈 세상으로 나와서 고난의 길을 헤쳐가야 할 시간이 거의 다 됐단다, 얘야—밖에 없다.

4. 이발사의 형의 약혼녀

오늘 아침 일어났을 때 남편은 벌써 관저를 나간 후였다. 잠이 무겁게 달라붙어서 거의 물리적인 힘으로 나를 침대에 못 박았다. 침입자처럼 잠을 뜯어서 내던진 다음 부상병처럼 화장실로 몸을 끌고 가야 했다. 남편이 절대 양변기 커버를 올려놓는 일이 없다는 사실에 잠깐 감사했다. 덕분에 뼈에 부딪히는 차갑고 단단한 도자기 변기를 보지도 느끼지도 않고 평평하고 안전한 시트 위에 온전히 앉을 수 있다. 화장실 유리창 사이로 낮 시간의 아름다움이 드러난다. 일종의 경배를 요구하며 또다시 희미한 죄책감이 일게 만드는 호전적인 아름다움이다. 나는 옷을 입고 아침을 먹으러 내려갔다. 관저가 낭 산부늘이며 공무원들로 북적였다. 그들은 모두 내게 예의를 차려서 인사를 건넸다. 여기서는 모든 것이 너무 편해서 오히려 친근하게 굴 수가 없다. 너무 편해서 앞으로의 일을 상상할 엄두가 나지 않는다. 식당에는 선택지가 무수한 아침 식사가 이미 차려져 있었다. 식사를 하는데 주방으로 통하는 간이 문이 열리며 요리사가 나오는 게 보였다. 그를 보고 반가워서 같이 앉자고 청했다. 주방도 약탈당해서 거의 망가지다시피 했지만 서서히 구색을 갖춰가는 중이라고 했다. 그는 원기왕성하고 견실했다. 시내로 옮겨 온 덕분인지 새로 공기를 주입받은 풍선 인형처럼 생기가 넘쳤다. 포도를 먹고 있는데 그가 내 팔을 흘낏 쳐다봤다.

나는 그날 대통령 특구를 돌아다니면서 사람들을 관찰하며 하루를 보냈다. 가게 주인들은 깨진 유리창과 없어진 문짝을 임시변통으로 만들어 잔해 속에서도 계속 장사를 했다. 분위기는 활기찼고, 사람들은 몇 안 남은 멀쩡한 나무 아래에 모여서 서로 이야기를 나누고 연장을 빌렸다. 나는 어느 가게의 커다란 유리창 앞에서 물건을 살펴보는 척하면서 반사된 내 모습을 보았다. 나의 날씬한 몸매는 항상 내게도 놀라웠다. 작지 않은 내 키 덕분인 듯하다. 어쨌든 자신의 호리호리한 모습을 보는 건 즐거운 일이다. 내 몸은 농염함과는 다른 금욕적인 즐거움을 준다. 가게 안에서 누군가가 움직인다. 내가 뭘 살 것처럼 보였나보다. 나는 시선을 바꾸어 내 그림자 너머로 가게 안을 들여다본다.

젊은 청년(사실 소년에 가깝다)이 문가로 나와 말을 건다. "여자분 머리를 잘라본 적은 없는데요…… 어쨌든 기꺼이 한번 해보겠습니다."

나는 가게 전면을 본다. '이발소'라고 황금색 글자로 굵게 쓰여 있다. 나는 다시 소년을 쳐다보았고, 그도 순진한 얼굴로 마주 본다. 날 놀리려는 건 아닌 듯하다. 이곳은 그 이발소, 내가 아는 그 이발사의 가게임이 분명하다. 관저와 가까운 곳에 있으며, 그의 조수는 달리 어찌 해야 할지 몰라서 여전히 가게 근처에 있을 거라고 했다. 나는 팔을 들어 올려 머리를 묶었던 끈을 풀고 그를 따라 이발소 안으로 들어간다.

실내가 어두운 덕분에 눈에 띄지 않고 밖에 지나가는 사람들을 관찰할 수 있다. 소년도 아까 내가 유리에 비친 내 모습을 보고 있는 동안 쭉 나를 보고 있었음에 틀림없다. 유리창 안쪽에는 한 방향으로 자란 화분 몇 개 빼고는 아무것도 없다. 가게는 깨끗하지만 휑뎅그렁하다. 벽에서 뭔가 뜯어낸 흔적이 있는데 아직 새로 단 것은 없다. 거울 주위에 달려 있는 전구들은 필라멘트가 나갔거나 아예 박살이 났다. 다른 곳의 전구들이 불이 들어왔다 나갔다 하면서 거울에 비친 내 모습도 같이 나타났다 사라진다. 조수는 높은 붉은색 의자를 밀고 와서 몸짓으로 내게 앉으라고 한다. 그는 스프레이 병을 채우고, 우윳빛 물 항아리에서 날이 긴 가위와 결이 촘촘한 빗을 꺼내 든다.

"원래는 머리를 먼저 감겨 드리는데," 소년은 스프레이 꼭지를 몸체에 돌려 끼우면서 소심하게 말한다. "세면대가 부서졌어요."

나는 어깨 너머로 그쪽을 본다. 세면대는 번개 모양으로 금이 갔지만 아직 깨지지는 않았다. 그는 커트보로 내 몸을 덮고는 목

부분을 지나치게 조이게 묶는다. 그가 뿌린 첫 스프레이는 빗나가서 내 눈에 맞았다. 그는 당황해하며 작은 수건으로 내 눈 주위를 닦아낸다. 내가 눈치 채지 못하기를 바라나보다. 소년이 스프레이를 계속 뿌리자 미세한 안개가 내 머리 주위에 생긴다. 머리카락이 두피를 살짝 잡아당기는 느낌이 든다. 변덕스러운 전구가 불이 들어 올 때마다 안개는 황금빛으로 물든다. 그는 이제 빗으로 머리카락을 빗기 시작한다. 머리가 잔뜩 엉켜서 내려가지 않자, 그는 낮게 욕설을 중얼거린다.

"이렇게 긴 머리에는 익숙지가 않아서요." 민망했는지 그가 덧붙인다. "남자들 머리는 엉키는 법이 없는데."

나는 거울 속에 비친 그에게 살짝 웃어주다 빗이 머리카락을 잡아당기는 바람에 찡그린다. "여기 가게 주인이세요?" 나는 빗질 사이사이에 물어본다.

내가 믿을 만한 사람인지 저울질하듯 거울 속의 그는 눈을 깜박인다. "아뇨." 마침내 그가 대답한다. "사장님은 행방불명이에요. 그때부터, 그러니까 그…… 흠……" 그는 그 단어를 입 밖에 내도 되는지 몰라서 말꼬리를 흐린다.

"쿠데타 때 말이죠?" 내가 나서서 도와준다.

그는 아무 말 없이 고개를 끄덕이고 미간을 찡그리며 빗질에 집중한다.

"사장님은 어떤 분이었어요?" 엉킨 머리카락을 갖고 여전히 실랑이를 벌이는 그에게 질문한다.

"항상 저한테 잘해주셨어요." 그는 대답한다. "저는 청소하고 쓰레기 버리고 재고 정리하고, 뭐 그런 일부터 시작했거든요. 그런데 사장님이 일을 가르쳐주시고, 안 계실 때 제가 대신 손님들 머리를 맡을 수 있게 해주셨어요. 관저에 가는……"

그는 돌연 말을 끊더니 다시 거울 속 나를 힐끗 보며 내가 듣고 있는지 살핀다.

"사장님이 솜씨가 좋으셨나요?" 나는 그런 그를 무시하고 다른 질문을 던진다.

그는 내 젖은 머리를 엉킨 곳 없이 길게 가닥가닥 곧게 잘 빗어놓고 이제 가위를 휘두르려 한다. 그의 얼굴이 환히 빛난다.

"사방에서 남자들이 몰려왔죠. 사장님은 누구든 돌려세우는 법이 없으셨어요. 어떨 땐 기다리는 줄이 문밖까지 이어졌다니까요." 그는 내 머리카락을 가리킨다. "얼마나 자를까요?"

나는 어깨를 으쓱한다. "그냥 다듬는 정도? 단정하게요."

그는 층을 갈라 나누지도 않고 통으로 끝자락부터 곧게 싹둑 자르기 시작한다. 이따금 빗을 들어 막 자른 길이와 다음에 자를 길이를 대보기는 한다. 나는 조용히 그가 일을 하게 내버려둔다. 거울을 통해, 가게 바깥에서 한 남자가 발을 멈추고 유리창 안을 들여다보더니 호주머니를 뒤지는 게 보인다. 주머니에 든 게 없었는지 그냥 가버린다.

어머니가 아닌 다른 사람이 내 머리카락을 자르는 게 나는 아직 불편하다. 낯선 사람에게 이런 내밀한 일 — 머리에서 자라는 신체의 일부를 잘라내는 일 —을 맡기다니, 어쩐지 저속하고 불쾌하다. 옛날 사람들은 어떻게 하인들한테 목욕을 맡겼는지, 등을 문지르게 하고, 다 끝나고 나서 벌거벗은 몸에 뜨거운 깨끗한 물을 부어 헹구도록 할 수 있었는지 나는 늘 신기했다. 전에 한번은 미용사가 내 머리를 자르면서 헤어라인 부근에 땜빵이 생겼다며 가리켜 보였다. 나는 너무도 분해서 다시는 그곳에 가지 않았다. 내가 가장 상처받기 쉬운 예민한 상태에 있을 때 —낯선 사람한테 내 두피를 보여줄 때 —나에 대한 평가와 판단을 내리지 말 것이라는 암묵적 규칙을 그녀는 무시했다. 어머니가 머리를 잘라주면 어떤 모양이 될지 전혀 예측 불가능했지만, 어머니는 남이 아니니까 마음이 놓였다. 어머니가 돌아가신 후 스스로 머리카락을 잘라보려다 감정이 북받쳐 혼자 거울을 보면서 울고 말았다. 오래 울지는 않았다. 우는 건 원래 혼자 하기에 적절한 행위가 아니다. 누군가 봐줄 사람이 없으면 눈물도 금세 말랐다.

부모님은 단순한 분들이셨다. 아버지는 다른 모든 마을 남자들처럼 어부였고, 어머니는 다른 모든 마을 여자들과 달리 어부였다. 어머니는 결혼하기 전부터 몇 년 동안이나 고기를 잡아왔다. 꼭 어부가 되겠다고 남자들과 싸웠던 것도 아니었고, 배를 타게 해달라고 요구한 것도 아니었다. 단지 어머니를 거절하기엔 어머니가 너무 일을 잘했고, 남자들이 위협을 느끼지 않아도 될 만큼 순한 여자였다. 내가 태어나자 어머니와 아버지는 만약을 대비해서 서로 다른 배에서 일했다. 그러던 어느 날, 아버지 배에서 선원이 모자라 급하게 사람을 구했고, 어머니가 자원해서 같이 나갔다. 두 분은 함께 익사했다. 생존자들이 전한 바에 따르면 두 분은 마지막 순간에 서로를 꼭 부둥켜안고 있었다고 한다. 두 분의 무게가 합쳐져 아마 딴 사람들보다 더 빨리 가라앉았을 것이다. 부모를 잃어서 나는 더 강해질 거라고 생각했다. 나무가 세월이 흐르면서 결국 돌처럼 단단해지듯, 시간이 흐르면 더욱 독립적으로 단단하게 자랄 거라고 생각했다. 하지만 대신에 내 안에서는 남자—나를 그 누구보다 위해줄 단 한 사람—에 대한 절실함이 생겨났다. 친구들로는 충분치 않았다. 친구는 너무 많은 사람들한테 얽매여 있다. 오로지 연인만이 외로움을 막아주어 내가 제대로 움직일 수 있도록, 바깥 세상에 나설 수 있도록 할 수 있었다.

나의 약혼자(이발사의 형)는 내 첫사랑이었다. 부모님이 돌아가신 후 가장 어렵고 견디기 힘든 시간은 이른 오후였다. 점심 식사 후 남자들은 모두 바다로 나가고, 햇빛은 그늘 하나 없이 쨍쨍하고, 밀려드는 졸음은 나를 자포자기 상태로 몰아갔다. 그때 나는 집에서 일했다. 바구니를 만들고 가방에 장식을 달아 시장에 내다 팔았다. 그는 점심을 먹고 나서 자기 어머니한테는 항구에 간다고 거짓말을 하고 다시 우리 집에 오곤 했다. 나는 그가 오기만을 기다리며 살았다. 문이 열리고 그가 들어와서, 침대에 누워 있는 내게로 곧장 걸어오는 소리를 듣는 것이 가장 큰 위안이었다. 우리는 옷을 벗지 않았다. 그럴 시간이 아니었다. 아침에 그가 들렀을 때 욕구는 이미 다 채웠다. 우리는 그냥 같이 누워 있었고,

나는 그에게 내가 잠들지 않게 해달라고 간청했다. 나의 비탄은 낮잠을 먹고 자라기 때문에 잠에서 깨고 나면 맥없이 우울하게 처지곤 했다. 그는 나의 비통함을 막아주는 방파제 같은 존재였다. 황혼녘이 되어 그가 가고 나면, 내 옆의 베개 위에 그의 머리가 있던 움푹 팬 자국을 바라보았다. 그가 존재함을, 그가 여기 있었다는, 나와 내 인생의 세세한 부분까지 아는 누군가가 이 세상에 있다는 작은 흔적. 나이가 들면서 하루 중 가장 견디기 힘든 시간이 바뀌었다. 이제는 아침이 제일 싫다. 하지만 이건 이상할 것도 없다. 흔히 사람들은 아침에 일어나면 잊고 싶었던 일들을 떠올리게 되니까.

"마음에 드세요?" 조수는 한 걸음 물러나서 자기 솜씨를 살펴보면서 묻는다.

그는 거울을 하나 들고 내 뒤에서 비추어, 내가 정면에 있는 거울을 통해 뒷머리를 볼 수 있게 해주었다. 별로 볼 건 없다. 머리카락 끝이 일직선으로 곧게 잘려 있고, 물기가 마르면서 벌써 약간 곱슬해지기 시작한다. 거울 속에서 뭔가 다른 게 내 시선을 붙잡는다. 태가 눈에 익은 남자가 가게 바깥에 서 있다. 유리창에 난 희미한 금을 손가락으로 훑으면서 여기저기 살펴본다.

"마음에 안 드세요?" 조수가 걱정스러운 듯 물어본다.

"아, 좋아요. 물론 맘에 들어요." 나는 웃어 보이려 애쓰며, 바깥에 있는 남자의 그림자를 한번 더 훔쳐본다. 조수도 나의 시선을 좇더니, 그 남자를 바로 보기 위해 몸을 돌린다. 그는 가위를 떨어뜨리고 밖으로 달려나가 남자의 목에 팔을 감고 그를 거의 들어 올리다시피 한다. 그는 정말로 이발사가 죽었다고 생각했던 모양 이다. 이발사는 소년을 내려다보며 미소를 머금고, 안도한 조수의 입에서 폭포처럼 쏟아지는 말의 홍수를 참을성 있게 들어준다. 조 수는 그를 따라 가게 안으로 들어와서 나를 생각해내고 잠잠해진 다. 그러는 동안 이발사의 눈도 가게 안 어둠에 익숙해진다. 나는 목에 두른 커트보를 겨우 풀어내서 한쪽으로 치운 다음 높은 의자 에서 내려온다. 젖은 머리카락이 셔츠 등짝에 달라붙는다.

"자리 좀 비켜주겠나?" 그가 입을 열었고, 순간 나는 나한테 하 는 말인 줄 알고 흠칫한다. 조수는 천천히 카운터에서 지갑을 집 어 들고 성큼성큼 가게 밖으로 걸어나가며 힐끗 뒤돌아본다. 이발 사는 내 쪽으로 다가와 나의 팔 아래로 손을 넣어 나를 들어 올리 더니 다시 높은 의자에 앉힌다. 그러곤 의자를 앞쪽으로 돌려서 다시 거울을 보게 한다. 전구가 지지직거리더니 나가버린다. 그는 내 뒤에 서서 거울을 매개로 한참 동안 나를 바라본다. 우리가 서 로를 직접 똑바로 쳐다보게 되면 무슨 일이 일어날지 두려워하는 건지도 모른다. 그는 거울 속 자기 모습을 미끼로 하여 내가 그걸 쏴버릴지 아니면 손을 도로 내려놓을지 지켜볼 모양이다. 그의 눈 에는 비난이 서려 있다. 우리가 처음 함께 밤을 지새운 날 이후로 쭉 그렇다. 내가 그에게 무슨 말을 해도 지워지지 않는다. 그는 내 가 다른 누군가를 찾고 있지나 않은지, 내 눈을 흐릿하게 해서 그 의 턱 모양을 약간 바꾸거나 머리카락을 좀 덜 곱슬거리게 보이게 하려고 하지는 않는지, 나를 면밀히 살펴본다. 그는 턱수염을 깎아버렸고, 새로 난 짧은 그루터기를 손바닥으로 문지른다. 이의를 제기하라는 듯, 또 수염을 길러서 형과 닮아 보이도록 요구해보라는 듯. 나는 그의 입술 위에 난 작은 점과 뺨 아래쪽에 있는 희미한 흉터를 발견하고 기억을 더듬는다. 그것은 그만의 고유한 특징이고, 그의 육체가 그의 피부에 새긴 자국이다. 나는 손을 들어 올려 그를 돌아보지 않고 거울로 흉터의 위치를 가늠하며 손가락으로 만진다. 나는 그의 시험을 통과했다. 그는 나를 다시 돌려 그를 마주 보게 하고, 나를 의자에서 들어 올리며 키스한다. 나는 다리로 그의 엉덩이를 휘감는다. 그는 나를 안고 안쪽 방으로 통하는 문을 어깨로 밀어젖히고 들어가서는, 다시 발로 문을 닫는다. 칠흑같이 어둡다.

나가기 전에 나한테 보여주고 싶은 것이 있다고 한다. 그러고는 어둠 속에서 벽을 더듬어 불을 켠다. 갓 없는 형광등이 천장에 매달려 있고, 장식 없는 선반들이 이쪽 끝에서 저쪽 끝까지 도서관 서고처럼 벽을 가득 메운 채 가지런히 뻗어 있다. 치마 주름을 펴느라 정신이 없어서 처음엔 그 위에 있는 것들이 무엇인지 알아보지 못했다. 나는 그가 내민 조그만 유리 항아리를 쳐다본다. 검은 실오라기 같은 것이 들어 있다. 주위 선반에도 그런 물건이 든 갖가지 색조의 유리 항아리가 수백 개나 있다.

"이건 당신 거예요." 그가 입을 연다. "형의 베개에서 주워 모았어요. 당신이 창문으로 넘어와서 자고 갔다는 걸 알고 난 아침에."

유리병 안에는, 한눈에 내 것이라는 걸 알아볼 수 있는 굵은 머리카락이 가득 들어 있다. 나는 다른 유리병을 들어본다. 짧고 뻣뻣한 모발로 채워져 있다. 아마도 일주일 동안 가게 바닥에 떨어진 머리카락을 쓸어 모아 담아놓았을 것이다.

"아무도 들어오지 않아 다행이에요." 그는 선반을 훑어보며 말한다. "누군가 여기 들어와서 이걸 봤다면 어떻게 됐을지 짐작이나 가요?"

5. 요리사의 딸

엄마는 사랑을 나누는 것에 대해 말할 때 늘 열광적인 표현을 동원하셨다. 맨 처음 엄마가 나한테 그것에 대해 설명해줘야만 했던 것은 내가 다섯 살 때였다. 밤늦게 전화기가 울려서 엄마를 찾아갔는데, 도둑이 들어왔다고 생각한 아빠가 벌거벗은 채 소파에서 뛰쳐나와 나를 덮치려 했다. 엄마는 서둘러 드레싱 가운을 걸치고 나를 다시 침대로 데려다주면서, 내일 아침에 다 설명해주겠다고 약속하고 오늘 본 건 전부 잊어버리길 바란다고 했다. 동트자마자 나는 부모님의 침실로 달려가 깨우고 설명을 요구했다. 부모님은 '서로에게 진실한 사랑을 보여주고 있었다'고 했고, 그 말을 듣고 나는 서럽게 울었다. 내가 부모님의 성에 차는 아이가 못 돼서 나를 버리고 다른 아기를 하나 더 만들고 있다고 생각했기 때문이었다. 엄마는 그후로도 몇 년 동안, 나체의 아빠가 딸을 때리려고 달려드는 것을 봤으니 그게 평생 트라우마가 되지나 않을까 걱정했다고 말씀하셨다.

그러나 엄마는 한 번도 섹스가 재미나 즐거움이 될 수 있다는 걸 알려주지 않았다. 남을 조종하는 도구로 쓰거나 혹은 자신의 인생에 중요한 순간을 표시하는 방법(상대가 누구든 상관없다)이 될 수도 있음을 말해주지 않았다. 그 모든 것을 혼자 힘으로 알아내야 했다. 첫 상대가 누구였느냐는 중요하지 않다. 전적으로 나 자신에 관한 문제였다. 첫 경험 후에 나는 울었다. 남자는 내가 상처받았다고 생각했지만, 사실 그건 거만한 허랑방탕의 눈물이었다. 그후로도 몇 년 동안 엄마는 알지 못하셨다. 그땐 이미 엄마의 레이더가 고장 나기 시작했을 즈음인 것 같다. 파티에서 첫 키스를 경험하고 볼이 빨개져서 차에 탔을 때는, 엄마는 직감으로 금세 알아차리셨기 때문이다.

나는 침대에서 주무시는 엄마를 건너다본다. 바깥에서 들어오는 가로등 불빛에 반쯤 물든 채, 베개 끄트머리에 머리를 거의 떨어질 듯 얹고, 코를 조금 골며 주무신다. 입가에 팬 주름이 너무 깊어서 주무시고 계실 때조차 눈에 띈다. 엄마가 잠자리에 들기 전에 머리를 빗겨드렸다. 그러면 좋아하신다. 잠자코 앉아 거울 속 자신을 보며 빙긋 웃어주고는 눈을 감으신다. 나는 어둠 속에 홀로 앉아서 술을 마시고 있다. 대부분의 사람들처럼 망각하기 위해서가 아니라, 이렇게 해야만 내 감정에 정직해질 수 있기 때문이다. 때론 내가 거의 감정이 없다는 사실이 두렵다. 슬픔을 마주

하고도 멀쩡하다는 게 두렵다. 와인은 내가 인간처럼 느껴진다는 점에서―인간적이라는 게 슬퍼한다는 거라면―도움이 된다.

엄마가 나를 단순히 바른 길로 이끌기 위해 섹스는 사랑에 관한 거라고 강조하신 건 아니었을 거라고 생각한다. 엄마는 진짜로 그렇게 믿고 확신하며 살아오신 것 같다. 그럼으로써 아빠의 바람기를 이해하려고 하셨을 거다. 그녀들은 단지 섹스의 대상이지 사랑의 대상이 아니었다. 몇 개월이 지나면 아빠는 늘 엄마에게로 돌아왔다. 최소한 아빠가 완전히 떠나버릴 때까지는 그랬다. 그후에 엄마는 미쳐버렸다. 아빠가 다른 여자에게로 간 것은 아니었다. 그냥 엄마를 사랑하지 않는다는 것보다, 누군가 다른 사람과 사랑에 빠졌다고 해두는 편이 엄마로서는 더 견딜 만했다. 물론 다른 여자들이 있기는 했다. 하지만 아빠는 그중 누구와도 같이 살려고 하지 않았다. 그들은 그저 밀물처럼 왔다 썰물처럼 갔는데, 바로 그 때문에 엄마는 망가졌다. 아빠는 엄마 외에는 아무도 선택하지 않았다. 나는 엄마의 상태가 얼마나 나빠졌는지 한동안 알지 못했다. 그러다 어느 날 집에 와보니, 내 남자친구가 손도끼를 들고 거실과 부엌 사이의 벽을 미심쩍게 쳐다보고 있었다. 엄마는 그 뒤에 서서 집 안의 에너지가 막혀 있으니 그 흐름을 풀어야 한다며 그를 계속 부추겼다. 아빠가 와서 엄마를 요양원으로 데려갈 때까지, 엄마는 내 남자친구를 시켜 벽 세 군데를 무너뜨렸다. 첫 주에 엄마는 쉬지 않고 우셨다. 여기 직원이 말하길 심지어 자면서도 울었다고 한다. 얼굴이 너무 많이 부어서 알아보지 못할 정도였다. 이제 엄마는 매우 조용히 계신다. 말도 거의 없고, 입을 열 때는 뭔가 필요한 일을 해달라는 요구뿐이다. 물 한 컵만 달라, 머리를 빗겨달라, 침대로 데려다달라. 엄마는 내 옆에 가만히 계시다 아주 가끔, 과거로부터 무언가 생각해내려는 듯 내 손을 붙잡고 다독이신다.

엄마의 머리가 갑자기 베개에서 매트리스로 떨어진다. 공기를 좀더 들이마시려고 코를 골기 시작한다. 나는 침대로 다가가 엄마의 머리를 두 손으로 살며시 들어 올린다. 그렇게 중요하고 그렇게 많은 것들이 들어 있는데 이렇게나 가볍다니, 나는 새삼 놀란다. 엄마가 아는 것 중 내게 전해진 건 아무것도 없다. 매 세대마다 제로에서 시작해야 한다면 얼마나 피곤한 일일까. 특히나 지식에 관한 문제라면 말이다. 어느 정도 크고 나서, 부모에게 뭔가를 알고 계시냐고 묻고 싶은 마음이 들었을 때는 이미 늦었다. 부모는 미쳤거나 멀리 떨어져 있거나 혹은 죽은 뒤니까. 우리는 늘 미개함으로부터 딱 한 세대 떨어져 있을 뿐이라고 누가 제일 처음 말했더라? 생각나지 않는다. 만약 내가 아이를 하나 낳는다 쳐도, 내가 아는 모든 것을 그애한테 가르쳐야 한다니 생각만 해도 진이 다 빠진다. 나 자신조차도 그 지식을 다 제대로 활용하지 못했고, 그 수많은 세월 힘겹게 배운 것들을 아직 아무 데도 써먹지 못했는데 말이다. 그 조그맣고 별 생각 없는 머리가 내가 아는 것을 빨아들이려 하고, 내 의지에 반하여 내 지식을 흡수하고, 릴레이에서 뛸 차례가 되었는데도 어떤 근사한 짓도 하지 않는다면(바통을 전달하는 것 그 자체가 중요한 게 아니다), 나는 분통이 터질 것 같다. 그런데 내 아빠의 머릿속에 든 것, 육욕에 대한 지식을 생각해보면 머릿속을 깨끗이 지워버리는 것도 생존을 위해—종의 지속을 위해—필수적이라는 의견도 이해가 간다.

그러나 엄마는 나를 그런 식으로 받아들이지 않으셨다. 엄마는 정말로 아이를 원했다. 내게 이것저것 가르치길 좋아하셨고, 내가 자잘한 지식의 조각들을 움켜잡고 하나로 맞추는 모습을 지켜보길 좋아하셨다. 나는 좀 이상한 꼬마였다. 태어나서 네 해 동안 여러 나라 말을 했고, 부모님은 사람을 불러서 나를 지켜보게 했다. 그는 내가 배운 적도 없는 4개 국어의 편린을 내뱉고 있음을 밝혀냈다. 나는 기상천외한 이론을 만들어내고 새로운 발명을 실험했다. 내가 세운 가설 중 하나는 과일 파리는 한 번에 사과 하나씩만 공략한다는 것이었다. 그래서 만약 내가 판자 끝에 못을 박아 사과 열 개에 구멍을 내면 과일 파리들이 이미 먹은 사과로 착각할 거라고 생각했다. 하지만 사과들이 다 썩어버렸다. 또 한동안은 마술사가 되고 싶어서, 마술에 재능 있는 열 살 이하의 아이를 가르치는 학교에 다니기 시작했다. 엄마는 나를 밀어주었고, 아빠마저 관심을 가지게 됐다. 아마 내가 신동이 되면 그의 자존심을 세워주리라 기대했나보다. 하지만 나는 몇 번 수업을 듣고는 금세 흥미를 잃었고, 아빠는 지금 그만두면 나중에 분명 후회할 거라면서 계속 다니라고 했다. 부모들이란 자식들에게 이상한 압력을 넣는다. 언젠가 신문에서 어린 여자애한테 비행기 조종법을 가르친 부모에 대한 얘기를 읽은 적이 있다. 그애는 일곱 살 때 최연소 국토횡단 단독 비행 기록에 도전했는데, 폭풍이 몰아칠 때 이륙해서 비행기가 추락했다. 나중에 인터뷰에서 그애 부모는 아이가 가장 좋아하는 일을 하다 죽었다고 말했다.

　어렸을 때 엄마가 아빠에 대해 들려준 달콤한 이야기들은 수없이 바람을 피운 아빠에 대한 이후의 기억과 좀처럼 연결되지 않는다. 그것은 천천히 바람이 빠지는 과정으로, 아빠에 대한 소소한 실망이 길고 지루하고 따분한 시리즈로 이어져 지금 내 인생의 단계에 와서 확고부동한 덩어리를 이루었다. 엄마가 말하길, 두 분이 맨 처음 나한테 밥도 안 주고 밤새 울든 말든 내버려두기로 했을 때, 자기들 방에 틀어박혀 내가 악을 쓰고 우는 소리를 막으려고 머리 위로 베개를 뒤집어쓰고, 그렇게 교육시켜야 한다는 끔찍함에 질려 둘이서 몇 시간 동안 같이 울었다고 한다. 나는 아빠 사진을 몇 장 갖고 있다. 셔츠를 벗은 채 맨발에 물 빠진 청바지를 입고, 한 팔에 작은 아기였던 나를 안고 다른 손에는 진공청소기를 들고 있다. 아빠는 음악을 있는 대로 크게 틀어놓고 거기에 맞춰 나와 춤추며 온 집 안을 돌아다니면서 청소기를 돌렸다고 한다. 그다음 기억은 맹장 수술을 하러 병원에 입원했을 때다. 수술 후 마취에서 깨어 아직 기진맥진한 상태인데, 여의사 한 분이 허리를 굽히고 내 얼굴을 살피고 있었다. 굵은 금목걸이가 그녀의 가슴팍에 착 달라붙어 있었다. 몸을 앞으로 구부리고 있으면서 어떻게 목걸이가 하나도 움직이지 않을까 감탄했던 기억이 난다. 내가 목걸이를 보고 있는 걸 눈치 채고 그녀가 말했다. "네 아빠가 준 거야." 심술을 부리는 것도 아니었고 사과를 하는 것도 아니었다. 그녀가 몸을 일으켰을 때, 병실 문가에서 지친 모습으로 우릴 바라보고 있는 엄마가 눈에 들어왔다.

여기 다른 사진도 있다. 셋이 같이 하이킹을 가는 중인데, 나는 아빠의 배낭 맨 위에 얹혀 있고 아빠는 웃으며 나를 올려다보고 있다. 그로부터 세월이 흐른 후, 아빠가 나를 발레 공연에 데려간 적이 있다. 공연이 끝난 후에 무대 뒤로 사라져서 무용수 한 명을 유혹하고는 내게 로비에서 기다리라고 했다. 로비는 빛바랜 붉은 벨벳 휘장이 드리워져 있었고 장식품들로 가득 차 있었는데, 호화롭게 보이려는 시도였겠지만 보기 좋게 실패했다. 소파를 덮은 벨벳은 전체적으로 해지고 벗겨져서 병든 개의 가죽처럼 보였다. 로비에 인적이 끊기고, 밤에 외출한 사람들의 냄새(진한 향수, 헤어스프레이, 비누, 박하)도 희미해지고, 축축한 담배 냄새와 와인 향만 남았다. 지루해진 나는 소파의 쿠션 밑에 손을 집어넣어 땅콩 초콜릿 한 조각과 십 년 전에 발행한 은화, 진짜라기엔 너무 반짝거리는 보석 귀걸이 한 짝을 발견했다.

마침내, 로비에는 소파에 앉은 나와 바에 앉은 남자밖에 남지 않았다. 코트와 스카프로 둘둘 말고 있어서 그의 나이는 짐작하기 어려웠다. 남자의 얼굴은 찬바람을 맞고, 셀 수 없이 면도를 하고, 운동하다 부상당하고, 햇볕에 그을리기 때문에 늘 몸보다 더 나이 들어 보인다. 그는 나와 눈을 맞추더니 소파 옆에 와서 앉았다. 그는 혼자서 발레 공연을 보러 왔다고 했다. 마침 일이 있어서 이 도시에 들렀고 내일이면 떠난다고 했다. 그 무렵 나는 남자들의 호의에 익숙지 않았는데, 특히 나보다 나이 많은 남자들의 관심에는 더욱 그랬다. 나는 그가 웃을 때 관자놀이에서 혈관이 움직이는 모습이나 말할 때 눈을 찡그리는 것이 마음에 들었다. 그는 말할 때 자기 얼굴이 어떻게 주름지는지 결코 알지 못할 거라고—거울하고 얘기할 리는 없으니—속으로 생각했던 게 기억난다. 나는 말할 때의 내 얼굴이 어떻게 보일지 궁금했다. 우리가 얘기하고 있을 때 청소부들이 옆에서 유리 조각을 주워 모으기 시작했다. 누군가가 바에서 유리잔 하나를 타일 바닥에 떨어뜨렸는데, 그들은 시끄러운 소리를 내며 파편을 쓸었다. 여자 하나가 진공청소기를 들고 곧장 우리 발밑에 들이댔고, 그는 껄껄 웃더니 좀더 편한 곳으로 자리를 옮기자고 제안했다. 한 블록만 내려가면 그가 묵고 있는 호텔이 있다고 했다. 그는 내가 누구를 기다리고 있는지 묻지 않았고, 그래서 나도 말하지 않았다. 그는 내가 코트 입는 걸 도와주고, 회전문에서 먼저 지나가도록 옆으로 물러섰다. 밖에서는 눈이 내리고 있었다. 밀가루처럼 미세하고 건조한 눈이었다. 길을 건널 때 그는 내 손을 꼭 잡아주었다.

호텔에서 그는 내가 화장실에 간 사이 마실 것을 준비했다. 나는 소리를 내지 않고 울면서 거울 속 내 모습을 관찰했다. 얼굴이 주름지며 구겨지고 눈물 때문에 홍채색이 진해지는 모양을 바라보았다. 화장실에서 나왔을 때 그는 방의 아담한 거실에서 스트레칭을 하고 있었다. 코트와 신발을 벗고, 리듬에 맞춰 짧게 허리를 굽히고 손을 발끝까지 뻗었다. 한눈에 그가 나보다 말랐음을 알았지만—심지어 어깨도 나보다 좁았다—지금 단계에서 돌이키기엔 너무 늦었다. 스트레칭 때문에 붉게 상기된 얼굴로 일어선 그는 빙긋 웃으며 내게도 신발을 벗고 편히 쉬라고 했다. 나는 기꺼이 부츠를 벗고 그가 건넨 와인을 한 모금 깊이 들이켰다. 부츠 속에서 고생해서 자주색으로 변한 내 발을 보더니 그가 한마디 했다. "발톱에 매니큐어 칠한 게 마음에 드네요. 뭐랄까…… 여성스러운 느낌이 들어요." 몇 달 전에 칠한 것이어서 거의 다 벗겨지고 남은 거라곤 발톱 중간에 약간 반짝이는 너덜너덜한 줄무늬(발톱이 새로 자란 지점을 알 수 있다)뿐이었다. 그러더니 그는 침대 위내 옆에 앉아 내 가슴을 부드럽게 만졌다. 그가 나를 쓰러뜨리고내 위에 올라탔을 때 너무 가벼워서 한 손으로 그의 몸뚱이를 다들어 올릴 수 있을 것 같았다. 조그만 아이가 내 배에 기대어 몸부림치는 느낌이었다. 나는 거의 모성애가 생겨서 그가 하고 싶은대로 내버려두었다. 그가 일을 마치자 나는 옆자리 트윈베드로 옮겨 잠을 청했다. 아침에 눈밭을 걸어 집으로 돌아왔다. 아빠는 아직 돌아오시지 않았다.

아빠는 그가 이룬 정복의 증거를 굳이 숨기지 않았다. 실제로, 부모님 방 선반 위에는 여자들 사진을 모아서 정리한 앨범이 있었다. 아빠는 동물의 잘린 머리로 벽난로 선반 위를 장식하는 사냥꾼처럼 여자들 사진을 앨범에 차곡차곡 모았다. 아주 어렸을 때

166

우연히 발견해서 그게 뭔지도 모르고 녹색 크레용으로 표지 안쪽에 낙서를 하고 놀았다. 어린 마음에도 사진들 위에 직접 낙서하는 건 부적절하다고 느꼈던 모양이다. 때로는 앨범을 침대로 갖고 가서 ─ 동화책이라고 생각했다 ─ 내켜하지 않는 아빠에게 잠들기 전 이야기로 들려달라고 졸랐다. 나중에 커서 그게 뭔지 대충 짐작하면서부터는 다른 의미로 그 사진첩에 매료됐고, 부모님이 각자 살아온 비밀스런 삶의 증거를 찾기 시작했다. 나는 내 출생 증명서와 빛바랜 학위가 들어 있던 상자에서 부모님이 서로 주고받은 낡은 러브레터 더미(오후 햇빛 아래 침대에 누워 서로의 몸을 바라보며 감탄했다거나, 그 전날 밤에 뭘 했는지도 짐작이 가능한 내용이 들어 있었다)를 발견했다. 그걸 읽고 있는데 엄마가 내 방에 들어오는 바람에 나는 얼굴이 빨개지며 울음을 터뜨리고 말았다. 그런 자세한 것까지 읽었다는 창피함과 읽는 걸 들켰다는 민망함이 더해져서였다. 엄마는 오히려 나를 달랬고, 나는 눈물의 원인을 거짓말로 둘러댔다. 이다음에 나도 누군가를 만나 두 분처럼 열렬한 사랑을 할 수 있을까 모르겠어서 울었다고. 엄마는 편지에 별로 신경 쓰지 않았다. 향수나 낭만 같은 건 전혀 없었다. 박물관에서 유리 너머로 고대 화폐를 보듯, 오랫동안 땅 속에 묻혀 있던 공예품 유물인 양 힐끗 쳐다봤을 뿐이다.

학교에 가지 않는 날이면 엄마는 나를 데리고 박물관을 돌아다녔다. 동전 디자인을 위한 새로운 아이디어를 얻기 위해서였다. 엄마는 재무부에서 오래 일했는데 인쇄국과 조폐청과 함께 오 년

마다 새 동전과 지폐의 디자인을 결정하는 업무를 가장 좋아하셨다. 내가 보기에는 영 보람 없는 일이었지만, 엄마는 그런 사소한데에서 즐거움을 찾으셨다. 다시 생각해보면, 갓 찍어낸 동전과 지폐는 한 국가의 자신감과 힘의 상징이다. (너무 반짝거리고 주름 하나 없어서 감히 쓸 수 없을 것만 같은) 그걸 손에 쥐고 있으면, 사회질서가 바로 잡히고 정당성을 확립한 부강한 국가의 증거를 쥐고 있는 것처럼 느껴진다. 엄마는 새 동전과 지폐가 수백만 사람들의 손을 거쳐 경제를 활성화하고 노동력의 원동력이 된다며 기뻐하셨다. 엄마는 화폐야말로 국가에서 일어나는 모든 활동의 자극제라고 여기셨다. 그리고 하나의 지폐가 얼마나 많은 손을 거치고 또 어떤 용도로 쓰이는지, 돈이 도는 경로를 항상 알고 싶어하셨다. 엄마는 종종 지갑을 열고, 하나하나를 알아보길 바라는 것처럼, 지폐들을 면밀히 들여다보곤 했다. 지폐가 더러울수록 엄마는 자기 일을 제대로 해냈다고 생각하셨다.

나는 의자에서 일어나 빈 와인병을 싱크대에 넣고, 어둠 속에서 천천히 길을 더듬어서 엄마 옆에 있는 내 침대로 간다. 그리고 옆으로 누워서—나는 똑바로 누우면 잠이 안 온다—오른팔로 왼쪽 가슴을 감싸 안는다. 애인이 자주는 아니지만 바로 이런 식으로 누워서 나를 안아주며 상냥하게 굴곤 했었다. 엄마의 힘겨운 숨소리에 귀를 기울이자, 곧 슬픔이 나를 다시 덮친다. 어렸을 때 저녁에 부모님께 손님이 찾아오면, 자다가 악몽을 꾸어도 소리쳐 부를 수가 없으니까 잠들지 못하고 있던 게 생각난다. 음악이 흐르는 가운데 그들이 웃고 떠드는 소리가 들렸다. 그런데 나는 침대 위에 뻣뻣하게 누워 외로움에 시달리며 절망적으로 울면서, 줄 끊긴 연처럼 의지할 데 없이 이역만리 떨어져 있다는 느낌이 들곤 했다. 부모님이 바로 옆방에 계셨는데도 말이다.

6. 화가의 아내

저 바보가 여름 별장에 남기로 했단다. 같이 있던 사람들은 다 석방되었는데 말이다. 오늘 아침 한창 단잠에 빠져 있는데 그가 내 이름을 외치면서 문을 마구 두들겨 날 깨웠다. 나는 그가 한 떼의 야생동물들한테 쫓기고 있는 줄 알았다. 감시인이 그를 들여보내 자 허겁지겁 달려 들어와서는 내 침대 위로 몸을 던지며 말했다. "여보, 난 이제 자유야." 그러더니 곧장 내가 무슨 배앓이라도 하는 것처럼 내 배를 문지르기 시작했다. 그는 나와 함께 잠깐 외출할 수 있는 허가를 얻었고, 몇 년 전 내 생일 때 갔던 와인 창고에 같이 가고 싶어했다. 포도밭은 현재 버려진 상태라고 들었다. 주인은 무서워서 감히 돌아오지 못하고 있다고 한다. 그러나 분명 와인 병은 거기 그대로 쌓여 있을 테니 우리는 마음껏 마실 수 있다.

"물론 지금 말고." 그는 내 배를 응시하며 말했다. "나중에 말이야. 일들이 제자리를 잡고 나면.”

　내가 계속 포로 신세로 붙잡혀 있는 건 그리 놀라운 일이 아니다. 그는 몹시 수척하고 꾀죄죄해 보였다. 그러나 침대 위에서 내 몸에 밀착된 그의 몸을 느끼면서 즐거운 두근거림이 없지는 않았음을 인정하겠다. 아마도 외부로부터의 육체적 접촉에 굶주려 있었나보다. 물론 내부적으로도 그렇다. 안에서 또다른 존재가 계속 내 몸을 압박하긴 하지만, 그걸로는 부족하다. 영부인은 종종 그녀와 내가 더 많이 포옹하고 더 자주 서로의 목을 안고 키스해야 한다고 주장한다. “터치는 치유예요”라고 말한다. 그러나 나는 아기 때문에 피부가 매우 예민해졌다고 변명하면서 항상 거절한다. 어쨌거나 이런 배를 하고 어떻게 포옹을 한단 말인가. 그녀는 자기도 아이를 낳아봤다면서 —자식이 두 명 있는데 당시 이미 상당히 노산이었다— 자꾸 나한테 그 역겨운 장면을 자세히 묘사하려고 들었다. 골반이 벌어지고 양수가 터지고 분비물이 배설되고 자궁이 수축하고. 나는 그 어느 것도 겪고 싶지 않다. 엄마들은 다른 여자들을 위해 환상을 깨지 않는 법을 배워야 한다. 그러나 그녀는 도무지 자제가 안 되는 여자다. 그런 식으로 출산을 자기 것으로 만들고, 내가 문외한이자 외부인임을 명백히 하고자 한다.

　때때로 그녀는 내가 누군지 잊고서 —나는 그저 일개 화가의 아내에 불과한 존재가 아니다— 내 치지를 가엾게 여긴다. 대봉령이 그녀와 결혼한 이유가 단지 그녀가 부끄럽지 않을 만큼 부자이고, 다른 남자를 만들어 그를 모욕할 일이 없을 정도로 못생겼기 때문이라는 것을, 우리 집안에서는 그게 공공연한 비밀이었음을 그녀는 모른다. 우리 어머니와 그녀는 동갑이고―둘은 같은 학교를 다녔다―두 집안은 해안가 리조트에서 휴가를 함께 보내기도 했다. 어머니는 아주 가까운 거리에서 그들의 연애를 지켜보았다. 어머니가 말을 더듬지만 않았어도 대통령과 어떻게 해볼 수 있었을 거라고 생각한다. 그네들 모임에서는 못생긴 것보다 말더듬이가 더 부끄럽게 여겨졌다. 말을 더듬는 데는 달리 수가 없으니까. 나는 어머니가 아빠와 결혼할 때 이미 임신한 상태였음을 알아냈다. 어머니는 결혼 날짜에 대해서는 항상 모호하게 말했지만(부모님은 결혼기념일을 챙긴 적이 한 번도 없다), 내게는 비밀을 캐내는 비장의 방법이 있어서 항상 호두 까듯 껍데기를 깨부수고 알맹이를 보고야 만다. 진실은 씨앗 안에 들어 있다는 속담은 빈말이 아니다. 아빠는 아마도 어머니가 자신을 받아줬다는 사실에 감격해서 다른 데는 그다지 신경 쓰지도 않았을 것이다.

대통령의 아들이 태어났을 때 나는 열 살이었다. 그걸 똑똑히 기억하는 이유는 여름휴가 때 어른들이 모두 내가 아기와 노는 걸 무척 좋아할 거라고 생각했기 때문이다. 하지만 나는 거의 그애를 죽일 뻔했다. 내가 커다란 장난감 트럭을 그애의 침대 위로 들어올려 막 머리통을 내리치려고 할 때 어머니가 들어왔다. 그때 이후로 어머니가 이상하게도 내게 동정적으로 대해줬는데, 어머니에게서 그런 마음을 다시 얻으려고 비슷한 실험을 한번 더 해보기로 결심했던 게 기억난다. 그래서 그애를 태운 유모차를 베란다

밖으로 밀어서 백사장 아래로 떨어뜨렸다. 이번에는 대통령한테 그 장면을 들켰다. 하지만 그 역시 내게 자상하게 굴면서 내가 한 짓을 아무에게도 말하지 않았다. 나는 혼나지도 않았고 내 방에 갇히지도 않았다. 그날 이후로 아기는 일주일 동안 울지를 않았고, 나는 내가 그들 모두에게 호의를 베풀었다고 생각했다. 나의 마지막 실험은 해변 방갈로의 차가운 콘크리트 바닥에 아기를 머리부터 떨어뜨리는 것이었다. 아기를 안고 어르면서 공중으로 던졌다 받는 척하면서 슬쩍 손을 놓았다. 그후로 다시는 아무것도 시도하지 않았다. 아무리 나라도 아기의 연약한 머리뼈가 콘크리트 바닥에 부딪히는 소리는 섬뜩했기 때문이다. 아기는 이런 여러 가지 시도 끝에도 살아남았고, 나는 그애가 커가는 것을 가까이서 관찰하면서 혹시 내 실험의 결과가 나타나는지 살폈다. 그러나 비정상적인 점이라곤 그애가 앞으로 기기 전에 옆으로 먼저 기기 시작했다는 것뿐이었다. 그애는 못하는 게 없는 지독히 잘생긴 소년으로 성장했다. 내가 그애를 콘크리트에 떨어뜨려서 잘못된 거라 곤 그애의 도덕관념뿐이라는 생각이 들었다. 그애한테 도덕성이란 맹장 혹은 가슴에 붙어 있는 퇴화한 젖꼭지 정도밖에 쓸모가 없었다.

대통령은 내가 화가와 약혼하고 나서야 우리 아버지한테 정치에 뛰어들 것을 권했다. 정치를 하면 딸이 배우자를 찾을 때 멀리서도 먹이 냄새를 맡고 달려드는, 권력에 굶주린 상어 떼만 꼬이는 등 악영향을 끼칠까봐 걱정하셨던 모양이다. 아버지는 물고기가 물 만난 듯 아주 자연스럽게 수백만 마리 동물(참새우와 말)을 키우는 일에서 수백만 명의 사람(조세와 횡령)을 키우는 일로 갈아타셨다. 나는 결혼식장에 갈 때 방탄 차량을 타야 했다. 당시 납치 위협—반역자들(그 밖에 또 누가 있겠는가?)이 부잣집 아이들을 납치하여 인질로 삼아 몸값을 요구하는 그다지 참신하지 못한 생각을 해냈다—이 있었기 때문이다. 가끔은 과연 우리 어머니가 나를 구하기 위해 돈을 내려고는 했을까 궁금하다.

결혼식에서 남편을 봤을 때 기뻤다. 이유는 단 하나, 하객으로 온 옛날 남자친구들의 얼굴이 부절제한 생활로 망가진 데 비해 남편의 얼굴은 아직 멀쩡했기 때문이었다. 부절제한 방종은 잘못 흘러든 땀처럼 피부를 통해 온몸으로 스며들고 결국엔 몸뚱이가 풍선처럼 부풀어서 두 가지 방법 중 하나를 선택하는 수밖에 없다. 뻥 하고 터지거나, 죽을 때까지 둥둥 떠다니거나. 대부분의 사람들은 그냥 떠다니기로 한다. 그들 중 한 사람이 안내 데스크 옆 외투 보관소에서 나한테 수작을 걸었었다. 그의 집안도 말을 길렀고, 그도 결국 종마와 다를 바 없었다. 겉보기에 번지르르했고, 매끈한 가죽을 입었고, 콧대가 하늘을 찔렀다. 술을 깨려고 발코니에 나왔다 서로 우연히 부딪쳤고, 나는 그의 맨발을 처음 봤을 때 들었던 혐오감이 기억났다. 발가락이 마치 야수의 발톱처럼 구부러지고 울퉁불퉁해서, 어떻게 똑바로 걸을 수 있는지 궁금할 지경이었다. 게다가 그와의 섹스는 항상 따끔거렸다. 그는 날이 안 드는 가위로 자기 음모를 깎았고, 거기에 내 허벅지가 쏠려 발진이 생기곤 했다.

그런 잘 먹여 기른 남자들만 봐와서 그런지 남편의 꾀죄죄함은 내게 신선하게 다가왔다. 대학 다닐 때 그는 일부러 머리를 빗지 않았고 한동안은 신발 신기를 거부했다. 그것도 엄동설한에 말이다(그는 맨발로 걷는 편이 눈길에 덜 미끄러진다고 했다). 그는 하이힐을 신고도 빙판길과 도로에서 한 번도 균형을 잃지 않는 나의 재주에 감탄했다. 나는 단지 미끄러질 때마다 새로운 포즈로 춤추는 방법을 개발했을 뿐이라고 말했다. 당시 나는 진지하게 춤에 몰두했고, 뱀처럼 유연했다. 내가 아무리 돌발적으로 움직여도 근육이 알아서 금방 제자리를 잡았다. 그는 주근깨로 덮인 내 눈꺼풀에도 감탄해서, 눈 오는 날 가로등 아래서 눈을 감게 하고는 눈꺼풀에 키스했다. 그의 더운 숨결에 눈이 따뜻해졌다.

장미 정원에서 스트레칭을 했더니 온몸이 뻣뻣하게 당긴다. 책상다리를 해도 무릎이 땅에 닿지 않는다. 얼마 전에는 영부인이 내게 어떤 자세로 아이를 낳고 싶으냐고 물었다. 나는 그냥 그녀에게 충격을 줄 생각으로 개처럼 손발을 땅에 대고 엎드릴 거라고 했는데, 그녀는 현명한 척 고개를 끄덕이더니 자기도 그런 식으로 낳았단다. 그래서 나는 애초에 이 모든 것이 시작된, 똑바로 누운 자세로 출산하기로 결심했다.

나이 먹어 좋은 것 중 하나는, 자신의 몸을 적이 아닌 자산으로 대하는 법을 배운다는 점이다. 지금의 나는, 아이를 차치하고라도, 젊었을 때보다 더 나은 무용수가 될 수 있을 것 같다. 그때 나는 좁은 어깨와 넓은 엉덩이 때문에 춤이 이상해 보이고, 살이 엉뚱한 데 붙어서 우아해 보이긴 글렀다고 생각했다. 나는 눈을 크게 뜨고 다른 무용수들(무용수답게 호리호리하고, 연필처럼 길고 깡말랐다)을 뚫어져라 쳐다보면서, 그들의 움직임에서 꼬투리 하나라도 잡아내려고 했다. 이제 나는 무게중심이 잘 잡힌 내 몸을 이용해서 팽이처럼 춤출 것이다. 엉덩이가 빈약한 여자애들이 질투할 만한 온갖 종류의 자세를 다 취할 것이다. 나의 공연은 여자의 삶 대부분이 그렇듯 다른 여자들을 위한 것이 될 터이다. 나는 극장에 앉아서나 차창 너머로나 엘리베이터와 레스토랑에서나 남자를 보지 않는다. 나는 여자만 보고, 또 여자들은 나를 보며, 보는 대상과 비교하며 끊임없이 자기 자신에 등급을 매긴다. 여자들이 서로를 쳐다보느라 그렇게 바쁜데 어떻게 남자들이 그 틈바구니를 비집고 들어와 여자의 관심을 끄는지 신기할 뿐이다. 무용수들의 탈의실에 가보라. 힐끗 보든 훔쳐보든 대놓고 쳐다보든, 예의 차리던 것을 다 집어던지고 여자애들이 전신 거울 앞에 나란히 서서 누구 몸이 더 나은지 분류학적으로 따진다. 보통 몸매가 가장 처지는 사람이 얼굴은 더 예쁘지만 그건 위안이 되지 않는다.

남편이 또 문밖에 와서 나를 기다린다. 나는 드레스를 머리 위로 뒤집어서 입은 다음 이를 닦는다. 감시인이 문을 열자 남편은 또다시 강아지처럼 달려와서 커다란 포옹으로 나를 감싼다. 불룩 나온 배 때문에 자세가 좀 엉거주춤하다.

"거기 가볼까?" 나는 남편에게 제안한다.

"당신 감시인이 차로 데려다주겠지."

"이건 꼭 휴가 때 캠핑 온 것 같은데?"

남편은 크게 웃는다. "두목은 아마 누굴 포로로 잡아둔다는 게 잘못됐다는 생각이 들었나봐. 내 생각에는 저 사람들은 당신과 우리 아기를 위해서 우리를 여기에 머무르게 하는 거 같아. 시내 병원 중에 제대로 돌아가는 곳이 있기나 한지 모르잖아."

나는 나대로 생각을 갖고 있지만, 그에게 말하고 싶지는 않다. 그는 방을 나오며 내 손을 잡고, 감시인 뒤를 따라 걸어가면서 맞잡은 손을 걸음에 맞춰 앞뒤로 흔든다. 여름 별장은 기이하리만치 고요하다. 당 간부들 대부분이 시내로 돌아간 것 같다. 방문도 대부분 열려 있고, 침대 시트 빨랫감이 마루 위에 쌓여 있다. 안마당도 비어 있다.

차는 별장 정문 바로 안쪽에 주차되어 있다. 감시인은 나를 조수석으로 안내하고, 남편은 뒷좌석에 자리 잡는다. 몸을 앞으로 내밀고 앉아서 그의 머리가 거의 내 머리에 닿는다. 핸드백에 손을 뻗는데 감시인이 곁눈으로 쳐다본다. 립스틱과 손거울을 꺼내자 안도하는 모양이다. 립스틱을 바르는데 남편 얼굴에 어떤 표정이 스쳐 지나간다. 두려움? 죄책감? (거울로 뒤에 앉은 남편이 보인다.) 이내, 예의 사랑스러워 죽겠다는 표정이 돌아오고 내 어깨를 두드린다.

모퉁이를 돌 때마다 저 아래 계곡이 더 많은 모습을 드러내며 펼쳐진다. 방에서는 보지 못한 광경이어서(내 방 창문은 반대편에 있다) 여기가 여름 별장 바로 밑이라는 사실이 새삼스럽게 다가온다. 대통령은 우리 가족을 여러 번 이곳으로 초대했지만, 어머니는 항상 해변을 선호해서 한 번도 오지 않았다.

"당신 괜찮아?" 백미러를 통해 나와 눈을 맞추려고 애쓰며 남편이 묻는다. "우리 아기는 어때?"

그의 목소리에 애원하는 투가 묻어난다. 그는 여전히 내가 여기 갇힌 게 자기 때문이고, 내가 화났다고 생각하고 있다. 나는 그 장단에 맞춰줘야 할 것이다.

"당신 보기엔 어떤데?" 나는 내뱉듯이 말한다. "어쨌든 나는 체포되어 갇힌 몸이잖아."

그는 엉클어진 머리를 쥐어뜯고 입술을 깨문다. 나는 다시 계곡을 내려다본다. 아무도 돌보지 않고 수확하지 않은 줄지어 늘어선 포도나무들을 본다. 저 포도밭을 복구해서 다시 과실을 얻으려면 몇 해가 걸릴 것이다.

육안으로는 보이지 않는 고도 표지판을 지난 듯, 주위를 둘러싼 공기가 확연히 열기로 텁텁해진다. 차도 그걸 느끼는지 점점 느려지고 엔진이 힘겹게 돌아간다. 땀이 예고 없이 나기 시작해서 옷이 배 위에 여기저기 들러붙고, 허벅지가 시트에 쩍쩍 달라붙는다. 남편의 이마에 땀방울이 송송 맺히고 가슴팍에 젖은 얼룩이 생기기 시작한다. 운전하던 감시인도 소매를 걷어붙인다. 그는 뜨거운 핸들을 손가락 두 개로만 잡고 있다. 계곡 밑바닥에서 그는 속도를 올리고, 포도 덩굴이 회녹색으로 번지며 스쳐 지나간다.

열기는 벌써 사물의 외곽선을 불분명하게 흐려놓기 시작했다. 저 앞으로 농장이 어렴풋이 보인다. 내가 기억하는 것보다 작다. 마지막으로 우리가 여기에 들렀을 때는 아직 연애 놀음으로 콩깍지가 씌었던 때라서, 우리가 하는 건 뭐든 크고 웅장하고 화려해 보였다. 당시 우리는 주위 사람들을 내려다보면서 사랑 없이 사는 그들을 가여워했다. 남편은 일반인들에게 개방되지 않은 지하 창고를 보여달라고 주인에게 요청했다. 우리의 사랑이 너무 부러웠던 주인은 어떻게든 그 일부가 되고 싶어서 창고에 들여보내주었다(믿거나 말거나 우리 생각은 그랬다).

계곡은 바람 한 점 불지 않는다. 차에서 나와도 시원해지기는커녕 땀은 마르지 않고 더욱 끈적끈적해진다. 남편은 감시인과 목소리를 낮춰 짧게 대화를 나누더니 날 따라온다. 차에 있어달라고 부탁했나보다. 감시인은 문을 열어놓고 도로 차에 들어가서 의자를 뒤로 젖히고 앉아 주위 들판을 바라본다.

농장은 버려진 상태다. 강도 떼가 깡그리 훑고 지나간 듯했다. 벽과 마루에서 가져갈 수 있는 것은 몽땅 다 가져가서 쾌적하고 단순하게 텅 비었다. 남편은 엎드려서 마룻바닥의 튀어나온 부분(문이 숨겨져 있다)을 두 손으로 더듬어 찾는다. 지난번처럼 완벽하게 위장되어 있다. 그때 주인이 우리가 출입구를 찾아낸다면 창고로 데려가준다고 했기 때문에 엎드려서 손과 무릎으로 열심히 찾았다. 남편은 출입문 틈새를 발견하고 손잡이를 찾기 위해 문짝을 눌러댄다. 효과가 있다. 남편은 신이 나서 나를 쳐다본 후 문을 잡아당겨 열고 어두운 창고 아래로 훌쩍 뛰어내린다. 몇 초 후 마루 아래서 희미한 불빛이 비친다. 조명 스위치를 켜고 나서 남편은 다시 구멍에서 얼굴을 내민다.

"괜찮아. 내려오면 내가 잡아줄게."

나는 구멍 가장자리에 조심스럽게 앉았다 안으로 뛰어내린다. 그런데 거리를 잘못 가늠해서 남편을 뒤로 넘어뜨리고 배로 밀어붙인 모양새로 남편 위에 떨어졌다. 남편은 웃다 숨이 막혀 헐떡거리더니 금세 다시 웃음을 터뜨리고 만다. 나도 따라서 웃음이 터진다. 비록 손목은 쓰라리고 아팠지만. 그는 몸을 비틀며 숨을 헐떡이면서도 팔로 내 등을 단단히 껴안고 나를 자기 위에 꼭 붙잡고 있다. 마침내 그는 호흡을 가다듬고 나를 올려다본다. 나는 그의 맥박이 몸의 여러 부분에서 고동치는 것을 느낄 수 있다. 목에서, 배에서 그리고 그의 손에서. 그는 따뜻하고 부드러우며, 내가 무슨 짓을 하더라도 용서할 것이다. 그는 웃느라 젖은 입술로 내게 키스한다. 하도 오랜만이라 낯선 사람과 키스하는 것처럼 짜릿하다. 뱃속 저 밑바닥에서부터 욕구가 퍼진다. 아기라는 장애물에도 개의치 않고, 욕구가 온몸을 휘감는다.

일어나 앉아 원피스를 머리 위로 벗는데 와인통 뒤에서 뭔가 움직인다. 분홍빛 나무통들 사이에서 강렬한 색깔이 눈에 띈다. 처음엔 고양이인 줄 알았다. 길 잃은 고양이는 계곡 어디서나 볼 수 있다. 개는 한 마리도 없다. 하지만 사람이 와인통 뒤에 숨어서 우리를 조용히 지켜보고 있다는 걸 알아챈 순간, 내 심장은 분노로 방망이질친다. 남편은 꼼짝도 하지 않고 차가운 마루에 누운 채, 그를 휘감은 내 다리의 감촉을 음미하며 눈을 감고 미소 짓고 있다. 내가 그의 팔을 꽉 잡아 긴급 신호를 보내자 그가 눈을 뜬다. 통 뒤에 삐죽 튀어나온 신발 쪽을 고개로 가리켜 보이고, 남편에게 조용히 있으라고 몸짓한다. 나는 몸을 일으켜 그에게서 비켜나고, 그는 튕겨 일어나 나를 엄호한다. 그는 통 쪽으로 살금살금 걸어가 침입자를 덮친다. 그들은 마루로 굴러나오고, 남편은 사내를 무릎으로 바닥에 찍어 누르는 데 성공한다. 좀 전에 우리가 했던 포즈를 남용했다. 사내가 쉽게 항복하며 우리를 올려다보는데, 얼굴이 낯익다. 대통령의 아들, 어렸을 때 내가 머리부터 바닥에 떨어뜨렸던 그애다.

"여기서 뭘 하는 거요?" 당황한 남편이 묻는다.

"숨어 있었지." 그가 대답한다. "쿠데타가 일어난 후로 쭉 여기 있었어. 여기 있으면 아무도 못 찾을 거라고 생각했거든."

남편은 그를 풀어주고 쌓여 있는 통에 몸을 기댄다.

"당신도 숨을 데를 찾고 있었어?" 아들은 껄렁한 어조로 묻는다.

"아니오." 남편이 말한다. 아들은 내 얼굴을 보고, 시선을 내려 내 배를 본다. 그는 입술을 핥는다. 그는 등 뒤로 무언가를 쥐고 있다. 그는 다시 입술을 핥으며 나를 응시한다.

"난 네가 저지른 일을 알아." 그는 내뱉듯이 말한다. 그의 혀가 젖은 입술 위로 날름거린다.

"내가 저지른 일을 말하는 거겠지." 남편이 대꾸한다.

아들은 바퀴살(버려진 자전거 바퀴에서 빼냈을 것이다)로 나를 찌르려 한다. 하지만 그것을 예상하고 있던 나는 쌓여 있는 통 뒤로 살짝 물러나 제일 위에 있는 통을 민다. 통은 비었지만 사람을 치고 발등을 뭉갤 때 고통을 줄 만큼은 무겁다. 그는 땅바닥에 미끄러져 다리를 양손으로 모으고 책상다리로 앉는다. 그의 물살이 신발 때문에 뭉친다.

남편은 문을 열고 어두운 곳에서 사다리를 가져와 문 아래에 설치한다. 그리고 내 손을 잡아주며 올라가라고 한다. 나는 팔로 받쳐서 겨우 농장 마루 위로 몸을 끌어 올리고, 남편이 따라 나온다. 문이 쿵 소리를 내며 닫힌다. 문을 사이에 두고 아들의 웃음소리 — 한참 이어지는 호색적인 웃음이다. 나보고 들으라고 일부러 그러는 것이다 — 가 들린다. 남편은 내가 누워 있는 곳으로 기어와서 나를 돌려 안아 문 바로 위를 우리 몸무게로 꽉 누른다. 그는 자기 몸을 내 뒤에 밀착시키고, 내 옷을 올리고 다른 손으로 내 배 위에 작은 원을 그린다. 내 목덜미에 코를 묻고, 내 머리 냄새와 희미한 땀 냄새를 맡는다. 그는 새끼 짐승이 어머니의 털가죽에 꼭 붙어 있듯 나한테 매달린다. 나는 높은 나뭇가지 위에서 그의 무게를 지고 바람에 흔들리며 균형을 잡고 있는 것 같다. 이 새끼를 등에서 흔들어 떨어뜨릴 수 있을까? 발톱으로 털가죽 깊숙이 단단히 틀어쥐고 있어서 떨어지지 않는다면? 새끼가 혼비백산해서 잡아당기는 바람에 나도 같이 떨어지면?

7. 이발사의 형의 약혼녀

    우리 아버지는 일찍부터 머리숱이 적어지기 시작했다. 내 어릴 적 기억 가운데 하나는 어머니가 아버지의 두피에 올리브 오일 마사지를 하는 모습이었다. 어머니는 매일 저녁 마사지를 해드렸는데, 이것이 가차 없이 진행되는 탈모를 늦출 거라는, 거의 종교적 신념에 가까운 믿음을 가지고 있었다. 하지만 결국 내가 아버지 어깨 위에 목말을 탈 정도로 컸을 무렵에는 아버지의 부드러운 머리에 마땅히 잡을 만한 것이 없었고, 그나마 남은 몇 가닥도 수년 동안 마사지를 받아온 까닭에 미끈거렸다. 그래도 아버지는 불평하지 않으셨다고 생각한다. 어머니가 아버지 뒤에 서서 마사지하는 동안 나는 아버지의 얼굴을 유심히 관찰했다. 그것은 세상의 모든 부모가 치러야 하는 어떤 의식 같은 것이라고 생각하면서 말이다. 어머니가 아버지의 두개골 위 흐물거리는 두피를 문지르다 손가락으로 어느 한 부위를 집중해서 주무르면 아버지는 눈을 감았다. 아버지는 특히 이마와 머리의 경계 부근을 마사지하는 것을 좋아하셨다. 그러다 헤어라인이 희미해지면서 어머니는 점점 더 정수리 쪽으로 움직여야 했지만, 맨 처음 아버지의 헤어라인이 앞이마 바로 위에 있었을 때에는 어머니는 아버지 앞쪽에 서곤 하셨다.

그 반대의 의식은, 아버지가 어머니의 겨드랑이 털을 면도해주는 것이었다. 어머니는 혼자 해보려고 했지만 날이 보이지 않아 피부를 베었다고 말씀하셨다. 어머니가 욕조 안에 앉으면 아버지는 욕조 바로 옆 매트에 웅크리고 앉아서 어머니의 겨드랑이 움푹한 곳에 비누 거품을 내고, 한 팔씩 차례로 위로 치켜들고 곡선을 따라 부드럽게 면도기를 대고 미끄러지듯 움직였다.

오늘 아침을 먹는데 요리사가 한 주간의 메뉴를 우리 둘이서 따로 상세히 의논해야 한다고 강조했다. 남편은 테이블 너머로 내게 능글맞은 웃음을 던졌다. 그는 요리사가 나를 탐하는 걸 지켜보는 게 즐겁단다. 그는 달걀을 마저 먹고 나서 팔자걸음으로 어기적어기적 식당 밖으로 나간다. 일부러 가랑이 사이를 벌리고 걷는 폼이 자신이 남자임을, 그것도 한창 때의 혈기왕성한 남자라는 사실을 주지시키려는 것처럼 보인다. 어젯밤에는 그가 잠든 후에 침대에 들어가려고 시간을 끌었지만, 그는 껍데기 속 소라게처럼 기다리고 있다 내가 뿌리칠 새도 없이 나를 끌어당겨 품었다. 욕망이 혐오로 퇴화할 수 있다니, 그것도 이렇게 순식간에 오그라들다니

무서운 일이다. 나는 내 머리가 어떻게 된 게 아닌지 무척 의심스럽다. 예전에는 어떻게 그렇게 기꺼이 그의 손을 잡아끌어서 내 가슴을 문지르고 허벅지 깊숙이 탐험하게끔 했을까.

나는 사람들이 스스로 콩깍지가 씌었다는 걸 알면서도 어떻게 상대의 매력에 자의적으로 홀릴 수 있는 건지 궁금하다. 욕망을 당기는 데 필수적인 요건이 콩깍지요, 의심의 불식이요, 상대방 특징(마법이 풀리고 나면 왜 저런 사람을 좋아했는지 당최 이해할 수 없는 것들)의 간과라고 한다면 말이다. 마법은 상대가 죽고 난 후에 깨질 수도 있다. 약혼자가 죽은 뒤 몇 달 후, 지금의 남편과 처음 살이 닿았을 때, 나는 그에게서 생선 비린내가 나지 않는다는 사실에 놀랐다. 그리고 마법이 깨졌다. 침대와 살갗에 붙은 비늘, 베개에서 나는 생선 기름 냄새, 그의 머릿속 소금기, 이런 것들을 내가 어떻게 견뎠나 싶었다. 나는 반드시 기억해야 한다. 언젠가 먼 훗날 이 발사를 되돌아보면서, 어떻게 내가 그를 더듬을 수 있었는지 의아해할 것이다.

요리사는 나를 따라 발코니로 나왔다. 간밤에 바람이 강하게 불어 화분에 든 조그마한 야자수를 쓰러뜨렸다. 나는 무릎을 꿇고 앉아 나무를 세우고, 타일 바닥에 흩어진 흙을 떠넣었다. 요리사도 무릎을 꿇더니 내게 지나치게 가까이 붙어 앉았다. 그의 시선이 탐욕스럽게 내 흉터를 찾더니, 주름지고 둥그런 흉터 여섯 개가 모두 드러나도록 내 팔을 잡아 비틀었다. 아침 햇살 아래서 검붉은 자줏빛 흉터는 평소보다 더 흉해 보였다.

"흉터 치료에 도움이 될 만한 걸 갖고 왔습니다."

그는 내 팔을 그대로 붙잡고 다른 손을 앞치마 주머니에 넣어 오일이 든 작은 유리병을 꺼냈다. 나는 팔을 뿌리치려 했지만 그는 더욱 단단히 잡았다.

"이걸 바르면 좀 나을 겁니다." 그는 속삭였다.

나는 벌떡 일어났다. 억지로 빼려고 팔을 비트는데 그의 목소리가 높아졌다. 더이상 간청하는 투가 아니었다.

"나는 당신이 한 일을 알아." 그는 나를 잡고 있느라 힘을 쓴 탓에 약간 숨을 몰아쉬며 낮게 말했다. "당신이 요즘 뭘 하고 있는지."

나는 동작을 멈췄다. 그는 슬며시 내 팔을 놓았고, 나는 움직이지 않았다. 내 팔은 안쪽의 상처를 그에게 내보인 채 납처럼 무겁게 그의 무릎 위에 떨어졌다. 그는 천천히 상처 위에 오일을 바른 다음 놓아주었다. 나는 갈 만한 곳이 한 군데밖에 떠오르지 않았다. 이발사한테.

이번에는 그의 가게 유리창에 비친 내 모습을 무시한다. 금이 간 유리창 바깥에 붙어 있는 것은 남편의 지시에 따라 당에서 온 시내에 도배하듯 붙인 포스터 중 하나다. 우연일 리가 없다. 전에는 못 보던 사진이다. 특이한 형태의 손상을 입은 얼굴. 그이의 얼굴—내 약혼자, 이발사의 형—이다. 하지만 누가 그걸 이런 식으로 알아보길 바랐을까? 도대체 누가 이걸 여기다 붙이고자 했을까? 남편은 이 사진을 나한테 숨긴 게 틀림없다. 그는 내 약혼자의 죽음에 관한 기록은 아무 데도 없다고, 최소한 내 약혼자는 그런 작은 은총이나마 받았다고 말했다. 포스터는 금방 붙였는지 풀이 아직 덜 마른 상태로 몇몇 군데는 반투명하게 비친다. 쉽사리 주욱 뜯어지기를 바라며 가장자리부터 잡아당긴다. 하지만 이미 들러붙어서 얇은 종이는 찢어지고 만다. 나는 이마를 유리창에 갖다 대고 안을 엿본다. 어둡고 비어 있다. 그는 아직 오지 않았다. 그가 어디 산다고 했더라? 들은 적이 없는 것 같다. 나는 손톱으로 포스터를 긁어 기다란 종이 자락을 몇 개 떼어냈지만 아직도 멀었다. 도무지 떨어지질 않는다. 거리 저쪽에서 한 무리의 남자들이 수상하다는 듯 나를 쳐다보더니, 저들끼리 서로 꼭 붙어서 폭도들이 거리에 흩뜨려놓은 잔해들을 훑는다. 나는 흥분해서 주위를 둘러보다 길 건너에 버려진 철제 의자를 발견하고 그것을 유리창을 향해 내리친다. 금이 좀더 생겼지만 깨지지는 않는다.

위에서 누가 소리치기 시작한다. 겁이 나서 올려다본다. 이발사다. 가게 위층 창문가에 서 있는데, 내가 휘두른 폭력에 놀라 잠이 완전히 달아난 눈치다. 그의 모습이 사라진다. 날 말리려 아래층으로 달려 내려오나보다. 나는 유리창을 향해 또다시 의자를 내리친다. 금이 거미줄처럼 퍼지지만 창은 버틴다. 다음 순간 그가 내 옆에 와서 내 손에서 부드럽게 의자를 뺏는다. 그리고 나를 품에 안고 내 얼굴을 유리창에서 돌린다. 포스터를 본 그의 몸이 굳어진다. 그래도 여전히 나를 꼭 안고 있다.

"위층으로 올라가요. 계단은 뒷방 지나서 있어요."

나는 제풀에 지쳐 그의 말에 순순히 따른다. 나는 뒤돌아보지도 않고 가게 안으로 들어간다. 거울 주위에서 전구가 지지직거리는 것을 보지 않고도 알 수 있다. 마치 살아 있는 왕거미가 유리를 압박하는 것 같은, 머리카락이 들어 있는 유리병이 가득한 뒷방을 지난다. 계단을 반쯤 오르는데 유리창이 산산조각 나는 소리가 들린다. 파편이 보도에 흩어지고 포스터가 드디어 떨어진다.

이발사의 방은 작았지만 마치 제의를 치르는 공간처럼 단정하다. 겨우 몇 초 전에 퉁기듯 일어나 침대를 정리했을 텐데, 긴급히 조치를 취해야 한다는 걸 아는 상황에서도 커버를 빳빳하게 펴고 베개를 평평하게 매만졌다. 싱크대 옆 선반의 양념통은 색깔별로 쌓았다. 고추에서 심황, 사프란 그리고 푸른색을 띤 후추까지. 벨트는 단단하게 말아서 특별 주문 제작한 동그란 플라스틱 홀더에 차곡차곡 넣어놨다. 서랍을 열어보니 속옷이 네모반듯하게 깔끔히 개어 있다. 이제야, 이걸 보고 나서야, 아래층 가게의 상태가 얼마나 그를 괴롭히고 질서 정연함에 대한 그의 갈망을 갉아먹고 있는지 깨닫는다. 나는 내 몸이 그의 기준에서 충분히 청결한지, 나의 어떤 불분명함이 그를 불편하게 만들지는 않을지 궁금하다. 함께 있다 부스스한 채로 나가면, 드레스를 펴주거나 스타킹을 매만져주고 싶은 걸 참는 게 아닐까.

"보지 않았으면 했어요." 그는 내 뒤에서, 문가에 서서 조용히 말한다. "내가 사는 방식을. 무서워할 것 같아서. 날 싫어할 것 같아서."

나는 침을 삼키고 서랍을 닫는다. "너는 너대로 그럴 만한 이유가 있겠지. 난 그저, 너에 비해 내가 깨끗하지 못한 게 아닌가 싶어서 걱정될 뿐이야. 별로 단정치가 못해서."

그는 내 목에 얼굴을 묻는다. "당신은 날 정죄해요." 그는 내 머리카락에 대고 중얼거린다. "당신은 제 위안입니다."

"구원으로서?" 나는 조용히 되묻는다.

그는 내 질문에 대답하지 않고, 나를 그의 침대로 데려가 눕힌다. 어떤 생각이 머릿속에 떠오른다. 나는 장작 더미 위의 제물이자 희생양이고, 곧 불꽃에 휩싸일 것이다. 그는 내 드레스를 벗기고 자기도 셔츠를 벗는다. 나는 그의 손에서 피가 흘러 정결한 침대 시트 위로 뚝뚝 떨어지고 있음을 알아차린다. 그는 내 흉터도 불타는 듯한 주홍색으로 새빨개져 진액이 나온 것처럼 미끈미끈함을 알아차린다. 그는 부드럽게 내 상처에 키스하면서 오일을 맛본다.

"그냥 연고야." 나는 변명하듯 중얼거린다. "찜질약 같은 거."

그의 형, 내 약혼자의 얼굴이 망령처럼 우리 위를 떠돈다.

나는 산산조각 난 유리창과 함께 갈가리 찢긴, 혹은 유리 파편이 뒤에 붙어 모자이크처럼 망가졌을 포스터를 상상한다. 이발사는 내가 내 몸에 밀착된 그를 그의 형으로 상상하지 않는다는 증거를 바랄 것이다. 이번에는 그에세 뭘 줄 수 있을까. 어떤 조그마한 성의를 보일까? 나는 그에게 소유권을 주겠다. 육친을 잃은 그에게 연민을 주겠다.

"네 형 일은 정말 안됐어." 나는 그가 벨트를 풀 때 작은 목소리로 말한다.

나의 약혼자가 아니라, 그의 형이다. 그의 애도를 앞에 두고, 나 자신의 슬픔은 뒤로 물러난다. 그가 나를 믿어주기를 바란다. 적어도 지금은 진심이다. 내 곁에 있기를 바라는 건 그의 얼굴이고, 그의 가슴을 내 등에 대고, 그의 발이 나를 감싸기를 바란다. 그가 운다. 통했다.

떠나기 전에 나는 내 머리카락이 든 유리병을 다시 보여달라고 청한다. 그는 불안해하며 내가 그것을 기분 나쁘게 여길까봐 걱정한다. 하지만 그는 나 역시 수집가임을 기억하지 못하나보다. 아니면 그의 형이 내 보물 사냥 취미에 대해 말하지 않았는지도 모르겠다. 나는 그의 이러한 수집 본능, 머리카락을 쓸어 유리병에 담으려는 충동을 높이 평가한다. 나라면 한술 더 떠 그것을 뭔가 다른 형태로 변형시켰을 것이다. 머리카락으로 짠 매트라든가, 커튼을 묶는 장식 띠라든가, 가발이라든가. 그가 모은 다른 여자들의 머리카락에 질투가 나서 스스로도 놀란다. 긴 머리카락이 유리병 안에 둘둘 감겨 있어서 확 티가 난다. 남자들의 머리카락은 짧고, 쌓여 있다. 그는 내게 유리병을 건네준다. 나는 두꺼운 머리카락 한 올을 꺼낸다. 그의 어머니와 남동생을 깨우지 않으려고 소리 없이 욕망에 충실하던 순간, 이것이 내 두피에서 떨어져나와 그대로 베개 위에 있다 다음 날 아침 지금 내 옆의 이 사내의 손에 들어가다니, 기분 참 묘하다. 약혼자는 산에서 체포된 충격으로 머리가 하얗게 세었다. 섬유가 스스로 색을 바꿀 수 있다면 그것은 살아 있다는 걸까? 겨울에 고드름처럼 딱딱하게 얼어붙은 젖은 머리카락은 어째서 두 가닥으로 쪼개지지 않는 걸까? 왜 머리칼은 죽으면 금속처럼 찰랑거리는 소리를 낼까? 나는 그에게 묻는다. "너희 집 주변의 마른 땅에 자기 조각이 여기저기 흩어져 있던 거 기억나?"

갑자기 그는 나를 흘끔거리면서 내가 형의 추억에 잠겨 그를 버릴까봐 걱정한다.

"얼마나 오래된 거였는지는 모르겠다. 깨져서 금방 버린 건지, 몇 년 지나서 바람 때문에 지표면으로 올라온 건지." 나는 말을 잇는다. "그걸 주워 모았어. 한번은 그 조각을 모아서 우아한 손잡이가 달린 찻잔 하나를 통으로 맞춘 적도 있어."

내가 그저 수집에 관한 나의 취미를 고백하고 있음을 알고, 그는 안심한다.

"당신이 만든 탁본을 한 번 본 적 있어요." 그는 수줍게 말한다. "형이 보여줬거든요. 투구를 쓰고 갑옷을 입은 기사의 실물 크기 실루엣이었죠. 오래된 비석을 뜬 거였어요."

그걸 해냈을 때의 스릴이란! 저녁 미사에 사람들이 모이기 전, 싸구려 종이 두루마리와 목탄 덩어리를 가지고 오후 늦게 성당에 숨어들어 내 목숨이라도 달린 것처럼 열심히 탁본을 떴다. 처음엔 뭐가 뭔지 보이지 않아 실망했지만, 점차 세부가 드러나고 온전한 모양이 갖춰졌다. 가슴받이, 투창, 소용돌이 장식 문양, 앞코가 뾰

족한 철 구두. 다 베꼈을 땐 얼굴이며 손이 온통 새카맸다. 성당에
서는 당연히 나를 비난했다. 신성모독이나 다름없는 짓이라고. 그
러나 나는 하나씩 액자로 만들어 침대 위에 걸었다.

"별보배조개 껍데기도요. 그것도 형이 보여줬어요." 아기 주먹
처럼 매끈하고 단단한 놈이었다.

이발사는 작별 키스를 하고 내가 뒷방을 나갈 때까지 지켜본다.
이제 가게는 통풍이 잘된다. 나는 현관문 대신 유리 없는 창틀을
넘어 나간다. 대통령 특구로 곧장 이어지는 바닷가 산책길을 따라
관저로 돌아가면서 이것저것 주워 모은다. 내 안의 하이에나 본능
이 다시 깨어났다. 이것은 잔잔하고 느린 음미의 과정이다. 거리
에는 약탈자들이 간과한 보물이 한가득이다. 도시 전체가 파낼 것
이 잔뜩 묻혀 있는 쓰레기장으로 변모했다. 모래가 뒤섞인 흙은
세월과 함께 묻히거나 사라진 조각, 파편, 흔적을 잔뜩 움켜쥐고
있다 마지못해 내놓는다. 해안을 따라 덮어씌운 콘크리트는 산산
이 부서져, 판상절리처럼 부대끼며 흙 묻은 밑면을 드러낸다. 그
중 한 군데 움푹 팬 곳에서 마개가 씌워진 유리병을 발견한다. 저
녁 햇살에 얼음 같은 녹색 빛을 띠는 그 병은 바다에서 굴러다닌
탓에 보들보들하게 마모됐다. 어떤 예감에 사로잡힌 듯 그 안에
메모가 있기를 바라지만, 당연히 있을 리가 없다. 늙은 여인의 향
수같이 희미한 단내가 날 뿐이다. 병의 아랫부분은 두껍고 튼튼하
다. 유리와 타르는 유체라서 시간이 흐르면서 아래층이 두터워진
것이다. 여자들처럼.

가드레일 옆에서 바다를 내려다보다 네 바퀴에 후드가 달린 유행 지난 유모차가 접혀 있는 걸 발견한다. 올록볼록한 벨벳을 씌웠는데, 보풀이 생긴 천은 여전히 화려하지만 바닷물에 흠뻑 젖었다. 나는 억지로 유모차를 편다. 소금기 때문에 벌써 관절이 녹슬었다. 안에는 얇은 매트리스와 잎사귀 무늬의 담요가 있다. 아기들 머리에서는 어떤 냄새가 나더라? 어머니들은 항상 아기의 목덜미에서 독특한 우유 냄새가 난다고, 강아지 숨결처럼 중독성 있는 단내가 난다고 한다. 나는 잘 모르겠다. 아홉 달 동안 아이를 품고 있다 낳게 된다면 나는 애 아빠가 누군지도 모를 것 같다. 아버지가 다르면 목덜미에서 풍기는 냄새도 다를까?

이발사의 피 묻은 침대, 더럽고 구겨진 시트 위에 함께 누워 있을 때 그가 나한테 했던 질문을 떠올린다. 나는 그가 자제하고 있음을, 베개가 바닥에 팽개쳐지고 옷이 아무렇게나 쌓여 있는 상황을 애써 무시하고 있음을 느낄 수 있었다. 그는 내 남편 — '두목'이라고 불렀다 — 에 대해 물었다. 그를 사랑하는지, 남편의 얼굴을 볼 때 어디를 보는지. 나는 사실대로 말했다. 나는 그가 두렵다. 꽤 오래전부터, 심지어 쿠데타가 일어나기 전부터 두려웠다. 나는 대통령이 체포되어 여름 별장에 구금되기 전까지 대통령의 얼굴을 가까이서 본 적이 없었다. 처음 대통령을 봤을 때, 남편의 미래의 모습(그가 노인이 됐을 때)을 보는 듯했다. 광포한 눈매의 탐욕스러운 호색한. 처음엔 남편의 열성적인 모습이 매력적이었다. 그러나 쿠데타가 일어나고 몇 달이 흐른 지금은 그가 무엇에 열중하는지 주의해야 했음을 알게 되었다. 안타깝게도, 그것은 권력과 마찬가지로 본래 그의 것이 아니었다. 나도 이발사에게 물었다. 왜 그렇게 더럽다고 느끼는지, 오염됐다고 생각하는지. "당신 생각은 어떤데요?" 그는 진지하게 되물었다.

나는 주워 모은 보물들을 관저의 층계 밑에 둔다. 계단을 오르면서 먼 북쪽 국경 근처에 위치한 호수를, 늘 가고 싶어했던 그곳을 생각한다. 전설에 따르면 그 호수 바닥에는 비행기 한 대, 버스 한 대, 헬리콥터 한 대가 잠자고 있다고 한다. 모두 비극적인 사고였고, 이제는 거기 붙은 따개비가 서서히 늘어가고 있단다. 하이에나의 꿈이다. 나는 누가 기다리고 있기라도 한 것처럼 내 방으로 조심스럽게 들어간다. 커튼이 쳐져 있고 눈이 천천히 어둠에 적응한다. 침대 위에 —내가 눕는 쪽이다— 내 손톱 밑에 끼어 있는 것과 똑같은 포스터가 놓여 있다. 포스터의 머리 부분이 완벽하게 내 베개 위에 맞춰져 있다. 남편의 짓이다. 폭군의 전횡이 시작됐다. 나는 욕지기가 나서 화장실 변기로 달려간다. 뚜껑이 위로 젖혀져 있다. 다른 남자가 이곳에 왔다 뚜껑을 열고 오줌을 눴다. 거울을 보니 내 뒤에 요리사가 서 있다. 나는 그가 원하는 게 무엇인지, 그것을 얻기 위해 갖고 있는 카드가 무엇인지 알고 있다. 요리사는 내 팔 안쪽에 키스하는 것으로 시작한다. 흉터마다 하나씩 천천히.

8. 요리사의 딸

하나씩 따로 떼어놓고 보면, 얼굴 각 부위의 특징이 눈에 들어온다. 코와 입을 손으로 가리고 눈만 보면, 완벽한 두 개의 예쁜 타원이 나를 마주본다. 관능적이기까지 하다. 코와 이마를 가리고 입술만 보면 꽃봉오리처럼 도톰한 핑크빛이다. 하지만 전부 다 모아놓고 보면 뭔가 어색하다. 앙상블로서 내 얼굴은 실패작이며, 시간이 흐를수록 더 나빠지고 있다. 몇 달 전 가장무도회에 가면서 고양이처럼 보이려고 눈꼬리에 길게 검은 아이라인을 그려넣었었는데, 실제로는 까마귀 발톱이 연상되는 효과를 낳았다. 그걸보고 나이 먹으면서 내가 점점 못생겨지는구나 싶어 충격을 먹었다. 이를 닦느라 세면대 앞에 서서 스타킹에 감싸인 핏기 없는 다리를 내려다보고 생각한다. 내가 죽으면 이렇게 보이겠군.

병원비는 아직도 연체된 상태다. 어제 담당자가 와서 이달 말까지 돈을 내지 않으면 엄마를 내보낼 수밖에 없다고 최후 통첩했다. 결국 아빠를 찾으러 관저에 가야 하게 생겼다. 최소한 주방에라도 접근하려면 주방 보조로 일자리를 구하는 척해야 할 것이다. 나는 엄마의 이마에 작별 키스를 한다. 엄마의 입 가장자리에 음식이 말라붙어 있다. 늙어 턱수염이 나면서부터 턱뼈도 물렁하다. 나는 엄마가 먹는 모양을 더이상 지켜보기가 힘들다. 음식을 씹을 때의 소리가 가장 듣기 싫다. 어젯밤에는 용케도 한쪽 눈썹과 머리카락에까지 음식을 묻혔다. 돌연 나는 엄지손가락을 빨고 싶은 강한 충동에 휩싸인다. 앞니로 엄지손가락을 물고 베개에서 냄새(머리 냄새와 침 냄새와 입 냄새가 섞인)가 나는 곳을 찾아 그 위에 코를 박고 눕고 싶다. 엄마가 과거로 되돌아가고 있다면, 나라고 안 될 게 뭐람?

나는 대통령 특구를 향해 걸어가면서 그곳 이름을 바꿔야 하지 않나 생각한다. 바깥은 이미 덥고 건조하다. 이런 날은 엄마가 만날 들려줬던 이야기가 생각난다. 찜통같이 더운 한낮에 달리는 차에서 유리창 밖으로 갓 빨아 아직 축축한 내 기저귀를 내놓고 있으면 금세 말랐다고 했다. 아직 이른 시각이다. 바리케이드 옆에서 담배를 피우며 인도를 어슬렁거리는 사내들 외에는 거리가 텅비었다. 그들을 피하려고 반대쪽 인도로 건너가자 그들이 역겨운 소리를 낸다. 그들은 무장을 했다. 무기를 차고 있어 바지가 불룩하다. 이 더위에 스타킹을 신다니 후회막심이다. 무릎 뒤편이며 발이며 허리 뒤쪽이며 땀이 차서 간지럽다. 바다에서 불어오는 시

196

원한 바람이나 쐬어볼까 해서 해안 쪽으로 방향을 바꾼다. 언덕 정상에 자리 잡은 관저가 불쑥 도시 위로 나타난다. 전에 살았던 집에서는 내 방에서 관저가 보였다. 밤이면 꼭대기에서 시내 야경을 보려는 관광객들이 카메라 플래시를 수백 방씩 터뜨려서 반짝반짝 빛났다. 똑같은 풍경을 찍은 사진들이 똑같은 추억으로 수많은 앨범을 채워 넣는다.

패러글라이딩을 하는 사람들이 벌써 올라와 아침의 상승 온난기류 속으로 뛰어내린다. 튀어나온 바위 근처에서 거대한 나비처럼 배회한다. 그들을 볼 때마다 나는 암벽에 돌진시키거나 바다에 추락시키고 싶다. 그냥 어떻게 될지 궁금하다. 한번은 그들이 뛰어내리는 암봉까지 등반한 적이 있는데, 갑자기 그중 한 사람과 눈이 마주쳤다. 그는 인간 누에고치가 되어 이륙해서 공중을 맴돌았고, 나는 땅에 찰싹 달라붙어 있었다. 외계 생물과 얼굴을 마주한 느낌이었다. 그 사람들이 다시 밖에 나온 걸 보니 이제 평상시로 돌아간 모양이다. 그들은 그런 식으로 풍향계 노릇을 한다. 패러글라이딩을 하는 장소는 시국이 나빠지면 사람들이 관저에 접근하는 것을 막기 위해서 폐쇄된다. 오늘 아침 바다는 두 가지 색으로 잔잔하고, 암초 가장자리를 나타내는 라인이 또렷하게 보인다. 해안가 쓰레기통 옆에 고양이 두 마리가 몸을 똘똘 말고 있다 네기 지나가니 한 마리가 비실비실 걸어나온다. 바다는 약탈 뒤에 이곳에 남아 있던 잔해를 쓸어갔다. 보도는 젖어 있고, 방파제에 눌어붙은 쓰레기 따위로 거무스름하다. 나는 애인―대통령의 아들이다―을 평소처럼 그리워하고, 떳떳치 못하게 그를 갈망한다. 그것을 없애려고 손톱으로 손등 마디 위의 얇은 피부를 피가 날 때까지 꼬집는다. 손등의 관절부는 보통 때는 만질 일이 거의 없지만 예기치 못한 쾌감(뜻밖이어서 더욱 흥분된다)을 주기도 하는 부위 중 한 곳이다. 발뒤꿈치, 엄지와 검지 사이의 살, 허벅지 앞쪽, 팔꿈치 안쪽 그리고 손톱의 반달 부분을 세게 눌렀을 때 느껴지는 통증. 예기치 못한 고통을 수반하는 경우도 있는데, 쾌감과 고통의 차이가 뭔지 이제는 잘 모르겠다. 물론 애인 탓을 할 수도 있겠지만, 그건, 왜 나를 창조해서 이런 얼굴과 다리와 배를 주셨냐고 신을 탓하는 거나 마찬가지다. 차라리 아빠를 탓하련다. 뭐니 뭐니 해도, 이런 잔인함을 음미하는 취미를 길러준 건 아빠니까 말이다. 그는 사디스트고 나는 마조히스트로 훈련받았다는 점은 다르지만. 애인이 나를 떼어놓고 어딘가에 쑤셔박혀 숨어 있다는 생각만 해도 참을 수 없다. 그가 어디로 달아날 수 있었을까? 죽었다면 나도 알았을 것이다. 달콤한 해방이자 절망이겠지.

그는 나보다 다섯 살 연상이지만, 처음 이 모든 게 시작됐을 때는 아직 어린아이였다. 여름 별장에서 우리는 정부 고관의 얼굴을 퍼즐로 만들어 액자를 걸어둔 방에 있었다. 조각들이 단단히 맞물려 있기는 했지만, 접합 틈이 수백 군데나 되어 남자의 얼굴은 잔뜩 금이 간 것처럼 보였다. 우리는 함께 마룻바닥에 누워―방에 가구도 없었고, 있더라도 하얀 천이 씌워져 있었다―그 거슬리는 그림을 올려다봤다. 간단히 그림을 그리면 될 걸 왜 퍼즐로 한 걸까? 나는 액자 유리를 빼고 그 능글맞은 얼굴을 조각들로 분해해버리고 싶었다. 오른쪽이든 왼쪽이든 아무리 움직여도 남자의 시선은 나를 따라와 꼼짝 못하게 했다. 나는 내 피부에 닿는 소년의 살갗을 느낄 수 있었다. 팔이 서로 닿았고, 나는 그의 호흡에 맞추려고 애썼다. 그가 숨을 내쉴 때까지 참고 있다 쉬고, 다시 들이마실 때까지 기다렸다. 그는 내 손을 잡고 꼭 쥐었는데, 내가 놀라서 숨이 막힐 때까지 힘을 주었다. 그러고선 따라오라고 했다.

그는 복도를 걸어가는 동안 내 손을 꼭 쥐고 있었다. 안뜰을 건너, 조각 공원을 지나, (여름 별장의 아래층 창문 바로 앞에 자란) 잎이 무성하게 우거진 나무 아래까지 내내 그렇게 잡고 갔다. 그는 나무 위로 올라가라고 했는데, 너무 꼭 쥐었던 탓에 손가락이 마비돼서 나무에 오르다 그만 떨어져 나무껍데기에 피부를 살짝 베었다. 그는 낄낄 웃고는 나를 다시 둥치로 밀면서 올라가라고 명령했다. 나는 어찌 어찌 겨우 나뭇가지 위에 올랐다. 새로 생긴 상처가 얼얼했지만 어떻게든 그를 즐겁게 해주고 싶었다. 그도 나뭇가지 위로 올라와 조심스럽게 잎사귀를 헤치고, 들키지 않고 유리창 안으로 방을 들여다볼 수 있게 했다. 처음엔 유리에 비친 나무 그림자밖에 보이지 않았다. 그러다 방 안에서 무언가 하얀 것이 움직이는 게 보였고, 어떤 동물인 줄 알았는데 그게 둘로 갈라졌다. 그제야 벌거벗은 육체가 뒤엉켜 있었음을 깨달았다. 그 물체가 굴러다니면서 대통령의 얼굴이 시야에 나타났다 사라졌다 했다. 여자는 누구인지 알아보지 못했다. 나는 그들이 하는 짓의

맹렬함에 놀라 그 자리에 못 박힌 듯 가만있었다. 대통령의 아들은 나뭇가지 위에서 자기 다리를 내 다리에 갖다 댔다. 뺨에 닿은 그의 숨결이 뜨거웠고, 방 안을 보고 있는 동안 점차 호흡이 가빠졌다.

"나는 아빠가 저러는 거 종종 봐." 그가 귀엣말로 속삭였다. "참 많은 여자들을 괴롭히는 걸 좋아하서. 그리고 아무도 모르는 줄 알지."

아랫배가 묘하게 간지럽고, 초조하게 두근거리고, 목이 마르기 시작했다. 대통령의 아들은 입을 내 목에 갖다 대고 천천히 물기 시작했다. 이빨로 점점 더 세게 물어서 나는 비명을 지르고 말았다. 그러자 그는 한 손을 내 가랑이 사이에 넣고 눈으로는 창문 너머로 움직이는 육체를 쫓으면서, 다른 손의 손톱으로 내 무릎에 난 상처를 헤집었다. 내가 열심히 귀를 종긋 세웠다면, 방 안에 있는 여자가 고통에 신음하는 소리를 들었을 것이다. 나는 소리를 내지 않으려고 노력했다. 나의 회복력이 자랑스러웠고, 나의 아픔을 그가 원한다는 것도 자랑스러웠다. 기분이 좋았다.

지금도 그건 기분이 좋다. 그는 여전히 내 애인이다. 내가 죄책감을 느끼는 이유는 이제는 고통과 쾌락을 짝지어서는 안 된다는 걸 알기 때문이다. 하지만 습관을 고치기에는 이미 늦었다. 그것은 머리와 몸뚱이에 각인되었다. 그에게 저항하려고 해봤지만, 소용이 없었다. 가뭄이 되면 야생동물들은 갈증 때문에 미쳐 본능을 거역하고 바다로 몰려가 해수를 마시고 끔찍하게 죽는다. 동물의 사체가 해안가에 널브러진다. 나도 그를 향한 갈증에 돌아버렸고, 그이 없이는 훨씬 더 미쳐버릴 것이다.

　건물이 밀집된 대통령 특구에 들어서니 파편과 잔해도 밀도가 높아진다. 똑같은 사진의 소름 끼치는 포스터들이 벽이며 유리창이며 심지어 나무 그루터기에까지 덕지덕지 붙어 있다. 관저의 정문으로 이어지는 오르막길의 하늘은 자카란다 꽃으로 뒤덮여 있다. 한껏 순진하고 총명하게 보이려고 여학생의 발랄한 걸음걸이로 경비실을 향해 다가가는 동안, 등 뒤에서는 땀줄기가 흘러내린다. 경비는 초조한 듯 서 있었고, 무전기는 알아들을 수 없는 명령을 와글바글 짖어댄다. 하지만 내 이야기가 먹혔고, 그는 무전으로 주방에 연락해서 주방 보조에게 나를 데리러 정문으로 나오라고 한다. 내가 옆에서 기다리는 동안 그는 이 다리 저 다리로 무게 중심을 옮기고, 초조하게 손목시계를 들여다보고, 내 다리를 힐끗 쳐다본다. 스타킹이 치마 밑과 무릎 뒤에서 흉하게 올이 나간 것 같다. 무전기에서 흘러나오는 남자들이 짧게 외치는 명령 소리만 침묵을 자를 뿐, 우리는 말없이 기다린다.

　조수는 나를 데리고 정문을 지나 잔디밭을 건너 주방 뜰 쪽으로 향하고, 뒷문을 통해 설거지 하수대(세 남자가 나란히 서서 호스로 접시에서 음식물 찌꺼기를 씻어내고 있다)로 간다. 세 남자 중 한 명이 나를 보고 옆에 있는 정년을 쿡 찌르더니, 내가 옆을 지나가니 둘이서 휘파람을 불고 그르렁거리고 난리다. 조수는 면접을 볼 사람을 불러올 동안 여기서 기다리라고 한다. "대단한 건 없어.

그냥 껍질 벗기고 접시 닦는 일이야." 나는 회전문을 통해 주방 안을 엿본다. 안은 김이 자욱하고, 얼굴이 붉게 익은 남자들이 머리에 비닐 모자를 쓰고 하얗게 차려입은 채 바쁘게 왔다 갔다 한다. 깨지고 부딪치는 소리가 꼭 공장의 조립라인 같다. 누군가가 실수했을 때 버럭 소리를 지를 게 아니라면, 아빠가 이리로 돌아오실 일이 없다.

나는 목청을 가다듬고, 싱크대에 쌓인 접시를 닦는 소음 위로 소리친다. "지금 여기 책임 주방장이 누구예요?"

호두처럼 주름진 가장 늙은 남자가 소리 지르며 대꾸한다. "전과 똑같아."

뼛속까지 안도감이 스며든다. 엄마를 위해서뿐만 아니라, 나 자신을 위해서도. 나도 모르게 아빠를 그리워하고 있었다. 나는 여전히 아빠의 조그만 딸이다. 그가 살아남을 줄 진작 알았다.

몹시 지친 듯한 남자가 회전문을 거칠게 열고 나와, 나를 발견하고 지시한다. "오늘 밤부터 시작해. 수습 기간은 일주일이다."

나는 그를 보며 차갑게 말한다. "일자리를 얻으려고 온 게 아니에요. 아빠를 찾아 왔어요."

이 남자도 닮은꼴을 알아차린 게 틀림없다. 내 눈매에서 턱선까지 뚫어지게 훑어보더니 갑자기 겁에 질린 것처럼 뒤로 물러선다. 접시를 닦던 사람들도 무슨 말을 하는지 들으려고 호스를 잠그고 나를 쳐다보며 서 있다. 뜨거운 물 때문에 손이 빨갛다.

"주방장님은 지금 안 계시단다." 남자는 공손히 답한다. "로비에서 기다리고 있으렴. 네가 왔다고 전해드릴게."

그는 관저의 중앙 현관으로 통하는 문을 가리킨다. 현관 계단에는 경비가 바글바글하다. 주방의 네 사람은 정원을 가로질러 계단을 향해 걸어가는 나를 줄곧 응시한다. 나는 한 번에 두 계단씩 뛰었고 다 오르자 숨이 가빴다. 경비가 전혀 신경 쓰지 않는 걸 보니 나를 하인으로 생각한 것 같다. 내가 주방에서 나오는 걸 봤나보다. 나는 문을 열고 카펫이 깔린 조용한 로비로 들어간다. 그리고 어두운 구석에 있는, 시트 위에 가죽이 드문드문 남은 의자에 앉아 다리를 꼰다.

여기 있으면 왼쪽으로는 식당이, 오른쪽으로는 회의실(윤이 나는 크고 긴 나무 테이블과 비싼 의자가 있다)이 보인다. 이곳은 관저의 공적인 영역이고, 공적인 업무를 위한 공간이다. 앞에 있는 나선계단은 위층에 있는 침실과 화장실 그리고 감시를 피해서 안쪽에 지은 서재로 통한다. 층계참 밑에는 잔해를 모아놓은 것 같은 작은 더미가 있다. 접힌 유모차와 쓰레기가 한가득인 플라스틱 바구니다. 청소부가 아직 못 치운 게 틀림없다. 여기에는 누가 살까? 나는 신문을 보지 않았다. 쿠데타를 누가 주도했는지조차 모른다. 대통령의 침대에선 누가 잘까? 그에게 아내가 있을까?

로비는 몹시 조용하다. 식당 건너 주방에서 금속이 갈리는 희미한 소리며 도자기 그릇이 부딪치는 소리, 누군가가 농담하는 소리까지 다 들린다. 호기심이 극심한 배고픔처럼 밀려온다. 이곳에 아무도 없다는 걸 알면서도, 눈길이 닿는 구석구석을 의심의 눈초리로 둘러본다. 그리고 재빨리 일어나, 당연히 거기 있어야 되는 사람처럼 당당하게 계단을 올라간다. 언제라도 길을 잃었다고 말하면 된다. 일하는 첫날이라는 식으로. 지난번 대통령과 아빠의 관계가 어떻게든 무마됐다면 이미 아빠는 상당한 신임을 얻었을 것이고, 그의 딸이 관저 내를 어슬렁거리고 있다 해도 아빠는 알아서 빠져나갈 구멍을 만들 수 있을 것이다. 엄마와 집에 며칠 갇혀 있다보니, 나는 작은 모험도 불사하게 됐다. 나는 항상 권력을 가진 사람들의 세속적인 살림살이(바닥에 팽개친 속옷, 세면기 안의 칫솔, 침대맡 테이블 위의 스포츠 신문)가 보고 싶었다. 나무 위에서 대통령의 아들과 유리창 너머로 보던 행위의 결과인지도 모른다. 그것에 중독되어버렸다.

계단에도 카펫이 깔려 있어 발소리를 삼킨다. 대통령 내외가 외출했을 때 그의 아들이 관저를 한바퀴 구경시켜줘서 침실로 가는 길은 잘 기억하고 있다. 침대에 둘이 누워서 아들은 자기 아버지 흉내를 내며(눈썹을 추켜세우고 입매를 일그러뜨렸다) 나를 깔고 앉아 목을 졸랐다. 나는 숨이 막혀 발로 차냈다 다시 해달라고 사정했다. 그때 베개에는 파운데이션 자국이 있었고, 시트는 침대에서 반쯤 벗겨진 채, 뭔지 알 수 없는, 살짝 기름기가 도는 얼룩이 묻어 있었다.

나는 벽을 짚고 문 개수를 세며 복도를 걸어간다. 오른편으로 세번째 문 앞에 선다. 여기가 대통령의 침실이다. 물론 그는 지금 여기 있을 리가 없다. 아침도 어느 정도 지났으니 공식 석상에 나가 있거나 새 대통령으로서의 업무를 하는 중일 것이다. 문은 살짝 열려 있다. 청소하는 중인가보다. 방은 어둡고 비어 있다. 블라인드가 아직 내려져 있지만, 발코니로 통하는 미닫이문이 열려 있어 바람에 흔들린다. 나는 시험 삼아 문을 밀고 안에 발을 들여놓는다. 침대 위에 포스터가 한 장 떡하니 펼쳐져 있고—난도질당한 시체 중 하나다—화장실 문 옆 바닥에 옷이 떨어져 있다. 갑자기 화장실에서 소리가 난다. 아픈 개가 끙끙거리는 듯한 낮은 신음 소리다. 대통령의 아들은 들키지 않고 화장실을 훔쳐보는 법을 알려주었다. 나는 환기구로 가서 뚜껑을 살며시 들어내고 틈새에 눈을 갖다 댄다.

9. 화가의 아내

　임신 사실을 알기 전부터 정강이, 척추, 쇄골 등 여기저기 뼛골이 자꾸 쑤셔서 이상하다 싶었다. 나중에 임신했다는 말을 듣고 나서는 아기가 자기에게 필요한 재료를 모으고, 나한테서 영양소를 짜내고 양분을 얻기 위해 내 뼈를 깊이 파내느라 아팠던 게 아닌가 의심하기 시작했다. 거기다 나는 이것이 나의 다른 것들도 파내고 있다고 믿었다. 고통스러운 기억, 분노가 남긴 퇴적물, 두려움이 날조한 우회로. 이런 것들을 쭉쭉 빨아들여 자신이 훗날 저지를 실수 때문에 받을 고통에 대비하는 것이다. 그것이 그렇게 쉽게 비참함에서 비껴나 저 혼자만 면피할 수 있을 거라고 주제넘게 생각하는 게 괘씸했다.

　나는 이것이 내 몸에서 나갔으면 좋겠다. 육중한 몸으로 이쪽저쪽 발을 끌며 산책하는 것도 진저리가 난다. 부풀어오른 발목도,

하복부의 검은 얼룩도, 눈 주위 다크서클도, 시도 때도 없는 변의도, 내 자신의 코골이 소리(이놈의 아기가 폐의 어딘가를 눌러 숨을 못 쉬는 바람에)에 놀라 깨는 것도 지겹다. 나는 여전히 조각공원에서 스트레칭을 하려 노력하지만 왠지 우스꽝스러운 일과처럼 느껴져 오늘은 그냥 장미 덤불 주위를 천천히 원을 그리며 걷고 있다. 언뜻 아래를 보니 전에는 보지 못했던 이상한 식물이 하나 있다. 윤기 흐르는 녹색 잎 하나가 암퇘지의 귀처럼 흙 위에 평평하게 펼쳐져 있다. 뽑아 올리니 뿌리는 의외로 가냘프고 얕게 묻혀 있다. 바람이 너무 강해서 나무줄기가 땅 위를 기듯 거의 평평하게 자란다는 북쪽 사막이 생각난다. 나는 항상 그 납작 엎드린 꼴이 보기 싫었다. 그것은 궁극적인 양보로, 더 강한 힘에 순응하느라 말 그대로 퇴행하며 굴복하는 것으로 보였다. 고양이 한마리가 정원의 돌담벽에 자기 몸을 문지른다. 나는 밝은 목소리로 고양이를 가까이 유인하고선 손바닥으로 있는 힘껏 그놈의 옆구리를 때린다. 고양이는 큰 소리로 울고 담 너머로 휙 사라진다. 어머니한테 배운, 아이들의 고전적 수법이다(어머니는 늘 개를 놀리는 쪽을 더 좋아했다).

본의 아니게 자꾸 어머니를 생각하고 있는 나 자신을 발견한다. 아마도 나 자신이 곧 어머니가 될 것이고, 출산과 육아에 관한 한 내가 아는 유일한 모델이 어머니이기 때문일 것이나. 어젯밤 꿈에서는 내가, 흔히 감기에 걸리는 것처럼 어머니의 말더듬기에 걸렸다. 말을 거는 남자들마다 처음엔 나를 동정 어린 눈으로 쳐다보다 나중에는 아예 상대하지 않았다. 아침에 일어났을 때 어머니의 이미지가 지극히 선명하게 머리에 남아 있었다. 어머니는 백사장에서 모래 자동차를 만들어 그 안에 나를 파묻고, 내 머리 위에 자기 얼굴을 바짝 갖다 댔다. 그리고 방금 정원에서 어머니가 밤에 쓰는 향수 냄새가 났다고 맹세라도 할 수 있었는데, 바로 수도꼭지 근처에 동백나무가 우거져 있는 것을 보고 말았다. 어머니는 아버지와 같이 외출하기 전에 내게 잘 자라는 키스를 해주었다. 쪽모이로 세공한 반질반질한 마루 위에 또각또각 하이힐 소리가 났고, 나는 어머니가 방문을 열기도 전에 어머니의 동백 향수 냄새를 맡았다. 나는 어머니에게 가지 말라고 칭얼대면서, 끝나고 집에 돌아오면 꼭 다시 키스해달라고 약속하게 했다. 자고 있더라도 어머니가 내 뺨에 키스하면 아침에 립스틱 자국이 남아 있을 테니까 다 알 수 있다고 했다. 결국 한 번도 립스틱 자국을 본 적은 없었지만, 자다 베개에 문질러버렸거나, 이불에 묻을까봐 어머니가 키스하고 난 후에 지웠다고 스스로 위로하곤 했다.

요즘은 직장으로 복귀하고 싶은 생각이 간절하다. 그 작고 조용한 하찮음, 정직한 피상성, 섬세한 기만술의 세계가 그립다. 하나의 인간을 품고 있다는 부담이, 절박한 모성을 진지하게 강요당하는 게 너무나 싫다. 네모난 상자에 면도 거품을 잔뜩 칠해서 케이크라고 칭하고 싶고, 물 한 잔에다 염료를 타서 와인이라고 부르고, 한 공기 밥 아래 드라이아이스를 한 움큼 넣어놓고 김이 모락모락 난다고 말하고 싶다. 투명 매니큐어를 포도송이에 칠하고,

폴리스티렌을 잘라서 감자 칩을 만들고, 캔에 스프레이를 뿌려 물방울을 맺히게 하고 싶다. 직장에서 나는 어떠한 감정도 드러내지 않는 기술(내 천직으로 딱 어울린다)에 통달했다. 나는 어떤 질문에든 대답하기 전에 한참 뜸을 들이는 버릇을 길렀다. 그래서 같이 일하는 사람들은 내게 존경심을 보였다. 내가 누군지(혹은 우리 집안이 어떤지) 알고 있기 때문이었다. 혈통이 부여하는 특권과 권력에 건전한 존경을 표했던 것이다.

감시인이 호루라기를 불어 방으로 돌아갈 시간을 알린다. 침대에 픽 쓰러져 다리의 붓기를 가라앉히기 위해 침대 기둥에 발을 올려놓으며 한숨 돌린다. 직업 무용수로 활동할 때도 이렇게 끊임없이 심하게 발이 아팠던 적은 없었다. 그때는 엄지발가락 옆에 구슬만 한 건막류가 생겨서 고생하기도 했고, 큰 공연 후에는 발톱에서 진물이 나기도 했다. 나는 더 넓은 공간을 갈구하기 시작했다. 이 방도 작다고는 할 수 없지만, 몸이 점점 불면서 천장이 나를 압박하는 것 같다. 머리 위에 딱딱한 것이 낮게 깔려 있는 느낌이다. 대학 다닐 때 아버지가 사주신, 내가 처음 혼자 살았던 시내의 아파트가 딱 좋다. 도시에서 가장 오래된 건물 중 하나로 주위에 들어서기 시작한 날씬한 고층 빌딩 사이에서도 용케 살아남았다. 제멋대로 뻗어나간 방에는 모두 발코니가 달려 있고, 차양이 달린 천장은 높았다. 나는 현관에 구슬 발을 늘어뜨리고 방 문을 모두 바다색으로 칠했다. 침대맡 테이블과 창턱에는 항상 견과류며 신기한 과일들을 한 바구니씩 놔뒀다. 한 방은 스튜디오로

꾸며 벽을 온통 거울로 도배하고, 한쪽 벽면을 따라 길게 나무 바를 허리 높이에 설치했다. 발코니 문을 열어놓으면 통유리로 된 사무실 건물 한 층이 다 보였다. 형광등이 항상 켜져 있고 계절에 상관없이 에어컨이 돌아가는, 일 년 내내 단조로운 기후를 조성하는 유의 건물이다. 점심시간이면 양복을 입은 남자들이 유리창에 얼굴을 대고, 춤추는 나를 빤히 바라보며 서 있곤 했다. 땀에 흠뻑 젖어 연습을 마친 뒤 달아오른 얼굴로 나는 그들이 거기 있다는 걸 알면서도 정면으로 마주 쳐다보았다. 어떤 이들은 안쓰러워 보였고 어떤 이들은 외설스런 손짓을 했다. 유리창에 대고 자기 전화번호를 크게 쓰는 사람도 더러 있었다.

노크 소리가 나더니 대통령의 부인이 짐짓 명랑하게 외친다. "나 왔어!" 그녀 뒤에서 감시인이 눈알을 굴리며 나를 쳐다보고는 문을 닫아건다. 영부인은 자기 몸을 한번 훑어보고 부스스한 머리를 매만지고 나서 고개를 흔들며 내 쪽으로 걸어온다.

"우리 가엾은 것, 내가 해줄 말이 하나 있단다."

그녀는 침대 옆 의자에 앉더니, 내가 다리를 치울 새도 없이 내 발을 붙잡아 자기 무릎 위에 올려놓고 한 손으로는 발꿈치를 잡고 다른 손으로 내 왼쪽 발목을 빙빙 돌리기 시작한다.

"그래, 남편이랑 잠깐 데이트하니 어떻든?" 비밀 이야기하듯 그녀는 내게 윙크를 날리고 소젖 짜듯 내 발을 주무른다. "난 말이야, 임신했을 때 그…… 섹스하는 게 너무 좋더라구. 특히 첫째 가졌을 때 그랬어." 내가 아무 말이 없자 그녀는 넌지시 도발한다.

"아주 여성스러운 느낌이 나면서도 토실토실 살이 쪄서, 하여간, 탐스러웠거든. 무슨 말인지 알지?"

그녀는 내 오른발을 자기 무릎 위로 추켜들고 손바닥으로 발꿈치를 탁탁 때리기 시작한다. "근데 그 임신선이 점점 흉해져서 말이야. 남편의 관심을 계속 받으려면 노력 좀 해야 할 거야." 그녀는 뼈에서 소리가 날 때까지 발가락을 하나씩 세게 잡아당긴다. 그리고 다섯 손가락을 펼쳐서 내 발가락 사이사이에 집어넣어 잡고는 마구 흔든다.

"말씀드리고 싶은 게 있는데요." 나는 말을 꺼낸다. "석방될 때까지 기다리려고 했는데, 언제가 될지 몰라서요."

그녀는 비밀 이야기를 기대하고 신이 나서 내 쪽으로 바싹 기댄다. 그러는 바람에 내 발이 그녀의 겹쳐진 뱃살을 누른다. 그녀는 입술을 핥으며 재촉한다. "그래, 말해보렴."

"아드님에 관한 일인데요." 여기까지 말하고 일단 멈춘 뒤 곰곰 생각하는 척 창밖을 바라본다. 애가 닳겠지. 나는 일부러 그녀를 괴롭히며 즐긴다. 내 발목을 잡은 손아귀 힘이 세지고 그녀의 눈이 약간 커진다.

"그애는……"

나는 또 말꼬리를 흐리고 손을 내려다보았다 복부의 드레스를 만지작거리며 주름을 편다.

"아드님은 죽었어요. 포도밭에서 시체를 봤어요."

영부인은 쭉 뻗은 내 다리 위로 엎어지듯 쓰러진다. 내 무릎 근

처에 얼굴을 묻고 신음하며 흐느끼다 통곡한다. 그 소리에 감시인
이 무슨 일인가 들여다봤다 슬픔에 못 이겨 몸부림치는 모습을 보
고 얼른 문을 닫는다. 화장품이 눈물 범벅, 침 범벅이 되어 내 옷
과 맨 다리에 묻는데 딱히 몸을 빼낼 타이밍을 못 잡겠다. 마침내
그녀가 고개를 들고, 내 무릎에 팔을 감은 채, 엉망이 된 얼굴로
나를 쳐다본다.

"세상에, 불쌍한 것." 그녀는 울먹이며 말한다. "너도 상을 당한
건데 알지도 못하는구나."

내가 상을 당해? 애국심이 뻗쳐서 저러나? 자기 아들 죽은 게
국상이라는 얘긴가? 나는 그녀의 머리를 어루만지며 대꾸한다.
"아니에요, 당신의 슬픔이 훨씬 커요." 영부인은 안타까워하며 내
다리를 내려놓고 바르게 앉는다.

"이젠 너에게 털어놔야겠구나." 그녀는 코를 훌쩍인다. 마스카라
가 번져서 팬더 같다. 그녀는 내 발을 다시 쥐고 초조하게 발가락을
잡아당긴다. "그애는……" 그녀는 무너지며 또 울기 시작한다.

퍼뜩 경계심이 인다. 잘 먹인 가축을 도살하기 위해 울타리로
몰아넣는 느낌이다.

"그애는 네 배다른 동생이야. 너도 남동생을 잃은 거란다." 그
녀는 큰 소리로 울부짖으며 머리칼을 쥐어뜯는다.

"하지만 각하는……?" 나는 의구심을 떨치지 못하고 중얼거린
다. 그녀는 눈물을 흘리면서도 나를 면밀히 관찰한다.

"대통령이 네 아버지야." 그녀가 쉰 목소리로 속삭인다. "우리

212

는 네가 모르는 게 가장 좋은 길이라고 생각했단다. 난 네 어머니한테 절대로 네게 얘기하지 않겠다고 약속했어."

속이 오그라들고 숨이 꽉 막힌다. 영원히 지속될 것 같던 고통이 다음 순간 갑자기 사라진다. 그녀는 내 배를 만진다. 내 몸에 손대지 마. 그 역겨운 손가락이 내게 닿는 걸 참을 수 없다. 나는 그녀의 손을 거칠게 잡아떼고 다리를 놓으라고 발로 찬다. 일어나려고 하는데 또다시 눈앞이 하얘지면서 온몸이 마비되고 아파 죽을 것만 같다. 나는 바닥에 웅크리고 앉아 손톱으로 무릎을 꾹 누르면서 고통이 지나가길 기다린다. 그러는 동안 영부인이 다가와 옆에 쭈그리고 앉아 내 머리칼을 쓰다듬는다.

"시작된 모양이구나. 아기가 나오려고."

아픔이 가시자마자 나는 벌떡 일어나 문으로 달려가서 감시인한테 문 열라고 소리를 지르며 주먹으로 쾅쾅 두드린다. 감시인이 문을 여는데 갑자기 빨간 액체가 왈칵 쏟아져 나와 순식간에 나는 맨발로 피웅덩이 속에 서 있게 됐다. 그는 내 발밑과 흠뻑 젖은 옷을 보고선 겁에 질려 고개를 돌린다. 대통령의 아내는 절뚝이면서 내게 다가와 감시인에게 소리친다. "누굴 좀 데려와! 아기가 나오려고 하잖아!" 그는 기꺼이 여길 벗어나 복도를 뛰어 내려간다. 나는 내심 딱딱한 문지방에 그녀가 부드러운 머리를 찧어버리길 바라며 문기둥 쪽으로 확 그녀를 밀친다. 하필 그때 또 진통이 온다. 나는 본능적으로 통증을 줄여보려고 쪼그려 앉아 눈을 꼭 감고 주먹을 쥔다. 정신을 차리고 보니 그 여자는 아직도 내 옆에 있다. 그 여자 얼굴만 봐도 욕지기가 난다. 나는 뱃속에 든 것을, 내 몸뚱이를 다 들어내서 바닥에 토해버리고, 고구마순 껍질 벗기듯 내 피부를 다 벗겨버리고 싶다. 그러면 내 존재는 온갖 것들이 다 통과해 지나가는 얇은 피륙 한 장밖에 안 남겠지.

젠장, 어머니, 당신이 이겼어요. 내가 당신을 과소평가했군요. 당신은 기만을 즐겼고, 내가 그 취향을 물려받은 거로군요. 어떻게 한 거예요? 어디서 그랬어요? 해안가 모래언덕에서? 오밤중에 저수지 옆에서? 송전선 아래에서 담요 한 장 깔고? 아니면 인적 없는 길가에서 그 남자 차의 따뜻한 보닛 위에 등을 대고 누워서? 그 남자한테, 어디가 좋아요, 여기요, 속삭일 때도 말을 더듬었나요? 그것은 사랑이 아니다. 그 남자는 사랑을 할 능력이 없다는 걸 내가 안다. 그 남자가 젊었을 때는 손 모양이 달랐을까? 손가락이 더 민첩하고 집요했을까? 참 가관이었겠네요, 딴 남자의 악취를 풍기며 아버지 옆에 비스듬히 기대다니. 당신 딸이라고 확인시키기 위해서, 나에 대한 책임감과 소유감을 들게 하기 위해 아버지의 손길에 몸을 맡겨야 했을 때는 정숙하게 입을 꾹 다물었나요? 아버지가 항상 스탠드 불빛 아래서 내 얼굴을 꼼꼼히 살핀 것도 당연했다. 그는 흉터 하나 없는 내 피부에 감탄한 게 아니었다. 의심 많은 개처럼 램프 주위를 킁킁 냄새 맡고 다니면서, 어느 게 자기 정자이고 어느 게 딴 사람 것인지, 나를 자기 영토로 간주해도 될지 어떨지 알아내려고 애썼던 것이다. 아버지는 항상 내 얼굴에 만족하며 기뻐했다. 지나치게 큰 귀나 외국인처럼 높은 광대

뼈는 보이지도 않았나? 아버지 본인의 얼굴을 너무 오래전에 다쳐서 원래 자기 얼굴의 지엽적 특징을 기억하지 못했고, 이런 몇 가지 사소한 불일치를 납득하기 위해서 항상 오래전에 돌아가신 조상들 사진까지 끄집어내야 했던 것이다.

나는 조각 공원으로 달려간다. 허벅지가 미끈거리며 스치고, 젖은 옷이 다리에 감긴다. 그 여자가 따라와서 내 어깨를 잡아당겨 세우려고 한다. 손을 탁 쳐내는데 또 진통이 찾아오고 나는 몸을 접는다. 끔찍한 기다림, 극심한 고통, 시간관념이 사라진다. 고통이 가시고 보니─시간이 얼마나 지난 거지?─그녀가 옷 위로 내 척추를 주무르며 등을 문지르고 있다. 나는 그녀의 옆구리를 걷어차고 다시 달린다. 땅만 보고 달리면서 뭔가를 찾는다. 다음 진통이 다시 오기 전에 무거운 발걸음을 조금이라도 더 많이 내딛으려고 애쓴다.

밤중에, 소금기 어린 바람을 맞으며, 우리는 테라스에 있었다. 옥수수속. 떨어진 포크. 우리는 관저 옆 어두운 숲 속에 있었다. 빨래통에서 슬쩍한 모노그램*이 수놓인 수건. 근처 나무 뒤에 숨어 지켜보는 사람. 필사적인 전력 질주. 베개 밑에 사진이 한 장 있었다. 나를 자극하려고, 그의 권력을 이용하려고, 우리의 욕망에 불붙이려고. 나를 내려다보는 소시지처럼 얼룩덜룩한 얼굴, 주름, 변색, 헐떡임. 대통령의 처진 배와 흰 다리. 노인네의 손. 복종

---

* 이름의 첫 글자를 토대로 디자인한 도안.

의 불쾌한 뒷맛. 두려운 지배력.

앞쪽 잔디밭에 전지용 가위가 있다. 통증 때문에 고꾸라지기 전에 닿을 수만 있다면. 하지만 다시 진통이, 단단한 벽 같은 그것이 엄습한다. 나는 두 손으로 흙을 움켜쥐고 쪼그려 앉는다. 눈을 뜨니 그녀가 또 내 옆에 있다. 이젠 남자들도 있다. 내가 가위를 쳐다보는 걸 눈치 채고 서둘러 치운다. 남편까지 나를 향해 달려온다. 저 바보 같은 새끼가! 감시인이 그를 저지하고 그는 소리를 지른다. 이 고통이 어떤 건지 아는 것처럼. 나는 어딘가로 끌려가서 이것을 낳아야 할 것이다. 아니, 다른 방법도 있다. 그대로 참으면서 힘을 줘야 할 때 밀어내지 않음으로써, 산소 부족으로 숨통이 끊어지게 하고, 그 더럽고 보드라운 두개골을 내 속에 넣고 있으면 된다. 감시인 두 명이 내 겨드랑이 밑에 팔짱을 끼고, 대통령의 아내는 내 다리를 들려고 한다. 나는 그녀를 걷어차지만 턱 끝에 겨우 닿았을 뿐이다. 그녀는 얼굴을 감싸 쥐고 뒤로 물러난다. 다시 진통을 하여 정신을 잃기 전에, 나는 그녀의 찢어진 턱에서 거무스름한 피가 흐르는 것을 흘낏 본다.

나는 알았어야 했다. 그는 메스꺼운 늙은 남자였다. 메스꺼운 늙은 남자들은 젊은 여자만 좋아하는 게 아니다. 전혀 그런 게 아니었다. 그들은 뭔가 조금 색다른 것, 기이한 것, 자신들의 타락의 정점에 선 처녀성을 좋아한다. 저 멀리서 남자가 외치는 소리가 들리고, 여자가 울부짖는 소리가 희미하게 멀리 멀리 사라진다. 어마어마한 무게가 머리와 눈을 짓누르고, 그 중압감과 함께 꺼져간다.

3부

1. 이발사

나는 또다시 호출됐다. 이번에는 언덕 위에 있는 시내 관저로. 그는 뭔가 새로운 걸 시도해보고 싶어한다. 비누칠과 면도. 그의 목에 칼 대는 것을 허락할 정도로 나를 믿는 모양이다. 나는 과산화수소에 면도날을 담갔다 두 날을 맞부딪쳐 날카롭게 간다. 새 면도용 비누를 꺼내 포장지를 벗기고, 헝클어진 면도용 브러시 끝을 다듬는다. 증류한 알코올(수염을 깎고 나서 예민한 뺨과 목에 살짝 두드린다)에 카모마일 오일을 세 방울 떨어뜨린다. 조수는 옆에서 수선을 피우며 깨끗한 수건과 비닐 시트를 챙긴다. 오늘따라 유난히 들러붙어서 언제 돌아오는지, 저녁을 차려놓을지 질문을 퍼붓는다. 대답하지는 않지만 상냥하게 대한다. 내가 체포된 후, 약탈자들을 피해 뒷방에 숨어 있어야 했던 다음부터 이애는 전 같지 않다. 강도들이 뒷방까지 밀고 들어와 내 방에 올라오지 않아서 정말 다행이다. 나는 더이상 무질서를 감당할 수 없다. 나가기 직전에 족집게를 성냥불로 소독한다. 귀털이나 코털을 뽑아달라고 할 때에 대비해서이다.

특구는 조용하다. 하루 중 이 시간대는 열기 때문에 이동이 불편하고 사람들이 창문을 닫는다. 이맘때 계곡에서 불어오는 뜨거운 바람보다 아침에 부엌과 어두운 침실을 환기시킨 공기가 더 시원하기 때문이다. 더운 공기를 집 안에 들이기 싫은 것이다. 무더운 바람 때문에 짜증이 나고 목이 마르다. 덕분에 등과 이마에 흐르는 땀이 빨리 증발하기는 하지만, 그리 도움이 되지는 않는다. 망막의 습기와 목구멍의 침마저 마르기 시작한다. 해안가 쪽으로 돌아서 가는데 바닷바람이 오히려 상태를 악화시킨다. 모래가 아물지 않은 상처에 파고 들어, 나는 소금에 절여 숙성시키기 위해 매달아놓은 고깃덩이가 된 느낌이다. 오직 죄책감 하나로 이 고통을 기꺼이 버틴다. 이 뜨거운 불쾌감 속에서 고통이 나의 죄를 끌어안을 수 있기라도 하듯. 형이 나의 고통을 지켜봐주었으면 한다. 형이 따가운 내 눈과 타는 목구멍을 가까이서 관찰했으면 좋겠다. 형은 내 곁을 떠나지 않고 맴돈다. 나는 형의 경멸을 내 맥박처럼 선명하게 느끼고, 형의 분노를 내 숨결처럼 가까이서 감지하고, 형의 슬픔을 내 배고픔처럼 알고 있다. 형의 존재가 그림자처럼 내게 붙어 있는 게 아니다. 형은 내 안에 살면서 내 눈을 통해 보고 내 손을 통해 느낀다. 물론 망상이라는 걸 안다. 밀려드는 죄의식에 허우적거리며 내 머리가 기꺼이 만들어낸 환각이다. 하지만 형이 내 머릿속에 있을 때는 귀 안쪽 깊숙한 데서 내게 무언가를 속삭이고, 그 속삭임은 관을 타고 내 귓불 바깥으로 빠져나와 옆 사람한테까지 들린다. 자꾸자꾸 형이 중얼거린다. 내가 자기를 실망시켰다고. 그 말이 사실이기 때문에 나는 미쳐버릴 것같다.

나는 대통령을 죽일 생각으로 도시에 왔다. 대통령의 몸에 직접 손을 댈 수 있는 방법을 찾았다. 매일 직업적으로 그를 만지며, 피리 소리로 뱀에게 최면을 걸 듯 손가락으로 그를 주물러 안심시키고, 내 손재주로 그의 경비 시스템의 중심부에 침입해서 그가 겁내지 않는 서비스를 제공했다. 없어서는 안 될 수작업이자 위안을 주는 일. 나는 그 방법을 찾아냈고, 그에게 손을 댔고, 매일 얇은 면도날을 그의 목젖에 갖다 대면서도 그어버릴 결심을 하지 못했다(아니, 결심은 금방 내렸는지도 모른다. 내가 찾지 못한 것은 용기였다). 나는 너무 겁이 났어, 형. 그 결과가 무서워서 형의 죽음을 되갚지 못했어. 난 엉망이 된 형 얼굴도 자세히 못 봤는걸. 대통령이 누군가를 시켜서 형의 얼굴을 난도질한 그 고통의 정확한 본질을, 형의 죽음의 괴기한 모습을 쳐다보지 못했어. 어제 가게 유리창에 그걸 확대해서 붙여놓은 건 알고 있었어. 하지만 아마 별 차이는 없었겠지. 나는 겁쟁이고, 복수보다는 살고 싶은 욕구가 더 컸던 거야.

대통령의 일을 끝마칠 때마다, 가게의 내 작은 방에 돌아와서 내일은 꼭 그를 죽이리라 맹세했다. 그리고 맹렬하게 씻었다. 벨트를 말아 넣고, 모자를 개고, 버튼을 닦고, 색조에 따라(칠흑처럼 검은색에서 밤색, 황갈색, 그리고 옅은 금발까지) 사람들의 머리카락이 든 병 위에 또 병을 올리고, 그렇게 내 자신을 정화하고 정제했다. 내가 원래 이랬던 건 아냐, 형. 형이 없어지기 전에는, 피가 날 때까지 미친 듯이 온몸을 문질러 씻어내고 싶은 욕구를 느낀 적이 없었어. 관저에서 매번 대통령을 죽이지 못하고 돌아올 때마다 그랬어. 그녀는 내가 형을 싫어해서 대통령을 위해서 일했다고 생각해. 스펀지가 물을 흡수하듯 어머니의 사랑을 형이 독차지하는 바람에 내가 형을 싫어하는 줄 알아. 그리고 대통령이 형에게 한 짓이 고마워서 내가 그의 머리를 깎고 면도를 해줬다고 생각해. 하지만, 어머니가 형만 좋아한다고 해서 형을 미워하다니, 그게 말이 돼? 형은 나한테도 신이었어. 인간은 신을 질투할 수 없어. 그리고 그녀가 있지. 형의 첫사랑이자 단 하나뿐인 연인. 이제는 그녀의 몸이 내 몸 위에 겹쳐 있고, 그녀의 머리카락이 내 입 안에 들어오고, 그녀의 다리가 나를 더 가까이 당기려고 내 등에 휘감기지. 나도 내 죄를 인정해. 나도 알아. 하지만 내 말 좀 들어봐. 형이 사랑했던 방식으로 나도 그녀를 사랑해. 그녀는 내 인생에서 유일하게 더럽혀지지 않은 존재야. 내가 형을 대신할 수 있다는 생각은 꿈에도 하지 않아. 그녀가 눈을 감고 내 위에 누워서 상상하는 게 형이 아닐까 의심하면서, 나는 영원히 그 짐을 안고 살아야 할 거야. 하지만 그게 내 평생 살아오면서 유일하게 좋았던 순간이야. 용서해줘, 형. 하지만 그녀를 포기할 순 없어. 이제 나를 좀 혼자 내버려둬. 더이상 형을 위해 해줄 일이 없어. 속죄할 방법이 없다구. 그러니 여기, 관저 정문 앞에서 떠나줘. 다시는 나한테 오지 마. 이렇게 빌게.

경비에게 방문 목적을 말하니, 누군가에게 무전기로 연락하고, 허가를 받고, 정문을 연다. 의사가 왕진하듯 이발 기구가 든 검은 가방을 들고 중앙 현관으로 가는 오르막길을 걷는다. 관저의 정원은 하나도 변하지 않았다. 키 작은 꽃밭과 가지치기한 과실수와 구획을 나누는 나무들, 전과 똑같다. 당연하다. 무엇을 기대했던 걸까? 관저 중앙의 문에 있는 다른 경비가 내 가방을 의심스럽게 조사한다. 면도기를 집어서 그 목적을 예언하는 것처럼 높이 쳐들고 햇빛에 비춰본다. 누군가한테 무전을 취하더니 통과시키라는 명령을 듣고서 마지못해 육중한 문을 열어준다. 어둑하고 시원한 로비에 들어오니 눈이 진정된다. 계단을 올라 2층으로 간다. 여기까지 힘겹게 오느라 단내가 나지는 않는지 숨을 들이켜 냄새를 맡고, 재빨리 이마의 땀을 머리카락 쪽으로 닦아내 숨긴다. 경호원이 침실 문 앞에 나를 기다리고 서 있다 문을 열어주고, 나를 따라 방 안으로 들어온다. 나는 침대, 그들의 침대 쪽은 보지 않으려 한다. 침대는 눈에 보이지 않지만 왼편에 있음을 알고 있다. 하지만 화장실로 가면서 동공이 자꾸 그쪽으로 끌리는 걸 참지 못하고 고개를 돌려 바라보고 만다. 그녀는 어느 쪽에서 잘까, 그는 그녀가 잠자리에 들 때까지 기다렸다 일을 진행할까, 아니면 아침 안개 속에서 구조를 요청할까? 마지막으로 하인이 시트와 베갯잇을 간게 언제일까? 그녀는 지금 그를 거부할까? 그녀에게 선택권이 있을까?

두목은 화장실에서 나를 기다리고 있다. 이번에는, 내가 대통령의 이발과 면도를 맨 처음 맡았을 때 관저로 특별 주문한 의자에 앉아 있다. 그 의자에 앉으면 그의 머리가 내 가슴께쯤 올라와서, 그가 머리받이에 대고 몸을 편하게 뒤로 젖히면 목이 노출되어 꼼꼼히 면도하기에 딱 적당한 각도가 된다. 오늘 그는 묘하게 흥분되어 있다. 선물을 기다리며 초조해하는 어린 소년 같다. 대낮인데 그는 욕의(앞섶에 하얗게 말라붙은 치약이 희미하게 보인다) 차림에 맨발이다. 그는 내게 인사를 하는 둥 마는 둥 경호원에게 나가서 기다리라고 손짓한다. 가슴에 비누 거품이 떨어지지 않도록 비닐 시트를 건네주자 욕심 사납게 걸친다. 세면대 옆에 면도 기구들을 내려놓기도 전에, 그는 눈을 감고 뒤로 누워 기대하듯 깊은 숨을 내쉰다. 나는 그의 얼굴과 목을 주의 깊게 들여다본다. 그루터기는 파랗고 몇 가닥은 동그랗게 구부러져 다시 피부 밑으로 파고들어 빨갛다. 턱수염 아래 작고 하얀 상처들이 나 있다. 혼자 면도하다 베인 상처들이다. 남자라면 모두 면도기로 자기 목을 벨 때의 공포감을 안다. 상처가 아무리 작고 피가 거의 안 난다고 해도 말이다. 지난번에 놓쳤던 몇 가지가 보인다. 귀의 달팽이관 안쪽에 노란 귀지가 숨어 있고, 한쪽 콧구멍에 억센 회색 털이 삐죽 튀어나왔고, 뺨에 난 사마귀가 면도할 때 하도 베여서 호전적인 돌연변이가 되어버렸다. 나는 브러시를 적셔서 거품이 잔뜩 날 때까지 비누에 대고 간결한 원을 그리며 문지르고, 같은 손동작으로 그의 피부에 브러시를 갖다 대고 원을 그린다. 뺨과 턱과 목이 완전히 덮일 때까지 풍부한 거품을 내서 비누칠을 한다.

방문이 열리고 여자의 샌들이 바닥에 부딪쳐 딸각거리는 소리가 들린다. 그녀의 샌들이다. 그녀의 치마가 무릎에 스치는 소리다. 내가 문 쪽을 돌아보기도 전에 그녀는 화장실 안에 들어왔고, 경호원이 낮게 인사를 중얼거리고는 돌아선다. 그녀는 작은 새처럼 맑고 슬픈 눈으로 날 쳐다본다.

두목은 눈도 뜨지 않고 그녀를 알아차린 듯 느릿하게 팔을 들어 보이고는 말한다. "우린 지금 좀 바쁘거든, 자기. 꼭 지금 해야 해?"

그녀는 자기 발을 보고 있다 세면대 밑 찬장 쪽으로 재빨리 걸어가서 무릎을 꿇고 안을 들여다본다. "잊은 게 있어서." 그녀는 유리병과 약병과 상자를 뒤지며 말한다. "금방 나갈 거야."

나는 섬세하고 확고한 그녀의 손놀림을 바라본다. 그리고 알아차린다. 그녀의 왼팔 안쪽에 새로운 상처가 여섯 개 나 있다. 금방 생겨 살갗이 벗겨지고, 오른팔에 있는 흉터와 완벽히 똑같은 모양으로, 토할 것 같은 고통의 좌우대칭이다. 동그랗게 피부가 일어나 물집이 잡혀 있다. 그 안에 젖은 딱지가 벗겨지면서 맑은 진물이 흐른다. 그녀는 상처를 싸매지도 않았다. 붕대를 감지도, 처치하지도 않은 채 곪게 놔두었다. 그녀는 돌연 날 쳐다보더니 찬장 문을 닫고 빈손으로 나간다. 방에서 서랍을 여는 소리가 난다. 두목은 여전히 눈을 감고 있다.

다음 순간, 나는 세면대 옆에서 면도날을 집어 들고 그의 목을 말랑한 과일처럼 그어버리고는 식도에 닿을 때까지 칼날을 찌른다. 피는 생각했던 것보다 느리게 하얀 비누 거품에 스며든다. 그의 머리는 앞으로 푹 떨어져 코가 흉골에 닿는다. 입술은 쇄골에 눌린다. 비누 거품은 이제 분홍색이다.

나는 조심스럽게 나의 기구를 챙긴다. 가방 안 제자리에 하나씩 정확히 집어넣고, 샤워기를 틀고, 화장실을 나와 조용히 문을 닫는다.

"샤워하십니다." 내 말에 경호원은 고개를 끄덕이고 지루한 듯 발코니로 느릭느릭 나간다. 나는 천천히 그녀에게, 그녀가 앉아 있는 침대 가장자리로 걸어가서, 그녀의 왼팔을 들어 안쪽을 보이게 하고, 축축한 상처마다 부드럽게 키스한다. 그리고 그녀의 손을 잡고 조용히 방 밖으로 데려나간다. 나는 절대 확신한다. 그들은, 이런 남자들은 다 똑같다. 가장 좋은 방법은 싹부터 잘라버리는 것이다.

2. 화가

아내가 우리 아기를 낳느라 고생하고 있는데 나는 방 안에 들어가지도 못했다. 감시인은 내게 문밖에서 기다리라고 했다. 하지만 문틈으로 새어나오는, 아기와 함께 분투하는 아내의 고통스러운 비명에 나는 차라리 내 귀를 머리에서 뜯어내고 내 배를 갈라 열어 보이고 싶었다. 그렇게 해서 그녀의 고통을 줄일 수만 있다면 말이다. 대통령의 아내는 산파 노릇을 하라고 들여보내졌다. 아내가 진통에 몸부림치다 그녀를 발로 차는 바람에 턱이 찢어져 냅킨으로 감쌌다. 그녀는 우울한 얼굴로 내 옆을 지나갔다. 맨 처음 그녀가 나를 봤을 때는 두 눈에 탐욕만이 가득했다. 그녀가 나를 만지게 하고, 서로 맨살을 대고 부대꼈다는 생각에 나는 토할 것만 같다. 출산은 만 하루하고도 밤까지 반나절이 더 걸렸다. 감시인은 나보고 들어가서 잠을 자라고 하지만, 아내가 이렇게 가까이서 아픈 짐승처럼 울부짖는데 내가 어떻게 잘 수 있겠는가. 비명이 사그라질 때마다 내가 이런 짓을 정말 그녀에게 했나 자책했다. 딱 한 번, 의사의 요청으로 영부인이 문을 열고 감시인한테서 뜨거운 물을 받아들 때 잠깐 아내를 봤다. 아내는 뱃속에 든 우리 아기 자세를 흉내 내면서, 침대 위에 동그랗게 몸을 말고 누워 있었다. 무릎을 배까지 끌어올리고, 눈을 꼭 감고, 내가 본 적도 없는 냉정한 결단력으로 입을 꾹 다물고 있었다. 의사는 그녀의 다리를 펴고 발을 침대 틀에 닿게 하려고 노력했지만, 아내는 더욱 단단히 다리를 모으고 꽉 붙잡았다. 그제야 아기가 걱정되기 시작했다. 그때까지 나는 오로지 아내만 생각했고, 결과야 어찌 됐든 아내의 진통이 끝나기만을 간절히 원했다. 하지만 의사의 당황하는 표정을 보고 나서 내 아이에 대한 두려움이 둔중하게 뱃속에 쿵 내려앉았다.

밤은 느리게 다가왔다. 해질 녘의 아름다움은 차라리 모욕적이었다. 장미 덤불이 햇빛에 반짝이고 조각상의 그림자가 짧아지는 것이 보였다. 나는 아내가 풀밭에 등을 대고 누워 다리를 공중에 들어 올리고 스트레칭하는 모습을 보았다. 그녀를 향한 사랑에 북받쳐 나는 온갖 것을 스스로에게 맹세한다. 그녀가 지금 살 수만 있다면 다시는 이런 짓들은 하지 않겠습니다. 아내가 이 고통을 참아낼 수만 있다면 그녀를 위해 매일 이런 일들을 하겠습니다. 빛이 사라지고 조각상이 칠흑 속에서 위협적으로 다가올 무렵이 되자, 아내가 살아남기만 한다면 심지어 내 첫 아이를 누구든 달라는 사람한테 주겠다고 맹세하는 바람에 부끄러워졌다. 아내가 아이를 낳을 때는 자신이 남자라는 게 걷잡을 수 없는 절망으로 느껴진다. 내가 이렇게까지 바짝 엎드려 비굴하게 굴지 몰랐다. 나는 내 안의 악마와 거래를 해서 내 육신이라도 주겠다는 초자연적인 일까지 약속했다. 그때 아기가 울었다. 하도 혈기왕성하게 울어대서 달에까지 들릴 것 같았다. 그런 격통을 막 빠져나온 아기의 폐가 이토록 큰 소리로 생의 첫걸음을 내딛는다는 것을, 실제로 듣지 않았다면 절대로 믿지 않았을 것이다.

대통령의 아내가 문을 빼꼼 열더니 말해줬다. "사내아일세. 산모도 건강해. 좀 지쳤을 뿐이지. 이제 가서 자게. 내일 아침까지는 못 볼 테니까."

나는 감시인을 꽉 껴안았고, 그는 어색하게 나한테서 몸을 빼내고 서 있는 위치를 옮겼다. 나는 장미 정원으로 달려가 신이 나서 풀밭을 뒹굴고, 조각상 꼭대기에 올라가서 어둠 속으로 뛰어내렸다. 경비가 나를 끌어내서 방으로 돌아가라고 명령할 때까지 울고 웃었다. 등은 이슬에 젖었고, 손은 장미 가시에 찔려 피가 났고, 착지할 때 삐끗했는지 발목이 시큰거렸고, 콩팥마저도 낯익은 경고를 울렸다. 그러나 다음 날 아침 일어날 때까지 나는 하나도 아픈 줄 몰랐다. 아침에 보니 베개에 피가 스며 있고, 발목은 퉁퉁 부어 묵직했으며, 콩팥 쪽이 뻐근했다. 그러고 나서 내가 아빠가 되었다는 것을, 내게 갓 태어난 조그만 사내아이가 있다는 걸 기억해냈다. 그런 귀중하고 값진 생각을 혀 밑에 사탕을 넣고 빨아

먹듯 음미하고 있자니 기뻐서 미칠 것 같았다.

　오늘 아침에는 방을 나서기 전에 의식을 치르듯 씻었다. 아내를 향한 개인적인 헌사이다. 나의 지난 죄를 모두 씻어내고 싶어서 욕조에 오랫동안―모공이 열려서 모든 먼지와 때가 싹 빠져나갈 때까지―몸을 담갔다. 버릴 때 보니 물이 새카맸다. 머리를 빗고, 손톱을 깎고, 면도를 하고, 마지막 남은 깨끗한 셔츠를 입었다. 장미 정원을 내려다보며 복도를 걸어가는데, 어젯밤 내가 조각상에서 뛰어내리는 바람에 망가뜨린 장미 넝쿨과 등으로 깔고 뭉갠 풀이 보였다. 나는 느릿느릿 계단을 내려가며, 태양이 벽 위에 그리는 철제 난간의 그림자에 감탄했다. 복도를 따라 그녀의 방문에 다다랐다. 감시인들이 바깥에 서 있었고, 내가 다가가자 뻣뻣하게 굳었다. 그들 중 한 사람이 지금 아내 방에서 면회가 허락되지 않으니, 내가 두목의 초상화를 그리던 방에 가서 기다리라고 했다. 그러면 거기로 아내와 아기를 데려오겠다고.

　나는 한 시간도 넘게 이 방에서 기다리고 있다. 내가 대통령과 같이 앉아 있었던 소파는 벽 한쪽으로 치워져 있고, 의자 몇 개가 그 주위에 반원형으로 놓여 있다. 아내와 아기를 만나는데 내가 왜 여기서 기다려야 하는지 이해가 안 간다. 아내가 저 계단을 올라오려면 다리 사이가 분명 아플 텐데 하는 생각만으로도 몸서리가 쳐진다. 아내는 분명 약해졌고 아플 테니 쉬어야 한다. 이 방은 통풍이 잘 안 된다. 낮 동안 뜨거워지는 바깥 공기를 차단하기 위해 유리창을 닫아놨다. 나는 커튼을 젖히고 걸쇠를 풀고 유리창을 밀어 올린다. 하지만 오늘은 바람 한 점 불지 않아 시원한 공기를 기대하긴 글렀다. 공기는 그대로 완강히 유리창 밖에만 머물고 움직이려 하질 않는다. 계곡은 열기 속에 흐릿하게 가물거린다.

　사람들 소리가 들려 문 앞에 가서 초조하게 기다린다. 감시인 세 명이 대통령을 데리고 복도를 따라 내려와 내 쪽으로 온다. 그는 앞쪽으로 손을 묶인 채 고개를 푹 숙이고 있어 아래턱 살이 늑대처럼 축 늘어져 있다. 방 안으로 질질 끌려올 때도, 벽에 붙은 소파에 앉혀질 때도 나를 쳐다보지 않는다. 감시인들도 내게 전혀 신경 쓰지 않고 질문을 해도 대답하지 않는다. 나는 자기 꼬리를 쫓는 개처럼 현기증이 나려고 한다. 그래서 다시 창 쪽으로 가서 숨을 깊이 들이마시고 심장박동을 늦춰보려고 한다. 다시 공포가 내 창자를 꽉 움켜쥔다. 어젯밤의 절망으로 이미 상처 입을 대로 입었다. 하지만 새로운 공포는 가차 없다. 뭔가 지독히 잘못되어 간다. 여기 내 눈앞에 경기장이 마련되고, 뭔가 소름 끼치는 것을 강제로 목격할 것임을 나는 안다. 아기와 관계된 것임이 확실하다. 감시인 중 한 명이 소파 옆에 서고, 다른 한 명은 그를 마주 보는 자리에 풀썩 앉고, 나머지 한 명은 방을 나간다. 목소리가 더 들린다. 등허리에 땀이 고이고, 맥박이 빨라지고, 손과 팔의 혈관이 튀어나온다.

　대통령의 아내가 방으로 이끌려 들어온다. 그녀는 남편을 보자마자 감시인을 밀치고 비틀비틀 대통령에게로 걸어와 그의 머리와 얼굴에 키스하고, 자기 얼굴을 그의 무릎에 묻고 흐느낀다. 그는 움직이지 않는다. 그녀를 쳐다보지도 않는다. 감시인이 그녀를 떼어내서 대통령과 마주 보는 의자 중 하나에 앉힌다. 그녀는 울면서도 남편에게 키스를 보내고 사랑을 표시한다. 그러나 그는 눈을 들지도 않는다.

세번째 감시인이 문을 닫고 목청을 가다듬는다. "두목도 오늘 이 자리에 참석하고 싶어하셨습니다." 그는 대통령을 힐끗 쳐다본다. "그러나 시내에서 할 일이 너무 많으신 것 같습니다."

감시인은 잠깐 말을 멈춘다. 어쩐지 불편해 보인다. 겨드랑이 밑의 땀자국이 셔츠 위로 퍼져가는 것이 보인다. 그다음에 그가 문을 연다. 아내가 우리 아기를 품에 안고 서 있다. 아이는 벌거벗었고, 아내도 거의 아무것도 안 입었다. 잠옷이 아침 햇살에 투명하게 다 비쳐 보이고, 가슴받이 위로 젖꼭지가 훤히 보인다. 아내한테 달려가려는데 감시인이 막아서며 붙잡는다. 아내는 불안정한 발걸음으로 들어오고 아기는 배가 고픈지 쥐어짜내듯 울기 시작한다.

나는 실랑이를 멈추고 아내가 천천히 대통령한테 걸어가는 걸 본다. 그녀의 얼굴은 핼쑥하고, 눈은 나를 찾지 않는다. 그녀는 대통령에게 다가가 그 앞에 무릎을 꿇는다. 무릎 뼈가 단단한 마룻바닥에 부딪친다. 그리고 아기를 그의 무릎에 내려놓는다. 나는 처음으로 아기의 얼굴을 본다. 이마가 너무 넓고, 눈은 너무 안쪽으로 몰려 있다.

"당신 아들이야." 아내는 대통령에게 말하고, 그의 늘어진 얼굴
에 침을 뱉는다.

3. 요리사

  어찌 됐든 나는 그에게 말했다. 그녀가 자기 방 화장실에서 나
와 하게 해준 다음에도 말이다. 덤불에 숨어서, 혐오스러운 표정
으로 교활한 욕망을 드러내며, 그녀와 이발사가 무슨 짓을 했는
지, 그의 냄새를 풍기며 집으로 돌아와 그들의 침대보를 그의 악
취로 오염시킬 거라고, 그녀의 남편에게 말했다. 두목은 전혀 모
르고 있었다. 어떻게 그가 그런 걸 놓칠 수 있었는지 나도 알 수
없는 노릇이다. 아마 오랜 세월 바람을 피워온 탓에 내 코가 더 예
민한 건지도 모르겠다. 여자한테서 다른 남자의 냄새가 나면 나는
바로 알아차렸다. 그걸 숨기기 위해 그네들이 사용한 비누와 로션
과 향수 아래서도 냄새를 맡을 수 있었다. 그 이발사는 손이 굉장
히 빨랐다. 하지만 충분히 빠르진 못했던 것 같다. 바깥의 경비들
은 그 두 사람이 한 쌍의 놀란 소라도 되듯 에워싸서 밴의 뒷좌석

에 몰아넣고, 산에 있는 혁명당 소유의 오래된 포도밭으로 끌고갔다. 나는 특별 지시를 내려서, 그들을 그의 형과 똑같은 방식으로 죽이라고 명령했다. 나는 대칭을 좋아한다.

그들이 왜 정문으로 나갔는지, 왜 곧장 함정으로 걸어 들어갔는지 나도 어리둥절하다. 이발사가 자신을 체포하려는 두목의 계획을 알았다면, 그 때문에 그를 죽였다면, 왜 그들은 뒷문으로 피신하지 않았을까? 뒤쪽에는 경비도 없었고, 나가는 길도 그녀가 잘 알고 있었을 텐데. 두목의 경호원은 이발사가 한 짓을 몇 시간이 지나서야 알았다. 두목이 샤워를 너무 오래한다 싶었을 때, 욕실의 수증기가 짙어져 코앞에 있는 손도 안 보일 때에야, 그는 들어오라는 허락이 없었음에도 불구하고 책망을 각오하고 조심스럽게 욕실 문을 열었다. 내 부하들은 저항을 막기 위해 재빨리 행동했다. 그러나 저항은 그리 많지 않았고, 그저 단순한 혼란만 있었을 뿐이었다. 지난 몇 달 동안 그들의 충성을 얻기 위해 들인 수고는 그럴 만한 가치가 있었다. 그들은 두목이 나를 신임했음을 알고 있었고, 두목이 보지 못하는 동안 나는 그의 눈이었다. 그들은 내가 정치적으로 완전히 신인이라는 사실을 좋아했다(그들은 관저 최고 주방장의 포학한 횡포는 알지 못한다). 나는 사소한 것(접시 위 고명의 정확한 위치)까지 신경 썼고, 자리에 오르기까지 정당한 과정(다지고 갈고 데치고)을 존중했기 때문에 그들은 나를 더욱 좋아했다. 순탄한 정권 교체였다.

나는 진작 대통령의 침실로 옮겨 왔다. 화장실은 걸레로 닦고

표백하고, 환기를 위해 발코니 문을 열어두었다. 하지만 침대 시트만은 갈지 말라고 지시했다. 나는 하룻밤을 침대 위 그녀 자리에서, 그녀의 베개에 코를 묻고 자고 싶었다. 그녀를 잃어서 유감이다. 하지만 그녀는 나의 밀고를 친절하게 받아주지 않았을 테고, 어차피 시간이 지나면, 다른 사람들이 생길 것이다. 다른 여자들, 다른 배반들.

그 일이 일어났을 때 내 딸도 여기 있었다. 아이는 나를 찾기 위해 일자리를 찾는 척하면서 관저로 들어왔다. 두목의 시체가 발견됐을 때 나는 아이를 집으로 돌려보냈다. 폭력에 휩쓸릴까 걱정해서였는데, 나중에 알고 보니 쓸데없는 기우였다. 나는 아이에게 짐을 싸서 엄마와 함께 시설에서 나오라고 전했다(요금은 지불할 것이다). 그리고 내 방에서 제일 멀고, 해안 쪽으로 창이 난 아래층 방에 짐을 풀라고 했다. 나는 딸아이의 남자친구도 옮겨 올 수 있게 해주겠다고 약속했다. 우리가 그를, 대통령의 아들을 찾으면 말이다. 아이는 내가 그 사실을 알고 있다는 데 놀랐지만, 나는 그애 일기를 허투루 읽은 게 아니다. 부하들에게는 조금 설명이 필요하겠지만, 그는 자기 아버지가 한 짓에 대해서 아무것도 몰랐다가 충격받고 놀라고 겁에 질리는 등 어떤 흉내든 낼 수 있다. 아이들이란 흔히 어떻게든 잘해나가는 법이고, 내 부하들도 납득할 것이다. 그러면 내 지붕 아래서 그 둘은 변태 행위를 계속할 수 있다. 날이 갈수록 딸아이가 나를 더 좋아해주어 즐겁다.

아이는 오늘 관저로 이사왔다. 아이를 봤을 때 그애가 자제력을 동원하고 있음을, 뭔가 감정을 억누르고 있음을 눈치 챘다. 하지만 결국 눈물을 줄줄 흘리며 달려와 내 품에 뛰어들었다. 두 손으로 내 목을 감싸고 떨어지질 않았다. 아이는 나를 싫어하려고, 우리가 생각보다 훨씬 더 닮았음을 부정하려고 열심히 노력했다. 하지만 나를 너무 쏙 빼닮아서 부인할 수가 없다. 아이는 한참 동안 내 어깨에 얼굴을 묻고 흐느꼈다.

갑자기 아이에게 애틋함을 느꼈다. 딸이 조그만 아기였을 때 내 목에 기댄 아이의 머리 무게를 기억한다. 내게 딸아이가 생기다니 충격이었다. 내 평생 여자들에게 하고 다닌 온갖 나쁜 짓들에 죄책감까지 들어 스스로도 놀랐다. 그들도 한때는 조그마한 딸아이였고, 그네들의 아버지도 그들의 보드라운 머리를 목에 대고, 세상 모든 악으로부터 보호하리라, 단 한순간이었더라도 열성적으로 다짐했을 것이다. 나는 그녀들의 아버지들의 바람에 아랑곳하지 않았고, 아버지들의 피가 거꾸로 솟을 만큼 그녀들을 이용했다.

양심의 가책은 오래가지 않았다. 이런 자리에서는, 후회란 좀처럼 오래가지 않는다.

작가의 말

나의 편집자인 세라 캐슬턴에게 무한한 감사를 드리며, 아틀란틱 북스의 토비 문디, 카렌 두피, 대니얼 스코트에게도 고마움을 표한다. 또한 세라 챌펀트, 찰스 부컨, 에드워드 오를로프에게도 깊은 감사의 마음을 전한다.

옮긴이 **엄일녀**
1975년 서울에서 태어났다. 서울대학교 언론정보학과를 졸업하고 출판기획 및 잡지편집을 했으며, 현재 전문번역가로 활동하고 있다.

문학동네 세계문학

함정

초판 인쇄 2009년 7월 20일 | 초판 발행 2009년 7월 30일

지은이 커리드웬 도비 | 옮긴이 엄일녀 | 펴낸이 강병선
책임편집 김진경 오영나 | 저작권 김미정 한문숙
마케팅 장으뜸 정민호 한민아 김정민 정소영 | 제작 안정숙 서동관 김애진

펴낸곳 (주)문학동네 | 출판등록 1993년 10월 22일 제406-2003-000045호
주소 413-756 경기도 파주시 교하읍 문발리 파주출판도시 513-8
전자우편 editor@munhak.com | 전화번호 031) 955-8888 | 팩스 031) 955-8855

ISBN 978-89-546-0855-8 03840

www.munhak.com